実りの聖女のまったり異世界ライフ

登場人物紹介
ファイ
マイタケに似た
火のキノコ妖精。
クゥ
キョーコに
助けられた
水のキノコ妖精
スゥ
土のキノコ妖精で、
キョーコのことが
大好き。
リュック・ドビー
ドビー家の当主で、
辺境の領主を務める竜族の青年。
なりゆきからキョーコを助け、
なにかと面倒を見てくれる。
普段はクールだが
キノコ妖精を前にすると
デレデレ。
キョーコ
事故で異世界にトリップした、
田舎育ちの女子大生。
前向きで思い切りがよく、
異世界生活にもすぐに順応した。
キノコ妖精に懐かれやすく、
近づいてくる子たちを
可愛がっている。

セザール
王都で
ドビー家に
仕える青年。
アラン
ドビー家の執事。
リュックからの
信頼が厚い。
シルヴィ
ローズについた
水のキノコ妖精。
風の妖精
国王と共にいる
キノコ妖精で、
風を操れる。
ローズ
国王の妹で、
自称リュックの婚約者。
キノコ妖精・シルヴィを
従えている。
国王
キョーコが
暮らすことになった
国の王様。
見た目は幼いが
実際は……

第一章　森の中でこんにちは

「ねぇ」

誰かの声がする。それをわたし、片桐恭子《かたぎりきょうこ》は寝ぼけ頭で聞いていた。

「ねぇねぇ」

ちょっと甲高《かんだか》くて幼く聞こえるので、子供のものだろうか。

「ねぇってばぁ」

今度は柔《やわ》らかいもので、頬《ほお》をフニフニとつつかれた。

っていうか、なんなのさっきから。人がせっかく気分よく寝ているっていうのに。もうちょっと寝ていたいんだから放っておいてよ。

「ねぇ、ここで寝すぎると危ないよ～？」

フニフニフニフニ、と頬《ほお》を連続攻撃される。

「危ないって、なにが……」

あまりにしつこい攻撃に、わたしは薄目を開けてフニフニされているほうを見た。するとそこにいた子供――じゃないぞ？

「……なにこれ？」

「あ、やっと起きた～」

驚《おどろ》きで目を見開くわたしに呑気《のんき》なことを言っているのは、人ではない。

仰向《あおむ》けに寝ていたらしいわたしを頭上からのぞきこんでいたのは、なんとでっかいキノコだ。

そう、菌類《きんるい》で軸《じく》の上に傘《かさ》が張っている、あのキノコである。

体長（？）は三十センチほどだろうか。見たところシイタケに似ているけど、その傘《かさ》はオレンジがかった色をしていて、てっぺんに黄色い星型の模様があるのが見えた。

その傘《かさ》のふちにまん丸な目と小さな口がついていて、わたしをジッと見つめている。

え、さっきしゃべったのって、このキノコ？　なんでキノコがしゃべっているのだろう。

わたしはこの異常な事態に慌《あわ》てて起きようとしたものの、途中でピキッと固まった。

痛い、全身が筋肉痛かってくらい痛い！　それに痛みだけじゃなく身体もなんだか重怠《おもだる》いし、頭がボーッとして、まるで寝すぎたときみたいだ。

どうしてこんな状態なのか、わたしは記憶を掘《ほ》り返してみる。

わたし、恭子は十八歳。大学進学のために山の中のド田舎《いなか》から上京した、ごくごく平凡《へいぼん》な女子大生だ。

「それで確か、大学へ行く途中で……」

今日は昼からの講義の前に、友達と学食でランチの約束があって、ラッシュ時とはズレた人通りのまばらな交差点で一人、信号待ちをしていたんだ。

それで信号が変わるのを待っていたときに、居眠り運転をしていたデカいトラックが突っこんできて……わたし、死んだのでは？

あの勢《いきお》いだとものすごくグロいことになると思ったのに、なんで生きてんの？　わたしってば。

それにここは一体どこよ？

筋肉痛に悲鳴を上げる身体の、首だけをなんとか動かして周囲を見ると、辺りは木ばっかり。うん、森だな。

けれど地面に生える草の感触は意外にフカフカで、木々の隙間《すきま》からこぼれ落ちる日差しがとても綺麗《きれい》だ。顔に当たる風も気持ちいい。

なんだ、やっぱり死んで天国に来ちゃったの？

それか、もしかしてグロ一歩手前まで行ったけど、病院に運ばれて奇跡的に助かったとか？　でも、だったら寝ているのは病院のベッドでしょうに。なんで森の中なの？　自然の中で治療《ちりょう》しようとかいう、最新式医療の一環だったりする？　それなら歩けばすぐ近くに病院の建物があるのかも。にしても、本当に身体が痛い！　なんなの、トラックにひかれた後遺症《こういしょう》？

「だいじょうぶ～？」

「ぐおぉ」とうなるわたしに、キノコがつぶらな目をクリンとさせる。なんてことだ、キノコに心配される日が来ようとは。

ともかく起き上がるのを諦《あきら》めたわたしは、寝たままおそるおそるキノコにたずねる。

「あの、ここって病院？」

もしかしてこれは最先端のキノコ型ロボットかも、というかすかな望みを抱いたのだ。

するとキノコがグルン、と傘《かさ》をかしげて無言になる。

……もしかしていまの、首を傾《かたむ》けたのか？

キノコの気持ちはどうにもわかりづらいけれど、無反応というわけではない。質問の意味がわからなかったのかもしれないから、言い方を変えてみよう。

「じゃあ、ここはどこ？」

「あのね、ここは森」

これには即答。いや、そのくらい見たらわかるから。

「わたしって、どうしてここにいるの？」

またもや、ぐるんと傘《かさ》を傾《かたむ》けるキノコ。

……この仕草、なんだか可愛いぞ。よく見ればこの子、ぬいぐるみっぽいし。それにもしかしてさっきわたしの頬《ほお》をフニフニしていたのは、この傘《かさ》？　傘《かさ》の星の模様が、ちょっとオシャレで可愛い。ていうか、とにかく可愛い。可愛いを連呼しちゃうくらいに。

「えっと、えっと……」

わたしの思考が脱線しかけている間も、そのキノコは質問について考えてくれていたらしい。

「長老様なら、答えられるかも？」

長老様ってなんだ。この森型診療所では医者のことを長老様と呼んでいるのかな。そうであってほしい。

たぶん、違う気がするけど。

でも、とりあえず話がわかる人が近くにいるってことなのだろう。

「その長老様って人と話をしたいんだけど」

わたしが言うと、キノコは傘《かさ》を前にモフっとゆらす。いまのって、うなずいたのかな。

「いいよ、ついてきて」

そう言ってキノコがピョンと跳《は》ねた。わたしはその子に連れていってもらおうと、全身の痛みをこらえてなんとか起き上がる。

そして、自分の格好のおかしさにようやく気づいた。

「なんでわたし、こんなに汚れているの？」

そう、髪の毛から足先までがなぜか赤茶色く汚れているのである。

もっと正確に言うと、赤茶色い液体を髪や肌や服などに塗りたくられて、それが固まっちゃっているような感じだ。そして強烈に鉄くさい。

え、この色と臭《にお》いってもしかして、血だったりする⁉ なんなのこれ、わたしなにかした⁉ ってトラックにひかれたのだけれども。

いや、そもそもトラックにひかれたのなら、筋肉痛ではすまないはず。生きていてもミイラみたいに包帯ぐるぐる巻きの生活が待っている。

それが痛くて重怠《おもだる》いとはいえ五体満足ですんでいるなんて、一体どういうことだろう？

わたしが自分の状態に呆然《ぼうぜん》としていると——

「ねー、来ないの？」

ちょっと離れたところでピョンピョンしているキノコが、不思議そうに聞いてくる。

「あ、行く、行くから待って」

長老様とやらに会えば、この疑問が解決するかもしれない。わたしはそんな期待を抱き、重たい身体を引きずってキノコの後についていく。

しかし、その道のりがつらい。

「もうちょっとだよー」

「待って、もっとゆっくり……」

キノコの励《はげ》ましに、わたしは待ったをかける。

元気な状態ならばなんてことのない距離《きょり》なのかもしれないが、一歩一歩が苦痛なわたしには地獄の道のりだ。っていうか、キノコなのに足速くない⁉

そうしてヒーヒーゼイゼイ言いながら、キノコの後を追いかけることしばし。

「ここだよ。あ、長老様～」

キノコがピョンピョン跳《は》ねていく先にいたのは――

「おぉ、どうしたんだ？」

木漏《こも》れ日が差しこむ場所でのんびりとくつろぐ、これまたでっかいキノコだった。

種類としてはエリンギ似だ。やはり傘《かさ》のふちに、こちらは細い目がついていて、ひげまで生えている。大きさは、なんとわたしの腰《こし》くらいまであるようだ。

ああ長老様ってやっぱり、キノコの長老様って意味だったのね。こうして見るとエリンギって、確かにキノコの中でも長老様感があるかも。

そんな長老キノコの周囲に、よく見ればちっちゃいキノコがわちゃわちゃと集まっている。

「なにー？」

「ヒトじゃない？」

「わぁ、めずらしい～」

ミニキノコたちが口々になにか言いながら、長老キノコの周りをぐるぐる回っていた。なんか、すごくファンシーだ。

「あのね、長老様と話したいって。森のまんなかで寝てたの」

ここまで案内してくれた、傘《かさ》にお星様マークのついたキノコがそう告げると、長老キノコはゆっくりとわたしを見た。

「ホッホウ、客人とはいつぶりかのぅ」

そう穏《おだ》やかに言うと、ニコリと笑う。

「話ならば聞こうではないか、こっちへおいで」

「あ、はい、えっと……」

そっちへ行こうにも、ミニキノコたちを踏んじゃいそうだ。

わたしがそう思って一歩踏み出すのを躊躇《ためら》っていると、長老キノコはわかったようで――

「ほれお前たち、場所を空けてあげなさい」

「「はぁーい」」

良い子のお返事をしたミニキノコたちは回るのを止めて、長老キノコのうしろへ下がっていった。

そこでわたしはやっと安心して長老キノコに近寄り、まずは自己紹介をする。

「初めまして、わたしは片桐恭子といいます。恭子が名前です」

「礼儀《れいぎ》正しいのぅ。ワシはみんなに長老と呼ばれておるから、キョーコよ、そう呼ぶとよい」

長老キノコ改め長老様が、そう言ってニコリと笑う。

このまま立っていると長老様を見下ろす形になってしまう。話をしてもらうのに見下ろすのはどうだろうと思い、わたしは地面に座った。

するとミニキノコたちがわちゃわちゃと寄ってきて、わたしを囲む。いや、あんまり近くに来られると困るんだけど。わたしってばいま、超絶汚いし。

「して、ここは人が簡単に入れる場所じゃないのだが、キョーコはどうしてここにおるのかのぅ?」

長老様はわたしに興味津々《きょうみしんしん》なミニキノコたちを放置して、たずねてきた。

「実は……」

わたしはミニキノコたちから目を離し、長老様にこれまでのことを語る。

トラックにひかれて死んだと思ったら、知らない森の中に寝ていて、そこのお星様キノコに出会った。

なんともわけのわからない説明になってしまうのは、仕方がない。事実、わけがわからないのだから。

しかし長老様はわたしの話を黙《だま》って聞いて、フムフムとうなずく。

「なるほどのぅ。『とらっく』とかいうのがどういうものか知らないが、とにかく事故に遭《あ》って死んだと思ったと」

そう言って目を閉じた長老キノコが、沈黙することしばし。

「おそらくキョーコは、ここは違う世界の者なのだろう」

パチリと目を開けたかと思うと、わたしが薄々思っていたことをズバッと言われた。

まあそうだよね、地球にしゃべるキノコが生息しているなんて、聞いたことがないし、こんなに精巧なキノコ型ロボットが開発されたというニュースも見たことがない。

「ここは異世界です」っていうほうが説得力があるってものよ。

それでも、わたしが異世界から来たと判断した根拠《こんきょ》はなんなのか？　そんな疑問に、長老様は答えてくれた。

「世界とは、水中を漂《ただよ》う泡のようなものでな。いくつもの『世界』という名の泡は、隣《とな》り合って漂《ただよ》っておるのだよ。そしてその泡は時折、違う泡とぶつかってしまうことがある」

泡同士がぶつかり合ったときにできる次元の歪《ゆが》みは、しばしば物や人を巻きこむことがあるそうで。そんな次元の歪《ゆが》みに巻きこまれた物や人がこの世界に落ちてくることが、稀《まれ》にあるのだという。

「しばらく前のことかのぅ、晴天なのにえらく雷が鳴り響《ひび》いたときがあってな。次元の歪《ゆが》みができてはおらぬかと心配しておったのだが、キョーコはそのときに紛《まぎ》れこんだのだろうな。事故に遭《あ》ったというのも、次元が歪《ゆが》む引き金の一つやもしれぬ」

「ええっと……」

要するに、事故に遭《あ》ったとき、次元の歪《ゆが》みができていて、わたしはそれに吸いこまれてここに落とされちゃったと、そういうこと？

「それって、元の世界に戻れたりは……」

おそるおそるたずねるわたしに、長老様が気の毒そうな顔をした。

「はっきり言って無理だのぅ。同じ泡が再びぶつかり合う可能性は極めて低く、もし起こったとしても同じ時間に行くとは限らぬ。そこはキョーコの生きた頃からはるか過去かもしれぬし、はるか未来かもしれぬ」

そうか、無理なのか。だったら、わたしは家族や友達に二度と会えないの？　そんなの寂《さび》しい……って、いや待て。

そもそも、事故ってそのままでも、どっちみち家族にも友達にも会えなかったんじゃない？　服についている血のシミから考えるに、どう考えてもほぼ即死だった気がする。

「あの、……なんでわたしは生きているんですかね？」

わたしの疑問に長老様は、すでに話に飽《あ》きてきたらしいミニキノコたちをひげにぶら下げながら答える。

「それはここが、ワシらの住まう妖精の森であるからじゃ」

「妖精っていうのは、この子たちのこと？」

わたしが周りを見て言うと、キノコたちが「そーう！」とピョンピョン跳《は》ねた。

「そうじゃ、ワシらはこの世界を創《つく》られた女神リュディ様の遣《つか》いの妖精じゃよ」

なんとも可愛い妖精がいたものだ。言うなれば、この子たちや長老様はキノコ妖精といったところか。

「ここ妖精の森は、女神様が降り立つ地。女神様の御力《おちから》が宿っておるからのぅ。しかも、キョーコがいたのは森の中心、最も女神様の御力《おちから》に満ちた場所でな。あそこに数日寝ていたら、死にかけであっても治るわぃ」

なるほど。それでいまこうして五体満足でいられるわけか。

ただ、長老様が言うには、急激な変化に身体がついていけていないせいで、痛みと重怠《おもだる》さが残ったのだろうとのことだった。

すごいんだな、女神様って。死にかけていたわたしをこうして痛いと文句が言えるくらいに回復させちゃうんだもの。

「しかしの、寝すぎると赤ん坊になってしまうから注意じゃ」

「はい、赤ん坊?」

なんでも回復しすぎて、赤ん坊にまで身体が戻ってしまうのだそうだ。

怖っ！　あ、だからあのときお星様キノコに「危ない」って言われたのか！

それにしても、いまこうして普通に動けているけど、森に落ちちゃったときはひょっとして、すごくグロい絵面だったんじゃないの？　そんな姿をこのキノコ妖精たちに見せていたら、トラウマものだったのでは。

女神様、そうなっていないことを祈りますからね。

でもそうだとするとあっちの世界では、わたしの葬式《そうしき》をやっているのか。いや、いまわたしがここにいるってことは、葬式《そうしき》をする身体がないわけで。ならひょっとして、行方不明者扱《あつか》いになっているのかも。

「わたしがこうして元気でいることを、あっちの世界の人には教えられないの？」

あのままあの世界にいても死んでいたであろう身だ。家族や友人に会えないのは寂《さび》しいし悲しいものの、自分でどうにかできることではない。時間がかかっても運命だと受け入れるしかないのだ。でもせめて、残してきた家族の苦しみだけでも和《やわ》らげてあげたい。生死不明扱《あつか》いなんて嫌すぎる。

わたしの願いに、「そうじゃのぅ」と長老様が考える。

「女神様は慈悲《じひ》深い方であるから、祈ればなんらかの伝言をしてくれるやもしれぬぞ？」

「祈ります、今日から毎日祈らせていただきます！」

なんならお供《そな》えだってしちゃう。どうか家族を安心させてほしい。

ともあれ、わたしの身に起きたことがうっすらとわかったところで、次に考えるべきは、今後についてだ。

すると、長老様が難しい顔で告げた。

「まず言うておかねばならんが、この場所で人が生きることは難しい」

長老様曰《いわ》く、この妖精の森の中でも、彼らキノコ妖精が住む中心部には結界が張られているのだという。そのため、外の世界と時の流れが違うそうで、あまり長居すると浦島太郎状態になるみたいだ。まあ、この世界に来たばかりのわたしはこの森のことしか知らず、時間の流れの違いなんて感じようがないが。

しかしそれよりも問題なのは、この結界の中には人の食料となり得るものがないということ。

なにせキノコ妖精は食事を必要としないらしく、彼らの住まう森にはそういった実りがないのだという。そして彼らを害する獣《けもの》も生息しないので、肉もない。唯一《ゆいいつ》あるのは美味《おい》しい飲み水のみ。キノコに水分は大事です。

つまり、まさにキノコ妖精のために存在する森なのだ。

「ワシらの住まう場所の境界を越《こ》えれば、それなりに実りがあるし獣《けもの》も出る。まずはそこまで出ればいいじゃろうて」

その境界までは、それほど遠くはないそうだ。ここから出なければ餓死《がし》決定なわたしに、選択肢《せんたくし》はない。

「なるほど。じゃあ干《ひ》からびる前に出発しますか！」

寂《さび》しい悲しいとウジウジするより、やるべきことがあるほうが前へ進める。

ともかくやる気になったわたしだったが、しかしその前に――

「このままってわけにはいかないか……」

そう、いまのわたしは血まみれ状態なのだ。この格好でウロウロすれば、確実に警察に捕まるだろう。いや、この世界に警察があるかはわからないが、人に見られたら怪しまれることは間違いない。

せめて身綺麗《ぎれい》になって、できれば着替えもゲットしたい。とはいえ身体を洗う水はいいとしても、果たしてわたしが着る服なんてものが、このキノコ妖精しかいない森にあるのか？　もしないとしたら、葉っぱの服という選択肢《せんたくし》しか浮《う》かばない。それと血まみれの服、どっちがマシだろうか？

「なんか着替える服とかってありますかね？」

たずねると、長老様も「ムム」と考えこむ。

「そうか、人には服というものがいるのであったか。はて、なんぞあったかのぅ？」

これは葉っぱの服作成か、と思いきや……

「長老様、あそこにこういうのがあった気がする～」

最初に出会ったお星様キノコが、わたしの服を傘《かさ》でツンツンとしながらそんなことを言った。

「おお、あそこか！　なるほどな！」

長老様も「あそこならば」とうなずく。

こうして「あそこってどこよ？」とわからないわたしを、再びお星様キノコが導いてくれることとなった。

そうしてたどりついたのは、いろんなものがごちゃっと山のように積まれている広場だった。

「なにここ、ゴミ置き場？」

わたしの疑問に、お星様キノコが答えてくれる。

「あのね、わかんないもの置き場なの～」

曰《いわ》く「わかんないもの置き場」とは、キノコ妖精の住まいの森近くに迷いこんだ人が置いていったり、川から流れてきたりしたものを、とりあえず保管しておく場所らしい。

なるほど、この山と積まれている「わかんないもの」の中から、服を探せと。

「……やってやろうじゃないの」

葉っぱの服回避《かいひ》のためなら頑張れる。

「僕も探す～」

お手伝いを申し出てくれたお星様キノコの協力のもと、わたしは早速「わかんないもの」の山を漁《あさ》る。

けど、こんなところに野ざらしで置いてある服が、果たして着られるのか？　疑わしく思いつつも探っていると、あることに気づいた。

手に取るどれもが、使いこまれてはいても大して劣化《れっか》していないのだ。

「これなんか、新品っぽいんだけど」

手に取った木のコップや食器が詰《つ》められた袋《ふくろ》やその中身は、綺麗《きれい》なままだ。なぜだろうかと考えたとき、長老様の「時間の流れが違う」という言葉を思い出す。

「もしかして、時間の流れが遅いっていうより、止まっていたりする……？」

そう思い至るわたしに、お星様キノコが口を挟《はさ》んだ。

「あのね、この森の中でも流れが違うんだよ。ここは時間が進まない場所だから、なんでもここに放りこむの～」

そうしたら物が傷《いた》まないし、いざというときに使えるからだそうだ。なるほど便利だな。

この森の不思議について学びつつ作業を進めていると、やがて服を発掘《はっくつ》できた。シンプルなシャツとズボンだ。若干サイズが大きめだが、いま着ている服のベルトで調節すればいい。ついでに丁度いいサイズの革の靴も見つけたので、血で汚れたスニーカーから履《は》き替えられそうだ。寒かったらいけないので、コートっぽい上着もゲットする。

ウチの爺《じい》ちゃんの普段着のような地味さに若干げんなりしなくもないが、血まみれ服や葉っぱの服よりマシなはず。

こうして目当ての物を見つけて「わかんないもの」漁《あさ》りが楽しくなったわたしは、ついでにいろいろ探ってみる。

さっきの木製食器が入っていた袋《ふくろ》も当然お取り置きで、他にもナイフや小さな鍋《なべ》、水筒、地図なんかも見つけた。森を出てどうするのかをまだ決めていないが、いずれも旅に必要であろう物である。見つけたものを食器の袋《ふくろ》に詰める。

「あ、アクセサリーっぽいのまであるし」

白っぽい光沢のある色合いの薄い石に、鎖を通したシンプルなペンダントも出てきた。日が当たると虹色に光って、とても綺麗だ。これを着けておけば、この地味すぎる格好が少しは華やぐかも。

わたしはあらかた必要そうなものを集めきったところで、長老様のもとへ戻る。

「これ、もらっていいですか？」

「いいとも、どうせワシらには使い道のないものだしのぅ」

いろいろ発掘《はっくつ》したものを一応長老様に見せて伺いを立てると、快《こころよ》くうなずいてくれた。ちなみにキノコ妖精たちには使い道がないのに取っておいたのは、捨てるのはもったいないからだそうで。たまに近くまで迷いこんだ人に、分けてあげるということだ。

こうして着替えと旅の道具が手に入ったところで、次は汚れを洗い流したい。

「どこかで身体を洗えませんかね？」

わたしのお願いに、長老様が水浴びする場所を教えてくれた。

「ほれ、その小道を進んだら泉がある。そこに浸《ひた》るといい。癒《いや》しの泉ゆえ、身体の痛みも和《やわ》らぐであろうて」

この全身に走る痛みが少しでも和《やわ》らぐなら、喜んで水浴びに行きます！

というわけで――

「こっちだよ～」

「「「こっちこっち」」」

お星様キノコとミニキノコたちの案内のもと、癒《いや》しの泉とやらに向かった。

「うわぁ……」

そこはとても神秘的な場所だった。

ちょうど木々の切れ間で、日の光がまっすぐに泉に降り注ぎ、水面がキラキラ輝《かがや》いている。低い崖《がけ》から湧《わ》き出た水が流れ落ち、小さな虹《にじ》がかかっていた。

綺麗《きれい》すぎて、いろいろ汚いわたしがザブンと浸《つ》かるのはためらわれる。

「「きゃー！」」

しかしそんなわたしの躊躇《ちゅうちょ》など知ったことではないキノコ妖精たちは、横から次々にダイブを決めこんだ。神秘的風景のこの場所も、彼らにとっては単なる遊び場らしい。

「……うん、さっさと入ろう」

彼らのおかげで躊躇《ちゅうちょ》を捨てられたわたしは、せめてかけ湯ならぬかけ水で汚れを落とそうと、手で水をすくってみる。

「冷たい！」

そう、泉というのは当然ながら、温泉ではなく水だ。すなわち、浸《つ》かればとっても寒い！　これ、手でパチャパチャしている間に風邪《かぜ》をひくわ！

「どうせこの場にはキノコたちしかいないし」と覚悟《かくご》を決めたわたしは、服も下着も脱ぎ捨てて全《ぜん》裸《ら》になり、「えいっ！」と泉に飛びこんだ。

くぅーっ、水が冷たい！　でも気持ちいい！

ああ、実家近くで季節外れの川遊びをしたときのことを思い出すわ。そのときは川遊びをするつもりではなく、単に魚のすくい捕《と》りをしようとしてコケただけなのだが。

そんな幼い頃の思い出に浸《ひた》りながら、手でゴシゴシとこすって血を洗い落とす。

これで思いっきり水を汚してしまったと思っていたのに、泉の水は綺麗《きれい》なままだ。キノコ妖精が住む森は、水も特別なのだろうか？　彼らが唯一《ゆいいつ》摂取《せっしゅ》する水が汚れたら大変だろうし、そういう浄化作用《じょうかさよう》が働いているのかもしれない。

繰《く》り返すが、キノコに綺麗《きれい》な水は大事です。

水を汚す心配がないとわかったので、わたしは血まみれの服もついでにゴシゴシと揉《も》み洗いした。もう着られなくても、布としてなにかに使えるだろう。

こうして、水の冷たさも忘れて洗うことしばし。泉から上がったわたしは、とあることに気づく。

「あ、せめて火を焚《た》いてからにすればよかった……」

そう、水から上がって暖《だん》を取る手段がない。なんという痛恨《つうこん》のミス。

え、そもそもライターとかなしに火が起こせるのかって？　そんなもの、ド田舎《いなか》育ちの嗜《たしな》みってものよ。なんせ家にはリアルの竈《かまど》があって、わたしってば大学進学を機に上京するまで、それで普通に煮炊《にた》きしていたからね。

毎日そんな生活をしていたせいか、ライターよりも慣れた火打石のほうが早かったりする。原理はライターとそう変わらないしね。木の板に棒をこすりつけるキリモミ式の火起こしもやれなくはないけど疲れるので、火打石が一番楽。

あ、でも火打石も打ち金《がね》も持っていないや。どっかで探さなきゃだわ。

いまはそんなことより、濡《ぬ》れた身体をすぐに乾《かわ》かす方法を考えないと。とりあえず血まみれの服を絞ってタオル代わりにするかと考える。

「かわかしてあげる！」

ミニキノコの一体がピョンと跳《は》ねると、爽《さわ》やかな風が吹き抜けた。

その次の瞬間。

「わっ、乾《かわ》いた！」

そう、なぜか身体の水気が飛び、髪までサラサラに乾《かわ》いていたのだ。

「すごーい、なにこれ⁉」

「ぼくたち、いろいろできるんだよー」

驚《おどろ》くわたしに、ミニキノコたちはピョンピョン跳《は》ねる。

「ぼくはかぜをふかせられるー」

「ひをだせるー」

「こおらせてあげようか？」

いろいろ自己申告してくるのは微笑《ほほえ》ましいが、最後のミニキノコよ、人間は凍《こお》ったら死んじゃうからね？

「すごいね、まるで魔法みたい！」

わたしの言葉に、ミニキノコたちがキャラキャラと笑う。

「マホウなんてもの、ぼくらのちからのほんのちょっとだよ～」

ミニキノコの一体が言った言葉に、わたしは「どういうことだ？」と首をかしげる。

「あのね、僕らの力が世界を動かしているんだよ」

お星様キノコがそんなことを話した。

もう少し詳しく聞くと、この世界では吹く風も流れる小川も燃え盛る炎も全て、キノコ妖精たちがいないと存在しないのだそうだ。この子たちがいることで、全ては生きていられるのである。

なんというファンタジー、可愛いナリして世界を支えているんですね！

「こんなこともできる～」と張り切るミニキノコたちの曲芸《きょくげい》めいた技を、しばし興奮《こうふん》して見ていたわたしだったが、やがてまだすっぽんぽんだったことに気づき、慌《あわ》てて服を着る。いくらキノコ相手とはいえ、羞恥心《しゅうちしん》を捨ててはダメだ。

「あ、でも瞬間乾燥《しゅんかんかんそう》ができるのなら、この古着だって洗えばいいのよね」

そう気づいたわたしは着たばかりの服を再び脱いで泉で洗濯《せんたく》し、乾《かわ》かしてもらった。どういう経緯《けいい》であそこに置かれていたのかわからないので、やはりちゃんと洗っておかないとね。


こうしてキノコ妖精のすごさを知らされつつ、身なりを整えて旅の支度《したく》をした。次は早速、旅立ちだ。

長居をしてもお腹《なか》が減るばかりである、行動は早いほうがいい。

「じゃあ行きます。長老様にキノコちゃんたち、いろいろありがとうございました」

「うむ、達者でのぅ。この道をまっすぐに進めば、外へ出られるぞぃ」

わたしは「わかんないもの置き場」で拾った背負い袋《ぶくろ》を担《かつ》いで、みんなに挨拶《あいさつ》をした。

するとお星様キノコがピョンピョン寄ってきて、わたしの足にピトッとくっつく。

「こうなったのも、キミに出会えたおかげだね」

わたしはそう言って笑いかけた。

「……行っちゃうの？」

お星様キノコにウルウルとした目で見上げられる。

……どうしよう、すっごく可愛い。

「なんじゃ、そやつはキョーコのことを気に入ったらしいのぅ。なんなら連れていくか？」

長老様の軽い調子の言葉に、わたしはぎょっとする。

「え、でも、森を離れたら死んじゃうとかじゃあ……」

ファンタジー小説なんかでは、妖精みたいな存在って、住んでいる場所から離すと弱っていく話がよくあるから、心配。

そんなわたしの不安に、長老様はあっけらかんと返す。

「いや、別に平気だぞぃ？　単にこの森が住みやすいだけで、ワシらは世界中を漂《ただよ》っておるでの」

え、そうなの？　この森でないと生きられなかったりはしない？

だったら、一人だとやっぱり寂《さび》しいし、旅のお供が欲しいかも。

わたしはお星様キノコをひょいと抱き上げ、目線を合わせる。

「ねえ、わたしってこの世界に来たばっかりで心もとないの。もしよかったら、キミも一緒に来てくれる？」

「うん、僕行く！」

お星様キノコがモフモフモフモフ！　とすごい勢《いきお》いで傘《かさ》を縦に振る。ねえそんなに振って、傘《かさ》が取れたりしない？

「じゃあ、キミはいまからわたしの旅の仲間ね！　名前はなんて言うの？」

「名前？」

わたしの質問に、お星様キノコが傘《かさ》を傾《かたむ》ける。

「ワシらに人のような名前はないぞよ」

なんと、キノコ妖精には固有の名前がないという。

「だったら、わたしがキミに名前をつけてもいい？」

わたしの提案に、お星様キノコがキラキラした目をする。

「傘《かさ》の星模様から、スターをもじってスゥって名前はどう？」

わたしの命名に、お星様キノコがブワッと傘《かさ》を膨《ふく》らませた。

「スゥ！　やった、長老様！　僕スゥだよ！」

お星様キノコ改めスゥはどうやら名前を気に入ってくれたようで、傘《かさ》をゆっさゆっさとゆらす。

「ホッホウ、よかったのぅ」

長老様も喜ぶスゥを、微笑《ほほえ》ましそうに見つめている。

「じゃあスゥ、一緒に旅立ちよ！」

「うん、旅立ち！」

呼びかけると、スゥがピョンとわたしの背負った荷物に飛び乗った。

「なんぞ困ったことがあれば、そこらを漂《ただよ》う小さきものたちに頼るとええぞぃ」

「ありがとうございます！　行ってきます！」

こうしてわたしは、外の世界へ飛び出したのだった。

キノコ妖精の住まいを隠すように立ちこめる霧《きり》を抜け、たどりついたのは、またもや森だった。

といっても、先ほどまでとは様子が違い、あちこちの木々に実がなっている。

日本は秋の終わり頃だったけど、この辺りは体感だともっと寒い。

「ねえスゥ、いまの季節って冬？」

「もうすぐ秋が終わるくらいだよ～」

わたしの疑問に、荷物の上にちょこんと乗ったスゥが答える。

ということは、日本よりも寒い地域なのかもしれない。上着を発掘《はっくつ》しておいてよかったものの、これ以上寒くなると凍《こご》えてしまいそうだ。そうなる前になんとか人里を発見したい。

それでも秋は実りの季節であるのは異世界でも同じらしい。果実はなっているし、動物なんかもちらほら見かける。

事故にあったのは昼食前で、わたしってばお昼ご飯を食べそこねている。すっごくお腹《なか》が減っていた。

「よぅし、まずは食料確保！」

「おー！」

わたしが気合を入れると、スゥも荷物の上でピョンと跳《は》ねた。

それからの、スゥのはしゃぎっぷりがすごい。

「キョーコ、あの木になっている実が甘いんだよ～」

「あ、角ウサギだ！　獲《と》ってあげる！」

「その草ね、珍《めずら》しい草で薬になるの～」

わたしはスゥが小石を飛ばして落としてくれたリンゴっぽい実を回収し、地面に生き埋めにされた角ウサギとやらを足を括《くく》ってまとめ、教えられた薬草をとりあえず根っこごと採取してみた。

スゥはわたしがお腹《なか》を空《す》かせると死んでしまうと思っているのか、懸命《けんめい》に食べ物を勧《すす》めてくれているのである。健気《けなげ》なキノコ妖精だ。

薬草には、青臭《くさ》いものから食用のものまでいろいろ種類があった。香りのいいハーブっぽい草もゲットしたので、調味料を持っていないいまは調理に大助かりだ。ハーブティにもできるしね。

あ、珍《めずら》しいキノコも採《と》れます。キノコ姿の妖精じゃなく、食材のキノコ。形がキノコなスゥは、食材キノコを見つけるのが得意らしい。キノコがキノコ狩りをするって、なかなかシュールだ。これでキノコ汁もいいね、寒い夜に温かいスープは必須だよ。

それにしてもスゥってば、こんな可愛らしい姿で万能すぎる。小石なんてどうやって飛ばしているんだろう。

採《と》ったものでそろそろ袋《ふくろ》がいっぱいになりつつある。

「スゥ、食料はとりあえずこのくらいでいいからね」

「そう？　もういい？　人間ってどのくらい食べるのかわかんないの」

わたしが食料集めにストップをかけると、スゥは傘《かさ》をゆらして角ウサギ狩りを中断した。角ウサギはやたらとこちらに襲《おそ》いかかってきた。そのせいでもう三羽もある。これ以上はいらないよ。

そうこうしているうちに、薄暗くなってきた。

「そろそろどこかで休もうか」

長老様たちのところを出た時点で野宿は覚悟《かくご》していたので、完全に暗くなる前に適したポイントを探す。するといい感じに開け、近くに小川が流れている場所があった。今日はここで休むことにしよう。

テントもなにもないけれど、野宿の心得ならウチの爺《じい》ちゃんに叩《たた》きこまれている。

実はウチの家は代々猟師《りょうし》――マタギなのだ。中でも爺《じい》ちゃんの腕は一級品。

爺《じい》ちゃんも父さんも、女の子に無理に継《つ》がせる気はなかったらしいけど、わたしが興味を示しちゃったもんで、小さい頃からいろいろと伝授《でんじゅ》してもらったってわけよ。

それがまさか異世界で役に立つなんて、爺《じい》ちゃんも想像してなかっただろうなぁ。

爺《じい》ちゃんの教えだと、野宿をするには獣避《けものよ》けくらいはしなきゃダメなんだけど……でも爺《じい》ちゃんがよく防獣対策《ぼうじゅうたいさく》で焚《た》いていたあれって、特殊《とくしゅ》な煙《けむり》だったはず。

わたしのそんなお悩みは、スゥがあっさり解決してくれた。この子がピョンと飛び上がると、地面が舞台のように丸く盛《も》り上がって仄《ほの》かに光る。スゥ曰《いわ》く、これは守りの結界なのだそう。

「この中にいれば、悪いやつは寄ってこないの！　僕は土の妖精だから、こういうの得意！」

エッヘン！　と傘《かさ》を反《そ》らすスゥがすごく可愛い。

そしてなるほど、スゥは土の妖精なのか。そうだよね、ミニキノコたちだってすごいことができるんだから、スゥにだって特技があるはず。石つぶても角ウサギを仕留《しと》めた謎技《なぞわざ》も、スゥの土の魔法なのかも。

実際、わたしたちを気にする獣《けもの》が遠巻きに眺《なが》めている気配はあるが、結界を越《こ》えようとはしない。

あんなに飛びかかってきた角ウサギたちもだ。

「すごいよスゥ、これで野宿も安心だよ！」

「えへへ、褒《ほ》められた」

安全が確保できたところで、わたしは夕食の準備に取りかかる。

本日の夕食はスゥが取ってくれたリンゴもどきと、角ウサギの串焼きだ。寒い時期のウサギは美《お》味《い》しいんだから。

まずは角ウサギを捌《さば》いていく。

実家周辺ではみんながカモやウサギを捌《さば》いたり絞《し》めたりできたので、これが世の人たちの基本スキルだと、昔は信じて疑っていなかった。鹿や熊なんかの大型は、ご近所さん総出でやったもんだ。

小中学校の友達はみんなが山育ちだったのだ。

それが高校進学の際にちょっと都会へ出て、スーパーでパック詰《づ》めされている肉しか知らない人と出会った。そのとき、結構カルチャーショックを受けたのよ。あんなものより、獲《と》れたてお肉は断然美《お》味《い》しいのに！　ってね。

まあそんな話はともかくとして、肉である。

まずウサギをそこいらの木に吊《つ》るして血抜きをした。早めに処理をしないと、臭《くさ》くなるからね。

「なにしてるの～？」

「たのしそう～」

「あそぶ～？」

するとどこからかミニキノコが三体寄ってくる。まあ結界からそんなに離れていないし、長老様もそこいらにいるみたいなことを言っていたので、遭遇《そうぐう》してもおかしくはないのだろう。

角ウサギから血を抜いているとの答えを聞いたミニキノコの一体が、「まどろっこしそうだからやってあげる！」と言って吊《つ》るされたウサギに飛び乗る。すると、角ウサギからシュルシュルと赤い液体が出てきたかと思うと、大きな固まりとなってボトボトッと地面に落ちた。なんと、あっという間に血抜き終了だ。

すごいなキミ！　ついでに食べない二羽を凍《こお》らせてくれ、そしたら保存がきくし！　三羽も食べられなくて、干し肉にしようと思ってたんだよね。このまま保存できるなら、そっちのほうが断然いい。

ミニキノコのおかげで無事に角ウサギの氷漬けが二羽できたところで、枯れ枝を集めて焚《た》き火の準備だ。

すると、なんとさっきとは別のミニキノコが集めた枯れ枝に火をつけてくれた。ありがとう、一番大変な作業を楽させてくれて！

そんな感じで焚《た》き火を確保したところで、キノコ汁を作る。

塩などの調味料がないので、角ウサギの骨で出汁《だし》を取ることにした。出汁《だし》が出るのに時間がかかるからね、ちゃっちゃとやるよ！

作り方は簡単。小鍋で角ウサギの骨をグツグツ煮て出汁《だし》が出たところで、ハーブっぽい草と食材キノコを投入するだけだ。味つけは少々物足りないけれど、素材の味で勝負していると思おう。鍋《なべ》を固定するための竈《かまど》も、スゥに頼めば一瞬だ。可愛くって頼もしくって気が利くなんて、なんとイケてるキノコ妖精だろう。

キノコ汁の仕込みが終わったら、角ウサギの肉を焼いていく。

部位ごとに分けたものをさらに小さく切って、そこいらから拾った枯れ木で作った串に刺す。こちらの肉にも調味料代わりにハーブっぽい草をすりこんである。これを焚《た》き火の近くに固定して、炙《あぶ》っていくのだ。

うんうん、美味《おい》しく焼けてね〜♪

これらができあがるのを待っている間に、角ウサギの毛皮の処理を考えた。

「角も立派だし、毛皮だって捨てるのはもったいないよね。洗ってなめしておくかな？」

そもそもこの世界でわたしは無一文、売れるかもしれないものは確保しておくべきだ。

するとまた別のミニキノコが「あらってあげようか？」と寄ってきた。毛皮を洗うのって結構な重労働なので、楽をできるならしたい。

「じゃあお願い！」とお任せしたところ、「えーい！」というかけ声と共に、空中に大きな水の塊《かたまり》が現れた。その水の塊《かたまり》に角ウサギの毛皮が放りこまれ、中でグルングルンと回される。まるで洗《せん》濯《たく》機の中身を見ている気分だ。

しかし洗濯機《せんたく》よりも断然早い時間で、角ウサギの毛皮の洗浄は終わった。

「お、すごい綺麗《きれい》だ！」

洗剤で洗ったかのように汚れが落ちていて、ちょっと灰色っぽかった毛皮が薄茶色になっている。相当汚れてたのね。こびりついていた余り肉まで綺麗《きれい》に落ちていて、臭《くさ》くないのが素晴らしい。

これをそこいらの木に吊《つ》るして乾《かわ》かしておこうと思ったら、ミニキノコたちが乾《かわ》かしてくれた。風を当てて乾《かわ》かすのではなく、先ほどの血抜き同様に、水をシュバッと取り除いて凍《こお》らせてしまったのだ。おかげでフカフカのラビットファーをゲットしました。

そうこうしているうちに、串焼きとキノコ汁ができた。これが異世界での初ご飯である。お湯を沸《わ》かす鍋《なべ》が足らず、ハーブティが試せないのが残念だ。

「いただきます！」

まずは、木の器に盛《も》ったキノコ汁に口をつけた。うん、美味《おい》しい！

続けて串焼きも食べてみると、角ウサギの肉はほどよく弾力があってとてもジューシーだった。日本で食べたウサギ肉より美味《おい》しいかも！

わたしがウマウマと食べていると――

「ねえキョーコ、スゥも一口食べたい～」

スゥがそんなことを言いながらすり寄ってきた。

「あれ、スゥも食べられるの？」

キノコ妖精たちは食事の必要がないという話だったはず。

「うん、食べなくてもいいんだけどね、美味《おい》しいのは好き～」

なるほど、必要はないけれど嗜好品《しこう》としての食事は可能というわけか。

「もちろんいいよ、スゥが獲《と》ってくれたお肉だしね！　じゃあ、お手伝いしてくれたキミたちも」

というわけで、スゥとミニキノコたちに、串焼きを一本提供した。串から肉を外して皿に盛《も》ってやると、スゥとミニキノコたちは器用に食べる。

「美味《おい》しいね！」

「「「ウマウマ」」」

キノコ妖精たちも喜んでいる様子。うん、誰かと一緒に食事をするっていいな。

上京して一人暮らしを始めると、一人でご飯という機会が増え、ちょっと寂《さび》しいと感じることが多かった。実家では家族でワイワイと食べていたから、余計にね。

昼食くらいは誰かと食べたくて、講義のないときでも学食に行っていたんだよ。まあその途中で、事故ったんだけどね。

そんな感傷に浸《ひた》るのは置いておいて、いまは目の前のご飯だ。人間とはどんなときも、食べねば生きていけないのである。

食事中のスゥはというと、キノコ汁も気に入ってくれた。共食いにはならないのかと気になるわたしだ。それはともかく、この後みんなで食べたデザートのリンゴもどきも、まんまリンゴの味がしてとても美味《おい》しかったです！

さて、テレビもなければパソコンもスマホもない異世界の夜は、食後の片づけを終えたらやることがない。そうなったら、もう寝ようかとなる。

「あ、寝る前に一応、女神様にお祈りしておこうかな」

長老様も、祈ればお願いを聞いてくれるかも的なことを言っていたし。

わたしはどこに向かって祈るべきかと迷った末、焚《た》き火に向かって手を合わせた。

女神様、命を助けてくださってありがとうございます。我儘《わがまま》かもしれないけど、一度でいいから家族と話がしたいんです。せめてわたしがこうして無事でいることだけでも、伝えさせてください。

心の中で祈るわたしを、スゥやミニキノコたちは黙《だま》って見ていた。そして、しばらくすると、真《ま》似《ね》をしているのか、焚《た》き火に向かって傘《かさ》を下げ始める。うんうん、いい子たちだよ～。

こうしてお祈りがすんだ後、荷物を枕《まくら》にして地面に転がった。布団がないので、さっき仕上がったばかりの角ウサギの毛皮を枕《まくら》カバー代わりに荷物に被《かぶ》せてみる。

うん、肌触りがフカフカでいい感じ！

「スゥも、キョーコと一緒！」

「いいよ、一緒に寝よう♪」

スゥが胸元に飛びこんできたのを、わたしはキュッと抱きしめる。

キノコのちょっとザラッとした感触と、ほどよい弾力が抱き枕《まくら》に丁度いい。それにスゥを抱きしめていると、不思議と寒くなかった。これもスゥの力なのかも。

「お休み、スゥ、みんな」

いろいろあって疲れていたわたしは、あっという間に寝てしまった。

その夜、不思議な夢を見た。

自宅の居間で「恭子がいなくなった！」と泣いている家族が見える。泣かないでって肩を叩《たた》こうとしたのに、わたしの身体は透《す》けていて、家族の肩をすり抜けるばかり。けれど声をかけたらちゃんと聞こえていたみたいで、話しかけられたみんなは驚《おどろ》いていた。

わたしは事故で死んだと思ったら異世界に来ていたことを話す。キノコ姿の可愛い妖精と一緒に旅をしているんだよ、って。

でもそこで、身体が急に家族から遠ざかっていった。最後に爺《じい》ちゃんが「ワシが教えたことを無《む》駄《だ》にするなよ！」って言ってくれたのを聞く。

居間が見えなくなって、「これって夢なのかな」と会えなくなった家族を思ってため息をついたとき——

『あなたの願い、叶《かな》えましたからね』

女の人のそんな声がどこからか響《ひび》いてきて、目が覚めた。

そこは昨日寝たときと同じ森の中、腕の中にはスゥがいる。やっぱりわたしは異世界にいたわけで。

「やっぱり夢か」

残念な気がする一方で、これでいい気もする。夢であっても、家族にちゃんといまの状況を話せたことが、わたしの気持ちを落ち着かせていた。

最後のあれって、もしかして女神様だったのかも。それで、夢の中での家族との会話は現実で、みんなに声が届いたと信じたい。

とりあえず、女神様にお礼を言っておこう。

「女神様、ありがとうございます」

帰れないものを嘆《なげ》いていても仕方ない。この世界で生きていくしかないのなら、嘆《なげ》くよりも先にやるべきことはたくさんある。

「まずは衣食住の確保でしょ、そして人里に出ないとなにも始まらないってもんよ！」

こんな風にわたしが朝から気合を入れている気配を感じたのか、スゥと近くに転がっていたミニキノコたちももぞもぞと起き始めた。

っていうか、キノコ妖精も寝るんだね。

「おはよう、スゥ。顔を洗いに行こうか」

「……んむ」

わたしが声をかけると、スゥは寝ぼけまなこで傘《かさ》をユラユラとゆらす。寝ぼけキノコも可愛い。

それから近くの川へ行って顔を洗った。真似《まね》して顔を洗ったスゥがうっかり川に流されそうになるというハプニングはあったものの、冷たい水のおかげでシャキッと目が覚める。あの血まみれだった服は、早速タオル代わりに活躍《かつやく》したよ。

そうそう、朝には燃え尽きているかと思った焚《た》き火は、まだ火がついたままだった。もしかして、スゥかミニキノコたちが燃やしてくれていたのかも。寒い朝に焚《た》き火で暖《だん》を取れるのはありがたい。

その焚《た》き火で昨日のスープを温め直し、それと果物を朝食にする。火の始末をしたら出立だ。

「じゃあね～」

「またね～」

「ばいば～い」

ミニキノコたちはそう言いながら、風に乗ってふらりとどこかへ飛んでいった。ああやって世界中を漂《ただよ》うのだそうだ。

ともかく、再びスゥと二人（？）の旅路《たびじ》である。

他愛ないおしゃべりをしつつ、森の中を進む。早く誰かと会いたいものだ、キノコ妖精だけじゃなくて。

いや、キノコ妖精たちも可愛いんだけどね、わたしはとにかく異世界人と会いたかった。

第二章　外は広いな、危険だな

あれからわたしはスゥと一緒にしばらく歩いていた。そしてとうとう森の木々が途切《とぎ》れた場所に出る。

「おおっ、森を出た！」

「出たー！」

わたしはスゥと一緒に喜ぶ。

ここがあんまり広い森じゃなくて本当によかったよ。下手に広いと迷って出られなくなるからね。まあ、森の案内人として頼もしいスゥがいるので、その心配はないのかもしれないけれども。

それにしても初めて見る森の外は、平原がどこまでも広がっていた。獣《けもの》っぽい影が遠くで動いているのが見える。テレビでしか見たことのない大パノラマだ。

けれども空を飛んでいるのが鳥じゃなくて大きなトカゲだったりして、やっぱり異世界なんだと実感する。

それにしても道らしきものが見当たらない。アスファルトとか石畳《いしだたみ》の舗装《ほそう》までは求めないけど、人が通ったらそれなりの跡《あと》が残るんじゃないの？　どこへ向かえばいいのか、わかりにくいったらありゃしない。

ということで、わたしは早速、「わかんないもの置き場」で拾った地図を確認した。

「ええっと、森はここだから……」

この地図の元の持ち主は妖精の森を目指していたのか、森の場所に印がついている。森の南に山脈が書いてあって、北には街らしき建物の絵が描いてあった。

これからどこへ向かうかだが、南の山脈がここから見える険《けわ》しい山だとしたら……

「北にある街っぽい印はあっちのはず。そっちに歩けば人がいるところに行けるかな？」

「そうなの～？」

わたしの推理に、スゥが傘《かさ》をかしげる。森に引きこもっていたスゥが、この辺りの地理に詳しいはずがない。そもそも、キノコ妖精は地理に関心がないようで、そこらを漂《ただよ》うミニキノコに街の場所をたずねても、「？」という反応が返ってくる。

わかりましたよ、これぱっかりはキノコ妖精たちに頼らず自力で進めっていうことですね。ある程度進めば道に出るかもしれないし、人と会う可能性が出てくる。そうしたら改めて街のことを聞こう。

「ようし、目指せ人里！」

「おー！」

というわけで、わたしとスゥは地図を頼りに妖精の森から最も近い街を目指して歩いた。もちろん、途中で珍《めずら》しい草や木の実、果実を採取することも忘れない。食事にもなるし、人里へ出て売れるかもしれないからね。

こうしてのんびりと歩いていると、「ガラガラガラ……」と、はるか後方から音が響《ひび》いてきた。

「なんの音だろう？」

気になってうしろを振り返る。わたしたちが来たほうから土煙が見えた。なにかが猛スピードで移動していて、その勢《いきお》いに獣《けもの》たちが逃げていくのがわかる。

「うーん、なんだあれ？」

土煙がもう少し近くまで寄ってくると、それが馬に引かれた馬車であることが見てとれた。わたし、馬車なんて、修学旅行先の観光地で走っているものしか見たことないよ。

っていうか、馬車なら人が乗っているはずだ。これってもしかして第一異世界人発見か⁉

「おーい、もしもーし！」

なにか話ができるかと、俄然《がぜん》期待して手を大きく振る。

ガラガラガラ！

ところが馬車は、その勢《いきお》いのまま通りすぎていった。第一異世界人との邂逅《かいこう》は、御者台《ぎょしゃだい》に座っている一人をちらっと見ただけに終わった。

「なにさ、止まってくれてもいいじゃないの⁉」

一瞬ものすごく期待が高まっただけに、肩透《す》かしもいいところだ。でもまあ、ここが未開の地とかじゃなくて、人がちゃんといることがわかっただけでもよしとするか。

でもあの馬車って森のほうから来たよね。わたしたち以外にも人がいたんだ。

「あの人たち、森でなにしてたんだろう？」

「外の森には、珍《めずら》しい草とかキノコが目当ての人がたまに来るの」

スゥの答えに、わたしはなるほどと納得する。妖精の住まいには入れなくとも、その周りにはたくさんの実りがあった。あの馬車もそれだろう。薬草なんかが傷《いた》んで悪くなる前にどこかへ行って売りたくて、ああして急いでいたのかもしれない。

「――でもあの馬車、なんか変な感じだったの」

ふとスゥが、そんなことを呟《つぶや》いた。

「そうなの?」

変な感じとはどんな感じなのだろう。少し心に引っかかりを覚えたものの、そんな引っかかりはすぐに消えてしまう。

その後も、わたしはスゥとのんびり歩いていった。

「――でね、長老様ってば……」

スゥが長老様の笑い話を、傘《かさ》を振りながら熱弁していたとき、サアッと、突然、地面に大きな影がさす。

「うん?」

雨雲かな、と思って空を見上げてみると――

「うわぉ……」

空にあったのは雨雲ではなく、大きなトカゲだった。森を出たところで遠目に見えたものが、いま、わたしの真上にいる。

体長はゾウよりも大きいだろうか。コウモリみたいな羽があって、それをばっさばっさと羽ばたかせホバリングしている。

もしかしてこのトカゲ、ファンタジーで定番のドラゴンとかいうやつじゃない？　わたしは未知との遭遇《そうぐう》に呆《ほう》ける。

「あー、ワイバーンだぁ」

スゥがのんびりと言った。どうやらあのトカゲはドラゴンではなく、ワイバーンというらしい。

しかしそのワイバーンが、一体どうしてわたしの上でホバリングしているのか。「ちょっと美味《おい》しそうなご飯を見つけたんだけど」とかいう理由でないことを願う。

ふいに、そのワイバーンの背中に人影が見えた。その影はまだ空中でホバリングをしているワイバーンから飛び降りる。

え、ワイバーンがいるのって結構な高さなんだけど。危ないっていうより死んじゃうよ⁉

しかしその影は、途中から降りるスピードをゆるめ、わたしの目の前に静かに着地した。

わたしの前に現れたのは、精悍《せいかん》な顔立ちの青年だ。おお、今度こそ第一異世界人発見。

歳《とし》は二十代くらいだろうか？　服の上からでもわかる逞《たくま》しい身体つきをしており、日本人女子としては身長が高いわたしが、見上げるくらいに背が高い。白銀色の髪を短く刈り上げていて、朱色の瞳《ひとみ》でギラリとこちらを睨《にら》んでいる。

異世界人の見た目は、普通にわたしと同じ人間っぽい。宇宙人みたいなのじゃなくてよかった。

とはいえあの高さから飛び降りて無事だなんて、超人だ。降り方もなんかおかしかったし、あれも魔法かなにかかも。でも、キノコ妖精じゃなくても魔法って使えるのかな？

わたしがそんな感想を抱きながらボーッと眺《なが》めていると——

「そこのお前」

バリトンボイスが、わたしに向けられた。

「あっハイ。なんでしょうか？」

超人男に話しかけられたわたしは、返事をする。

「その妖精はどうした？」

男はスゥが気になったようだ。まあ可愛いからね、ウチのスゥは！

「このスゥは妖精の森からわたしについてきてくれた、とってもイケてるキノコです」

「やった、スゥってばイケてるの！」

わたしが胸を張って紹介すると、スゥがユサユサと傘《かさ》をゆらして照れる。うーん。可愛い。

そんなわたしたちを、男が鋭い目で見る。

「さらってきた、のではなく？」

スゥをさらうだなんて、この男はなんて怖いことを言うのか。

「違いますよ。そりゃあ、さらっちゃいたくなるくらいにスゥは可愛いですけどね！」

「きゃー！」

わたしがムギュッと抱きしめると、スゥが悲鳴を上げて喜ぶ。

そんなわたしとスゥのやり取りを、男は眉《まゆ》を寄せて観察していた。

「……まずはその荷を改めさせてもらおうか」

そしてそんなことを言ってくる。え、荷物？　大したものは入っていないっていうか、妖精の森でかき集めた物ばっかりだよ。

「荷物見てなにするの？」

わたしとしては、純粋な疑問だった。

「拒絶《きょぜつ》するか、怪しいやつめ」

けれど男は、なぜか臨戦態勢《りんせんたいせい》に入り、腰《こし》を落として構《かま》えをとる。

え、なんでこんなに喧嘩腰《けんかごし》なの、この人？

あっけにとられるわたしをよそに、男の様子に反応したのはスゥだ。

「なにコイツ、もしかしてキョーコをイジメるの？」

スゥが険《けわ》しい表情をする。険《けわ》しい顔も可愛い。しかし、そんなのほほんとしていられる状況ではない。

「みんな、集合ー！」

突如《とつじょ》、スゥが空に向かって号令をかけた。

「なにー？」

「なになに？」

「あそぶの？」

「なにするの？」

途端に、ミニキノコたちがどこからともなく集まってくる。え、スゥってばこんな必殺技を持っていたの!?

「スゥ、ちょっとなにするの!?」

わたしの問いに、フンスッと鼻息荒く答えるスゥ。

「キョーコをイジメるやつをぶっ飛ばすの！」

いやいやいや、わたしはまだなんにもイジメられてないからね!?

「スゥ落ち着いて！　お話、お話をして解決しようか!?」

わたしが慌《あわ》ててそう言うと、スゥは不満そうに傘《かさ》を膨《ふく》らませる。

「え～？　ぶっ飛ばしたほうが早くない？」

待て待て、早い遅いで解決方法を選ぶのはやめよう!?　喧嘩腰《けんかごし》はよくないよ！

わたしとスゥのワタワタしている様子を、男は呆気《あっけ》にとられて見ていたが、やがて我《われ》に返ったらしい。

「その様子を見ると、どうやらさらってきたのではなさそうだな。妖精付きか」

なんとわたしがスゥを説得するより先に、男のほうが態度を軟化させた。

「疑って悪かった。できれば話を聞きたいのだが、いいだろうか？」

そして姿勢を正して頭を下げる。おお、この人って意外と話がわかる人なのかも！

「ほらスゥ、謝ってくれてるよ、それにお話がしたいって！」

「ム～、しょうがないなぁ」

男が謝罪してくれたおかげで、スゥの怒りも収まったようで傘《かさ》を萎《しぼ》ませる。

よかった、これで改めて第一異世界人との穏便《おんびん》なコンタクトに成功だ！

「どうも、わたしは片桐恭子、キョーコが名前です。あっちの森から来ました！　こっちは妖精のスゥ！」

まずは自己紹介、コミュニケーションの基本である。スゥはまだ心を許せていないのか、むっつりしたままだ。

「そうか、俺はリュックという。お前はなんだか古臭い格好をしているが、森へ行っていたということはハンターか？　街の通行者リストを見る限り、ここ最近森へ向かった者はいないはずだが」

「ハンター？　通行者リスト？」

古臭いという言い方も若干引っかかるが、それよりこちらのほうがより気になる。ハンターというのは、獲物《えもの》をハンティングする人という意味で合っているだろうか。確かにウチの爺《じい》ちゃんはマタギだったけどさ。

あ、背負い袋《ぶくろ》の横に下げている角ウサギの冷凍肉を見て、そう思ったのかも。そういえばこのお肉、昨日凍《こお》らせてもらったままのカッチカチで、溶ける気配がないんだよね。これもキノコ妖精パワーなのかな？

まあハンターはともかくとして、通行者リストのほうは見当もつかない。

内心で首をかしげるわたしに、リュックという名の男は話を続ける。

「知っていると思うが、あの森は特別な場所だ。よって通す者を見極《みきわ》める必要があり、向かうやつの名前は全て街が控《ひか》えてある」

なるほどね。あの森って女神様が降り立つっていう場所らしいし、そんな神聖な場所に怪しい人なんか入れられないか。森の管理人かなにかなのかな、この人。

けど、わたしは異世界からいきなり現れたので、街なんか通りようがないです、ハイ。

「あの、わたしはその街を通っていないっていうか」

そんなわたしの答えに、リュックさんは奇妙なものを見る顔をした。

「まあ、通らずとも森に向かえなくはないが……物好きだな」

物好きって言われたよ？　わたしって一体どんなやつだと思われたんだ。いかんせんこの世界の情報が少なすぎる。なんといっても、キノコ妖精たちからの知識しかないからね。

こちらの戸惑いなどスルーして、リュックさんは次の質問をした。

「キョーコだったな、この辺りで怪しい者を見かけなかったか？」

なるほど、リュックさんは怪しいやつを探していて、わたしに目をつけたのか。

まあ、この辺りを歩いているのってわたしとスゥだけだしね。けど、この世界に来てから出会ったのって、キノコ妖精くらいなんだけど……

あ、でも怪しいかどうかはともかくとして、通りすぎていったのはいたな。

「途中で爆走する馬車は見ましたけど」

わたしの答えに、リュックさんが「なに⁉」と食いつく。

「その馬車はどこから来てどこへ向かった⁉」

「方向としては、森のほうから来て、あっちに行きましたよ」

わたしが指さす方角に、リュックさんが険《けわ》しい顔を向ける。

「虚無《きょむ》の荒野《こうや》か、それは怪しいな」

虚無《きょむ》の荒野《こうや》とか、なにその猛烈《もうれつ》に嫌な響《ひび》きの場所。そんなの地図に載《の》ってなかった。

「あっちって、街があるんじゃないんですか？」

だからわたしはそちらに向かって歩いていたのに。わたしが荷物から地図を出して「ほらここに」と指さして見せると、リュックさんは驚《おどろ》いた顔をした。

「なんだ、この骨董品《こっとう》は!?　虚無《きょむ》の荒野《こうや》に街があったなんて、五百年は前のことだぞ!?」

「え、そうなの!?」

そういえばこの地図をゲットしたあの「わかんないもの置き場」は、時間が止まっているのだったか。なので状態がよくても、最近の物とは限らないわけで。

でも、五百年も昔のものとは思わなかった！　五百年前って、日本だと戦国時代だよ!?

リュックさんから得た情報によると、妖精の森へ行くには街を通るか、山脈を越《こ》えるか、虚無《きょむ》の荒野《こうや》とやらを通るかのルートしかないそうだ。そして山脈越《ご》えと虚無《きょむ》の荒野《こうや》ルートは、ほぼ死亡ルートらしい。

ちなみに虚無《きょむ》の荒野《こうや》とは、かつて女神様の怒りを買って滅《ほろ》んだ国の跡地《あとち》だという。その国ってなにをやっちゃったんだろう、すごく気になる。

わたしはその虚無《きょむ》の荒野《こうや》に向かっていたこともあって、怪しまれたようだった。虚無《きょむ》の荒野《こうや》の境目って、人があまり寄りつかないから盗賊なんかが根城を作っているんだって。

「じゃあリュックさんが追いかけているのって、その盗賊？」

「……そういうことだな」

わたしの質問に、リュックさんが歯切れの悪い返事をする。まあ、素性《すじょう》の知れないわたしなんかに、情報を全部しゃべる必要もないか。

「わたしの知っているのはそれだけなんで、じゃあ頑張ってください」

盗賊を追いかけるのであろうリュックさんに、ひらひらと手を振る。

「いや。キョーコ、お前は一緒に来い」

「はい？　なんで？」

リュックさんの命令口調の申し出に、わたしは首をかしげた。するとあちらは眉《まゆ》をギュッと寄せる。

「念のためだ。追いかける馬車が、本当に見かけたものと同じかを確かめてもらう、というのもあるし、いまのところ連中とお前が関係がないことを、証明できていないという問題もある」

疑わしい者を解放できないという考えも、わからなくはない。けど面倒だなと断りかけて、「待てよ？」と思い直す。

この人についていったら、ついでに街まで同行してもらえたりしない？　この地図が当てにならないとすると、どこに街があるのかわからない。道案内がいてくれたら非常に助かる。

「あの、じゃあ、わたしが問題なしってわかったら、街まで連れていってくれます？」

「いいだろう、どうせ帰り道だ」

わたしの提案に、リュックさんはあっさりとうなずいた。やった、道案内ゲット！

「え～、コイツと一緒？」

スゥは若干不満そうだ。

「どこいくの？」

「なにするの？」

「おもしろそう！」

「たのしいことある？」

ミニキノコたちは解散にはなっておらず、わたしと一緒に動くみたいだ。沢山のキノコ妖精連れとなることに、リュックさんは険《けわ》しい顔をするものの、口に出してはなにも言わない。賑々《にぎにぎ》しくてすみませんね。

ともあれ、リュックさんは上空で待機していたワイバーンを下ろし、その背にヒラリと乗った。

「早く乗れ」

そして軽い調子で促《うなが》してくる。いや、乗れって言われても。ワイバーンの乗り方なんて知らないって。

「これって、どこから乗ればいいんですかね？」

尻尾あたりから登っていくのが乗りやすそうだけど、尻尾を踏んでも暴れたりしない？　わたしは乗車ならぬ乗ワイバーンの方法に戸惑う。

「全く、世話の焼ける」

すると、面倒そうに舌打ちしたリュックさんが、ワイバーンから一旦降りた。そしてわたしをひょいと抱え上げる。

このとき、リュックさんの手がわたしの胸を鷲掴《わしづか》みにした。

「うひゃん⁉」

自分でも驚《おどろ》くくらいに甲高《かんだか》い声が響《ひび》く。

これまでの人生で、自分以外に触らせたことのない場所なんだから。自分で触ってもなんともないのに、他人に触られたらめっちゃビックリするんだって！

「……なに？」

リュックさんの手から力が抜けて、わたしは地面にドスンと落とされる。お尻打ったじゃんか、痛い！

お尻の痛みにちょっぴり涙目で見上げると、なぜかリュックさんのほうが驚《おどろ》いていた。

「お前、もしや女か⁉」

「もしやじゃなくても女です！　なにすんの、このスケベ！」

そんなに目を見開いて驚《おどろ》くことないじゃない、失礼だな！　確かに周りからはガサツで女と思えないってよく言われたけど、れっきとした乙女なんだからな！

これに再び怒り出したのが、わたしと一緒に荷物の上から落下したスゥだ。

「やっぱりコイツ、キョーコをイジメた！」

スゥの怒りに、ミニキノコたちも騒《さわ》ぎ出す。

「イジメたよ！」

「いけないんだ！」

「いじめっこ～！」

「おしおき！」

あ、これってヤバいんじゃない？

しかしわたしがスゥたちを止める隙《すき》もなく。

ドビューン……

リュックさんはワイバーンと共に、空の彼方《かなた》に飛ばされた。

「え、ちょっとアレ死んじゃわない⁉　誰か、回収して！」

慌《あわ》てるわたしに、しかしスゥはスッキリした顔でのほほんと言う。

「平気だよ～、だってアイツ魔族だもん」

「……魔族？　ってなに？」

知らない言葉なので、わたしはスゥにたずねた。

なんでもこの世界には人族と魔族がいるらしい。人族は地球で言う人間と同じで、長生きしても
せいぜい百年程度。そして魔族は人族以外の種族の総称で、長生きな者は千年以上も生きるらしい。

そして人族に比べて身体が頑丈《がんじょう》にできている。

「アレ、たぶん竜族だよ。そんな匂いがしたもの」

匂いって、スゥは見た目キノコなのに犬みたいだな。

「でもスゥ、お願いだからぶっ飛ばすのはやめて。わたしの心臓に悪い」

「え、そうなの!? キョーコが具合が悪くなるならやらない！」

わたしの言葉に、スゥは「大丈夫？ ちょっと休む？」とオロオロピョンピョン周りを回る。

うーむ、素直だが、果たしてどこまで理解しているのか謎だ。キノコ妖精を怒らせたら怖いって、覚えておかなきゃ。それに適度な報復《ほうふく》行動のすり合わせも、スゥとしておかないと。でないとこの子たちが人を傷つける、最悪殺してしまうことになりかねない。爺《じい》ちゃんはマタギだからこそ、無益な殺生や暴力にはきびしかった。

それにしても、案内人のリュックさんがワイバーン共々吹き飛ばされてしまったので、これからどうしたものかと悩む。

ミニキノコたちは群《む》れると危険ということで解散してもらい、わたしは「うーん」と考えこんだ。

「とりあえず、馬車が走っていったほうに行ってみる？」

そしたらそのうちリュックさんも来るかもしれない。

生きていたら、だけど。

怖い想像をしてしまうが、スゥの「平気だよ」という言葉を信じて、ひとまず進んでみることにした。

でもあの爆走ぶりだと、馬車は結構遠くまで行っているんじゃないかな。

……そう思っていたのに、しばらくしたら、なんと例の馬車らしき影が見えてきた。

「スゥ、案外近くにいたね」

「そうだね～」

あんなに急いでいたのに、なんでこんなところで止まっているのだろう。爆走しすぎて馬車が故障したとか？

けど近くにいてくれたのは、ありがたい。とりあえず様子を見るために近づいてみよう。

広い平原は身を隠《かく》すものが少なく、わたしたちは低木や通りすがる獣《けもの》たちに紛《まぎ》れるようにして、距離《きょり》を詰《つ》めた。

こうしてだいぶ近くまで寄って、馬車の様子が確認できる低木の陰に隠《かく》れる。

低木の幹《みき》からそーっと顔を出すわたしを、スゥが真似《まね》をする。ラブリー。

けどそのスゥが、「ムー」とうなった。

「ねえキョーコ、やっぱり変な感じがするの」

そういえば、さっきもそんなことを言っていた。

「変なって、どんな感じで？」

「なんかね、箱の中がモヤモヤしているの。気持ち悪いの」

箱の中、つまり馬車の中になにかがあるってことなのかな？　どうにかして、あの中をのぞいてみたい。

見たところ見張りっぽい人は立っていないな。リュックさんの言葉だと、この辺りはだいぶ辺鄙《へんぴ》な場所らしいし、誰も通らないって思っているのかも。わたしの横を通りすぎたときも、慌《あわ》てていて存在に気づかなかった可能性がある。

「……よし、近くまで行ってみるか。危ないときは助けてね、スウ」

「おー!」

わたしは念のために匍匐前進《ほふくぜんしん》で進む。スウも真似《まね》して地面をヨジヨジしているけど、キミは普通に進んでいいんじゃないかな。

こうして多少の時間をかけて馬車に寄っていった。誰か出てくるかと警戒《けいかい》していたけれど……一向に誰も出てこない。

そしてとうとう、馬車までたどりついてしまう。車輪が壊れているのがわかる。やっぱり故障して停まっていたのか。

そのままそうっと御者台《ぎょしゃだい》の様子をのぞくと、男が一人でいびきをかいて寝ていた。あれ、ちょっと呑気《のんき》すぎじゃない? と呆《あき》れる。

ピョコッ!

寝ている人の陰から、なんとミニキノコが一体顔を見せた。

「ぐっすり寝てるよ～」

ミニキノコはちょっと得意げだ。

「……ひょっとして、キミが寝かせておいてくれたの?」

「そーう!」

ムン、と傘《かさ》を反《そ》らすミニキノコ。すごく助かったけど、一言事前に言っておいてくれたら、普通に歩いてこられたんだけどな。匍匐前進《ほふくぜんしん》って疲れるんだよ。でも善意に対して、そんな文句を言ったらダメだよね。

とにかく男が寝ている隙《すき》に、スゥが気にするモヤモヤの正体を暴いてやろうじゃないの！　そう意気ごんで馬車のうしろに回ってみる。

馬車の中から、泣き声が聞こえてきた。

「ふえぇ……ふえぇ～ん」

もしかして、誰か捕まっているの？

わたしは慌《あわ》てて馬車の扉を開ける。そこは椅子もなく、がらんどうだった。まるでトラックの荷台みたい。

その荷台にポツポツと積まれた荷物。そして、隅《すみ》の暗がりに、布を被《かぶ》った箱状のものがある。

どうやらそこから泣き声が聞こえているようだ。

「ふえっ……ふえっ……」

「なんだろう、子供が入るには小さいし」

「それ！　それが嫌なモヤモヤのもとなの！」

思案《しあん》するわたしに、スゥがピョンと飛び上がって言う。

モヤモヤする泣き声が聞こえる箱とか、なんか怪談めいているな。夜に見ると超怖いやつかも。

けれど幸い、いまは明るいので恐怖は半減だ。

「女は度胸！」

荷台に乗りこんでえいっと布を取ると、その下にはハムスターを入れるケージに似た形の檻《おり》があった。

檻《おり》の中には、なにかがいる。

「ふえっ……、あ、誰？」

「……クラゲ？」

なんと、中で泣いているのはクラゲのような生き物だった。

大きさはスゥと同じくらいだろうか。プルンとした瑞々《みずみず》しい半透明の傘《かさ》、その傘《かさ》のふちに可愛らしい顔がついている。そしてクラゲにしてはぶっとい触手、ってあれ？　この子ってひょっとして、クラゲじゃなくてキノコ妖精？

「あ、水だ～」

わたしの肩に乗って箱をのぞきこむスゥが、そんなことを言う。

「スゥ、水って？」

「あのね、水の妖精なの」

わたしの疑問に、スゥが答えた。なるほど、クラゲ似キノコは水の妖精か。言われてみればそれっぽい。

こんなところに閉じこめられているということは、盗賊に捕まってしまったのだろう。

「……土だ、助けに来てくれたの？」

「キョーコが助けに来たんだよ～。それに土じゃなくてスゥなの！」

涙で潤《うる》む目を瞬《またた》かせるクラゲ似キノコに、スゥがわたしの肩の上で跳《は》ねながら言う。傘《かさ》が顔の横を掠《かす》めて微妙にくすぐったい。

ともかく、このキノコ妖精を救出だ。

「スゥ、この檻《おり》壊せる？」

「えっと、土に戻せばいいよね〜」

わたしのお願いに、スゥがピョンと跳《と》ぶ。檻《おり》は崩《くず》れ落ちて砂状になった。

「ようし、じゃあここから出ようか」

「はぁい！」

「……うん」

わたしはキノコ妖精二体を引き連れて、荷台から出ようとする。

「あっ⁉　なにしてるんだテメェ！」

突如、そんな男の声が響《ひび》いた。なんとまさに荷台に上がろうとしている、御者台《ぎょしゃだい》にいたのとは別の男と鉢合わせしたのだ。

「うひっ⁉」

わたしは、荷台で後さずる。

熊とうっかり出くわしたときの対処法は爺《じい》ちゃんに聞いていたけど、盗賊の撃退法まではさすがに知らない！　ここはスゥに助けてもらおうと考えるものの、さっきのリュックさんみたいな事態になるのではと思うと、なんとお願いするべきかと躊躇《ちゅうちょ》する。

ヤバい、こういうときどうするかちゃんと話し合っておけばよかった！　行き当たりばったりな行動に、今更後悔する。

グルゥオオォン！

そのとき、突然ビリビリと鼓膜《こまく》に響《ひび》く、大きな咆哮《ほうこう》が聞こえた。

「今度はなんだ⁉」

男がわたしたちから視線を逸《そ》らし、空を見上げる。

いまのって、もしかして！

わたしは男の肩越しに空を見上げる。すると、そこにはこちらに向かって飛んでくるワイバーンが見えた。そしてその背にはリュックさんの姿がある。

よかった、ちゃんと生きてた！

「やべぇ⁉」

ワイバーンが敵だとわかった男は、慌《あわ》てて走って逃げようとする。けれども、ワイバーンの上にいるリュックさんから光の帯のようなものが飛んでいき、男をギュッと縛り上げた。

いまのって間違いなく魔法だよね？　やっぱりキノコ妖精じゃなくても魔法は使えるんだ！　うわぁファンタジー、わたしも使ってみたい！

「助けが来たよ、よかったね！」

テンションが上がったままわたしが言うと、クラゲ似キノコが涙目で半透明の傘《かさ》をプルプルと上下させた。捕まっている間、すごく怖かったんだろうなぁ。

そしていつの間にやら、御者《ぎょしゃ》の男もグルグル巻きにされていた。

「どうも、さっきぶりです」

ヒラヒラと手を振るわたしに気づいたリュックさんが、ワイバーンの背中からヒラリと飛び降りる。見たところ、怪我をしている様子はない。スゥが言うには確か、竜族だっけ？　相当頑丈《がんじょう》な種族なんだな。そんな風にわたしが状態を確認していると、「俺が悪かった」とリュックさんが、謝罪を口にした。

「男だと思って、雑に扱《あつか》ってしまったんだ。女だと知っていたら、もう少し気を使った。本当に悪かった」

謝罪があれば、わたしから言うことはない。それにわたしの格好も勘違《かんちが》いのもとだったのだろうし。シャツとズボンは明らかに男物だもんね。

「ほらスゥ、謝ってくれたよ」

「ム～、キョーコが許すならいいよ」

わたしが荷台でムッとした顔のスゥを促《うなが》すと、彼は渋々といった様子でうなずいた。

「……だあれ？」

そしてリュックさんを初めて見るクラゲ似キノコが、プルプルと震えている。さらわれたばかりだから、知らない相手が怖いのかもしれない。

するとクラゲ似キノコを見たリュックさんが、衝撃《しょうげき》を受けたような顔をした。

「なんと、これは……!?」

目を見開いてガン見するので、クラゲ似キノコが余計に怯《おび》えている。お客さん、見すぎですから、目が血走ってヤバい人になっているよ。

プルプルするクラゲ似キノコが可哀想になって、わたしはこの子を上着の内側に入れてやった。

「あ、いいなぁ」

するとこれを羨《うらや》ましがったスゥが、上着の中へ突撃してくる。

キノコ妖精とムギュムギュしているわたしを、リュックさんが羨《うらや》ましげに見ているのは、知らないふりだ。

なにこの人、無類のキノコ好きかなにかなの？

そんなキノコ妖精たちとのふれあいはともかくとして。

それからリュックさんは荷台に乗りこみ、中の荷物を物色し始めていた。クラゲ似キノコの他にヤバいものがないかの、確認だそうだ。

「そもそもですけど、この人たちってなにをしようとしていたんですか？」

様子をのぞいていたわたしの疑問に、リュックさんが「仲間ではなさそうだしな」と呟《つぶや》いた後で答えてくれる。

「妖精の密売だ」

密売って、妖精を売っちゃうの!?　この子たち、女神様の御遣《みつか》いなのに!?　それにキノコ妖精たちがいないと、世界は成り立たないんだよ!?　風だって吹かないし火だってないんだから、人なんて生きていけないじゃん！

「なんて罰当たりで考えなしな！」

異世界生活二日目のわたしですらわかるよ、そのくらい！

驚《おどろ》くわたしに、リュックさんが難しい顔をする。

「全てのやつが、そんな認識をしてくれればいいんだがな……。国によっては、特に隣国——人族の国であるザシャでは世界の創生を捻《ね》じ曲げて、都合のいい建国神話を生み出している。『我々《われわれ》は女神によって遣《つか》わされた選ばれし種族で、妖精たちは我《われ》らに使役される生き物』というわけだ」

「使役って、もしかしてこの子たちに鞭《むち》打つの⁉　そんな酷《ひど》い……っていうか、普通の人にそんなことできる？」

キノコ妖精たちは自由で無邪気で、結構怖い存在だ。気に入らないってだけで竜族を空の彼方《かなた》へぶっ飛ばすんだから。

「周到に準備すれば、できなくもない。その道具の一つがこれだ」

そう話すリュックさんが持ち上げたのが、クラゲ似キノコの檻《おり》に被《かぶ》せてあった、あの布だ。

「これには、妖精の気配をわからなくする術がかけられている」

「それ、嫌いー」

リュックさんの手にある布を見て、スゥが嫌そうな顔をする。どうやらスゥが「モヤモヤ」と言っていたものの正体は、この布の効果らしい。

「積んであった檻《おり》にも、妖精の力を阻害する効果があった。その妖精は土か？　だから術ごと檻《おり》を破壊できたんだろうが、早く壊せて幸いだったな」

なるほど、スゥだから壊せたのか。結構怖い道具だな。

それにしてもこんなものを準備しているということは、森に入ってたまたま見つけて出来心で連れ出した、というわけではなさそうだ。

「もしかしてあの連中、常習犯？」

わたしの疑問に、リュックさんが難しい顔をする。

「最近妖精が秘密裏に売り買いされていることが、国で問題になっていてな。俺はそうした犯罪から、妖精たちを守らなければならない」

そのためリュックさんは誘拐犯たちが通るルートを探っていたのだという。この人、国の役人かなにかなのかな？

そして彼らが虚無《きょむ》の荒野《こうや》付近をアジトにしているらしいという情報を掴《つか》み、張っていたところへタイミング悪く通りかかったのが、わたしというわけだ。

ちなみにあの馬車がやたらに飛ばしていたのは、クラゲ似キノコをさらったことを他のキノコ妖精に気づかれる前に、距離《きょり》を取ろうとしていたのだろう、とのこと。

そうか、スゥの一声であれだけミニキノコたちが集まるんだもの。このクラゲ似キノコだって、同じことができるのかもしれない。それを警戒《けいかい》して、妖精の森から少しでも離れようと必死だったのか。そして檻《おり》に入れてしまえば、『モヤモヤ』が邪魔をして仲間からも気配がわからなくなると。

それにしても、こんなに可愛い子を泣かせるなんて、アイツら許せん！

こうして密売犯はお縄になり、この馬車と犯人を街まで移送しなければならないそうで、リュックさんはワイバーンを先に帰らせ、押収《おうしゅう》した馬車で街へ戻ることになった。

「街へ連れていく約束だったが、馬車で行くのでちょっと時間がかかりそうだ」

「それは全然いいんですけど、ちょっと休憩しません？　丁度お昼時ですし、ご飯なんて一緒にどうです？」

すぐにでも出立しそうなリュックさんに、わたしは提案する。さっきからお腹《なか》が空《す》いているんだよね。

この食事の誘いに、リュックさんが目を瞬《またた》かせる。

「……いいのか？」

「もちろん！　誰かと一緒に食べたほうが、美味《おい》しいじゃないですか」

こうして食事を囲むメンバーにキノコ妖精一体と竜族一人が増えたところで、昼食の準備だ。

まずはスゥに竈《かまど》を作ってもらい、火で角ウサギを焼こうと思った。

「――え、まだ凍《こお》ってるの？」

そう、あの冷凍角ウサギは、カチンコチンだった。火に当てれば溶けるかと、焚《た》き火の上に吊《つ》るそうとしていると、リュックさんに注意される。

「強力な氷の術がかかっているな。これは普通の火では溶けないぞ」

彼はそんなことを言って、小声で何事か唱える。すると角ウサギの肉が炎に包まれたかと思うと、解凍された状態になった。

魔法、便利だな！　ついでに竈《かまど》に火をつけてもらえるとありがたい！

それにしても、キノコ妖精への頼み事は、加減も一緒にお願いするのが大事。よし、覚えた。

そんなこんながあったものの、角ウサギの串焼きができあがる。加えてリュックさんから硬そうなパンとチーズを提供してもらったので、異世界で初の主食をゲットだ。そのパンを薄く切ってチーズをのせ、火で炙《あぶ》った。

出汁《だし》を取る時間がなくてキノコ汁が作れず少々物足りないが、仕方ない。けどこのメニューだと野菜が足りないので、食材キノコを串に刺して焼いてみた。本当はバターソテーとかが食べたいな。ああ、調味料が恋しい。

食後のデザートはミカンっぽい柑橘《かんきつ》類だ。

「リュックさん、ご飯できました！」

馬車のほうで作業をしているリュックさんに声をかけると、彼はすぐにやってきた。そして焚《た》き火で焼かれているキノコの串焼きを見て、目を見開く。

「……なんだと⁉」

え、なに驚《おどろ》いているの？　ご飯が手抜きっぽく見える？

わたしは首をかしげる。

「え、なにか変ですか？　普通に持っていたものを串に刺して、焼いただけですけど」

「……持っていたのは、角ウサギだけじゃなかったのか」

リュックさんはなにかに衝撃《しょうげき》を受けている様子だが、よくわからないので無視して食べよう。

「いただきます！　リュックさんもどうぞ」

「あ、ああ……なんだ、かすかに身体に力がみなぎるな……」

リュックさんが串焼きキノコを食べてなんだかブツブツ呟《つぶや》いているが、美味《おい》しいみたいなので放っておく。

「ほら串焼き、スゥも食べる？　そっちの子も」

「食べる！」

「……欲しい」

わたしも食べながら串焼きをあげると、元気に跳《は》ねるスゥと、遠慮がちに申し出るクラゲ似のキノコ。うーん、同じキノコ妖精でも性格が違うなぁ。

そしてそんなこの子たちを、リュックさんがじっと見ている。キノコ妖精の食事風景が珍《めずら》しいってのはわかるけどね、見すぎだって。せっかく怖がらせたことを謝り倒して許してもらったばかりなんだから、チラ見くらいにしておこうよ。

そうそう、このクラゲ似キノコちゃんってば、なんと調理に使う水を出してくれたんだよ！　鍋《なべ》の横でピョンと飛ぶと、鍋《なべ》の中になみなみと水が張られちゃうのだ。飲み水の確保にも一役買ってくれたんだけど、妖精ってすごいよね。

そんなすごい妖精でも、人に捕まってしまったわけだ……

「キミは、どうして捕まっちゃったの？」

スゥと並んで角ウサギの肉をモグモグしている、クラゲ似キノコにわたしは聞いてみた。

「……あのね、外の森にいい感じの水たまりがあってね、気持ちよくって浸《ひた》ってて、寝てたの」

「水はね、お気に入りの水たまりに目がないんだよ～」

なるほど、寝ていたところを捕まったのか。なんというか、ちょっとどんくさい子なのかもしれない。

「では、後で森へお送りしよう」

クラゲ似キノコを故郷の森へ帰そうと申し出たリュックさん。

「……ううん、僕キョーコに恩返しする」

けれど、そう言ったクラゲ似キノコがピョーン、ピトッ！　とわたしに飛びついた。

「助けてもらったお礼する。それに、キョーコはとっても気持ちいいの」

「わかる～。気持ちいいよね～」

気持ちいいって、それってわたしが太っているからとかいう理由じゃなくて？　体重は平均のはずなんだけどな。

この瞬間、旅の同行キノコ妖精が一体増えたのだった。

でもこうしてワイワイやりながら食事するのって、やっぱりいいな。食事時の一家団欒《だんらん》って、田舎《いなか》にいた頃は日常だったから。

都会暮らしは自由な時間がたくさん持てる代わりに、こうした安らぎの時間を失っていたんだよね。その感覚って、実際に都会に出ないとわからないもので。

そしていまのわたしには、家族の団欒《だんらん》なんて永遠に得られない。

……いや、わたしがこの世界で家族を持てばいいのか。できるかな、父さん母さん爺《じい》ちゃんみたいな家族が。その前に出会いが必要か。早く人が住んでいる場所に行きたい。

賑《にぎ》やかながらも少々しんみりした気分で昼食を終えると、いよいよ街に向かって出発となる。

「忘れ物はないか」

「ないです！」

「馬車ー！」

「……今度は怖くないの」

焚《た》き火の処理や荷物の確認をするリュックさんをよそに、わたしとキノコ妖精たちはすっかり遠足気分だ。だって馬車だよ、雰囲気があって気分が上がるじゃないの！

ちなみにこの馬車は車輪が壊れているので、魔法で浮《う》かせていくそうだ。本当に魔法って便利だ、機会があったら覚えたいな。

そうそう、あのクラゲ似キノコにも名前をちゃんとつけたよ。クラゲからインスピレーションを得て、クゥという名前にしたんだ。我《われ》ながら単純だと思うけど、これ以外に名前が出なかったのよ。

とにかくそんなわたし、スゥ、クゥ、そしてリュックさんを乗せた馬車は、街へ向かって走り出した。

「うーん、快適」

わたしは馬車にゆられながら、変わりゆく景色を眺《なが》める。本来の馬車は、慣れないと振動でお尻が痛くなるくらいにゆれると聞いたことがあったが、この馬車は魔法で浮《う》かせているため、そのあたりがスムーズらしい。わたしの感覚としては、自動車に乗っているのと大して変わらない。

ちなみにしばらく馬車に興奮《こうふん》してわたしの両脇でユサユサしていたスゥとクゥだが、ゆれがいい感じにゆりかごになったのか、いまはすっかりお昼寝モードだ。

起きているのはわたしとリュックさんだけなので、いまのうちに気になっていることを聞いてみようと、手綱《たづな》を握っている彼の隣へ移動した。スゥってば最初の印象が悪いせいか、リュックさんに対して喧嘩腰《けんかごし》なんだよね。だからキノコが寝てる間に、ってやつよ。

「それにしても、よく生きてましたね？」

わたしの率直な疑問に、うしろのキノコを気にしていたリュックさんが、こちらを向いた。

「大陸の果てが見えたとき、さすがに死ぬかと思ったけどな。しかし風が追いかけてきたかと思ったら強引に引き戻され、気がつけば妖精の森の近くに落ちていた」

あ、わたしの回収願いを一応、ミニキノコの誰かが聞いてくれたのか。やり方はだいぶ乱暴だったようだけど。

ところで御者台《ぎょしゃだい》という狭い空間で隣に座っていると、相手の顔がよく見える。リュックさんの瞳《ひとみ》は、元の世界で見慣れた人間のものとは違うというか、トカゲや蛇みたいに瞳孔《どうこう》が縦に長くてちょっと不思議。竜族特有なのだろうか。竜ってやっぱり爬虫類《はちゅうるい》なのかな。

あんまりまじまじと見てはいけないと思いつつもチラチラ視線を送っていると、リュックさんとバチッと目が合う。その瞬間サッと目を逸《そ》らされた。かと思うと、今度は逆に視線を感じる。

「……どうかしましたか？」

そう声をかけると、リュックさんはしばし迷った後で聞いてきた。

「……そのペンダント、どうしたんだ？」

彼が見ていたのはわたしというより、首から下げられているペンダントだったようだ。

「ああこれですか？　森で拾ったんです、綺麗《きれい》だったから」

この説明で間違ってはいないはずだ。妖精の森の「わかんないもの置き場」で拾ったんだから。

「そうなのか。……まさかな、いやでも」

しばしモゴモゴと呟《つぶや》いていたリュックさんの様子に、わたしは不安になる。

え、もしかしてこれって、珍《めずら》しい宝石とかなのかな？　だったらこんなに無防備にぶら下げていたらマズかったりする？

「あの、こうやって普段使いにするのって、ダメなやつだったりしますか？」

心配するわたしに、リュックさんは大きく深呼吸をしてから「いや」と首を横に振った。

「それほど値打ちものというわけではない、ただのお守りだ。気に入ったのなら持っていればいい」

値打ちものではないにしては、さっきの反応がすごく気になる。けど、少なくとも他人に見せたらいけない類《たぐい》のものではないらしい。

「はい、着けていたらなんか愛着が湧《わ》いてきちゃったし、大事にすることにします」

そう答え、わたしは日の光を反射してきらめくペンダントを眺《なが》めた。

「もう一つ聞きたいんだが、キョーコはどこの出身だ？　人族ではないだろう」

しばらくして、リュックさんがさらにそうたずねてきた。

え、なにそれ。わたしは人間……人族ですけど？

きょとんとした顔をしてしまったわたしをどう思ったのか、彼は肩を竦《すく》めた。

「誤魔化そうとしても無駄《むだ》だ、我々《われわれ》竜族は気配に敏《さと》い。確かに見た目はまるっきり人族だから、俺もはじめは怪しんでしまったが、それだけ女神様の御力《おちから》を纏《まと》っているなら、女神様に近い種族だろう？」

女神様の御力《おちから》ってなんだ、そのうえ気配って。

あれか、わたしが女神様が降り立つっていう場所で寝ていたのが原因か？　わたしってばいつの間に人間やめてたの？　もしかして、スゥたちが「気持ちいい」って言うのは、この女神様の御《お》力《ちから》のせいなのかも。

女神様パワーか、ある意味チートだな。まるで小説の主人公みたい。これって魔法とかもバンバン使えるのかしら。キノコ妖精に好かれるってだけだと微妙だな。いや、可愛いけどね、キノコ妖精。

もっとも、このリュックさんの誤解は考えようによってはありがたいんじゃない？　長老様も、異世界から人が落ちてくるのってすごくレアケースみたいな言い方だったし、ここはそういう種族ということにしておいたほうがいいのかも。

それと、異世界関連について、キノコ妖精以外の人から話を聞いておくべきかもしれない。

「実はそうなんです。すっごい秘境の引きこもり種族でして、わたしは外を旅する変わり者なんです。でもこれを言って、田舎者《いなか》だって知られて詐欺《さぎ》とかに会うのが怖くって。それで人族で通そうかと」

わたしがとっさの作り話をするのを、リュックさんはじっと目をのぞきこむように見つめてくる。わたしも負けじと目を逸《そ》らさないでいると、向こうが目を逸《そ》らした。

「まあ、世界は広い。まだあまり世に知られていない種族はごまんとあるし、田舎者《いなか》だと舐《な》めてかかる輩《やから》も確かにいるな」

そしてわたしの作り話を肯定《こうてい》される。あっさり信じられるなんて、逆に怖いんだけど。この世界にはそれだけ多様な種族がいるってことなのかもね。

「それでですね。わたしの種族に異世界からの漂流物についての伝承があるんですよ。しかもなんと、人がやってくることがあるらしいんですが、わたしそのことに興味があって。リュックさんはなにか知ってます？」

わたしがそう話を振ると、リュックさんが難しい顔をした。

「俺たち竜族にも、確かに異世界から落ちてきたという存在の話は伝わっている。千年に一度、異世界から聖女が現れてこの世界を救うというが、生憎《あいにく》と俺は見たことがない。まあ、いわば伝説だな」

うわぁお、聖女伝説と来ましたか。こちらの予想以上にスケールが大きい。これは異世界から来たという話は、絶対しないほうがいいな。変に目立って面倒ごとにでもなったら大変だ。

わたしの今後の大まかな方針が決まった。

「――それはそうと、これからが本題なんだが」

ふいにリュックさんが真面目な顔で切り出した。

「なんです、改まって」

もしかして、いまの話で異世界云々を怪しまれた？　と、ドキドキする。

「妖精を抱きしめることは可能だろうか」

ものすごく真剣な目つきでそう言われ、わたしは御者台《ぎょしゃだい》の上でズッコケた。

コイツはやっぱりアレか、ワイルド系イケメンな顔してキノコ妖精大好き野郎か！　確かに馬車を走らせながらも、キノコ妖精たちをチラチラ見てるなとは思ってたけど！

ここで「ダメです」と断ることは簡単だが、これからしばらくわたしたち二人とキノコ妖精二体での道行きなのだ。途中でキノコ妖精愛を爆発させて、大惨事になるのを防ぐ意味でも、軽い抱っこでガス抜きさせたほうがいいのか？

となると、どちらのキノコ妖精を抱っこしてもらうかだが。スゥだと目が覚めたときに喧嘩《けんか》になるだろうし、大人しいクゥのほうか？　でも寝込みを襲《おそ》うのはよくないよね。

わたしは寝ているクゥをそっと持ち上げて抱き寄せ、覚醒《かくせい》を促《うなが》すためにユサユサとゆらしつつ「おーい」と小声で呼びかける。

「なぁに？」

クゥが寝ぼけ顔で返事をした。

「あのね、リュックさんが、クゥがとっても可愛いから、ちょっと抱っこしてみたいんだって」

わたしの話を聞いたクゥが、目をパチパチさせる。

「……怖いことしない？」

「しない、しないぞ！」

クゥを見て誓《ちか》いを立てるように片手をあげるリュックさんだが、アンタ手綱《たづな》を握っているんだから、ちゃんと前を見ようよ。

「……怖いことしないなら、いいよ」

「わかった、優しくする」

ゆっくりと寄っていくクゥを、片手でそっと抱き上げるリュックさん。

……なんか会話を聞いていると、悪い男に引っかかる乙女を見ている気分になってくるんだけど。ウチのクゥちゃんにおイタしちゃダメだからね。

「おお、これは……」

リュックさんはゆるんだ顔でクゥをフニフニしている。

「妖精とは、姿を見るだけでも幸せになるものだが、こうして触れたらもっと幸せになるのだな」

リュックさんが言わんとしていることはわかる。クゥやスゥって、抱きしめたらすっごく気持ちいい！　キノコ妖精好きの同志ができたみたいで、わたしも嬉しいです。

リュックさんはちょっと怖い人なのかと思っていたけど、キノコ妖精好きに悪い人はいないよね！

こんな調子で馬車を走らせ、日暮れになった。異世界で二度目の夜が来る。果たして今日は、温かい布団で寝られるだろうか。そんな心配をしながら夕陽を見た。

「ほら、見えてきたぞ」

リュックさんにそう声をかけられたわたしは、薄暗くなって見えづらい景色に目を凝《こ》らす。

すると――

「街だ！」

そう、街並みが見えたのだ。そこは石造りの壁に囲まれ、建物がひしめいていた。まるでRPGに出てくる街みたいだ。

大きな街ではなさそうだが、村というほどでもない。そこそこに栄えている街、といったところだろうか。

「あれが俺の住んでいる、魔族の集《つど》う国クレールのゼナイド領、コリンヌの街だ。田舎《いなか》だが、なかなかいい街だと自負している」

「へぇ～」

いやいやリュックさん、田舎《いなか》っていってもわたしの地元よりも断然都会ですって。

わたしはだんだん近づいてくる街の様子から目が離せず、その間にも馬車は石壁に作られた大きな扉へ向かって進んでいった。

「やれやれ、どうにか本格的に暗くなる前に戻れた」

扉の前で馬車を止めたリュックさんが、同じ姿勢を続けて凝《こ》り固まった筋肉をほぐそうと伸びをする。身体が固まっているのはわたしも同様なので、同じく伸びをした。

「ドビー様、お待ちしておりました！」

そんな声がした後、街の兵士だろうか、揃《そろ》いの鎧《よろい》を着た数人が、扉の横にある小屋からわらわらと出てきた。おお鎧《よろい》だ、コスプレじゃなくて本物の！

「ご苦労。この馬車の中にいる二人組が賊《ぞく》だ」

「了解しました。おい、連れていけ！」

リュックさんの話を聞いた鎧《よろい》の一人がそう命令すると、他の人たちが馬車に乗りこんでくる。

「それでドビー様、こちらは？」

鎧《よろい》さんは続けてわたしのことを疑いの目で見た。

「通りすがりの旅人だ。道に迷ったらしいのを拾って連れてきた」

リュックさんが説明してくれるが、それでも鎧《よろい》さんは「なんだコイツは」っていう目をやめない。

なんか怪しいかな、わたし？　なにせこの世界の一般的な旅人というものを知らないので、どのあたりが悪いとかがわからない。

それより今更だけど、リュックさんがドビー様って呼ばれている。ドビーというのがリュックさんの苗字なのか、そして鎧《よろい》さんたちの反応を見るにもしや偉《えら》い人なのか。ヤバい、わたし失礼なこととか言ってなかったよね？

わたしがいろいろなことをグルグル考えていると、「着いたの〜？」、「街〜？」とおねむだったスゥとクゥが起きてきた。話し声を聞いて荷台の奥からモゾモゾと顔を出す。

キノコ妖精二体を見た鎧《よろい》さんが、ビシッと固まった。

「なにしてるの？」

「石像ごっこかな」

動かない鎧《よろい》さんに、スゥとクゥがそんなことを言う。よじ登りたそうにしているけど、やめてあげようか。アスレチックじゃないんだし。

その状態で数秒が経過した後。

「あああの！　この妖精様は!?」

声が裏返るくらいに驚《おどろ》いている鎧《よろい》さんに、リュックさんが肩を竦《すく》めて告げる。

「この旅人の連れだ」

そうです、わたしの連れのキノコ妖精です。

それにしても、なんでそんなに驚《おどろ》くの？　長老様が言うには、世界中にいるって話だったけど。

あ、ひょっとしてスゥとクゥが可愛すぎてビックリしたとか？

「やっぱりウチの子たち可愛いかぁ」

「きゃー！」

「えへ、僕可愛いって」

わたしがムギュッと抱きしめると、キノコ妖精たちが嬉しそうにはしゃぐ。

「気が抜けるし羨《うらや》ましいからやめろ」

キャッキャしているわたしたちに、リュックさんがため息を漏《も》らす。いましれっと「羨《うらや》ましい」って言ったな。

ともあれ馬車を鎧《よろい》さんたちに任せることになり、わたしはリュックさんと一緒に街へ入ることになった。

「キョーコ、妖精たちには、とりあえずこの袋《ふくろ》に入ってもらってくれ」

扉を通る前に、リュックさんが鎧《よろい》さんから、ちょうどスゥとクゥが並んで入れる程度の大きさの袋《ふくろ》をもらい、それをわたしに差し出してくる。

「え、このまま抱いていっちゃダメですか？」

この抱き心地が癒《いや》されるのに。

この問いに、リュックさんが難しい顔をする。

「ダメというか、目立つ。さらわれるかもしれないだろう？」

「それは困る！」

というわけで、スゥとクゥに袋《ふくろ》に入ってもらい、わたしはその袋《ふくろ》を前に抱いて歩くことにした。

それでは、異世界の街へいざ、参らん！

第三章　コリンヌの街

扉をくぐった壁の中は、さらに異世界感が満載《まんさい》だった。

だって、人間じゃない人がいっぱいいるのよ！

子供みたいな背丈の人とか、逆に巨人みたいに大きな人。あと二足歩行のトカゲやワンちゃん猫ちゃんとか、耳が尖《とが》った、神がかっているくらいすごく綺麗《きれい》な人とか。

とにかくいろんな人種がそこいらを闊歩《かっぽ》している。

魔族は人族以外の種族の総称だってスゥに言われたけど、こういうことか！　そんな人たちを眺《なが》めてキョロキョロするわたしは、まるっきりおのぼりさんだ。

いまの時間帯は夜のはじめ頃。石造りの建物が並ぶ街並みを、街灯の淡い光がうっすらと照らしている。最近都会の夜の明るさに慣れたわたしの目には暗く映るが、とはいえ街灯なんてないウチの田舎《いなか》に比べると断然明るい。

通りには家路を急ぐ人や、灯りが漏《も》れている飲み屋らしい建物に入っていく人がちらほらといる。しかし、それ以外のとある姿を探してみるが、全く見かけない。

「うーん、キノコがいないなぁ」

ミニキノコたちの姿は建物の隙間《すきま》にちょいちょい見かけるんだけど、スゥやクゥほどに大きい子はいなかった。

わたしはキノコ妖精を探してキョロキョロする。

「なにか珍《めずら》しいものがあるか？」

リュックさんが声をかけてきた。

「いや、キノコ——妖精をあんまり見ないなって」

もう夜だから、お家へ引っこんでいるのかな？

「キョーコお前、感覚がおかしいぞ。そのくらい大きな妖精が、街にいるわけないだろう」

なんと、ビックリなことを言われた。

「え、そこいらに普通にいるんじゃないの？」

長老様はそう言ってたけど。

「……お前の故郷はどういう場所なんだ？　妖精たちは警戒心《けいかいしん》が強く、滅多《めった》に人里に姿を現さない」

リュックさん曰《いわ》く、妖精の森に最も近いこの辺境の街でも、ミニキノコをたまに見かける程度で、スゥたちのように大きなキノコ妖精はいないらしい。

「妖精は基本的に子供好きだから、小さいものたちであれば子供の前に姿を現すこともあるがな。昔は大きな妖精も気軽に姿が見られたという話もあるが、俺の爺《じい》様の若い頃でもそんなことはなかったらしいし。まあおとぎ話の類《たぐい》だろう」

リュックさんがそう言って肩を竦《すく》める。

それでもキノコ妖精に懐かれやすい人というのは稀《まれ》にいるらしく、たまに連れていたりするが、その場合と比べてもスゥやクゥは常識外れなサイズだという。なんでも、普通なら山や森の守り神でもおかしくないくらいのサイズなんだってさ。

おぅふ、神様を二体も連れちゃっているのか、わたしってば。

そしてそんな神様サイズが、人が入れる森の水たまりでプカプカしていたら、そりゃあ悪者だったらさらうってもんだな。

確かに、スゥのミニキノコたちを呼び寄せる力はすごいよね。ワイバーンだって吹き飛ばしちゃうんだし、そんなもんがそこいらをウロウロしていたら、怖いっちゃ怖いか。

「……でも、可愛いからいいよね！」

「「むきゃー♪」」

わたしが袋《ふくろ》をギュッと抱きしめると、中のキノコ妖精たちが喜ぶ。

そこのリュックさんや、羨《うらや》ましそうな顔をしないの、イケメンが台なしだよ！

だが、キノコ妖精の姿を見かけない理由はわかった。

「ところで、言っちゃあなんだけど、あんまり賑《にぎ》わってないね」

そう、キノコ妖精だけでなくて人の姿もまばらなのだ。

仕事終わりの夕暮れ時って、日本だと帰宅ラッシュや飲み屋巡りの人で混み合っているイメージだ。この街にももちろんそうした人たちはそこそこいるものの、通りはどこか閑散《かんさん》としている。特に、若者の姿が少ない。

そんなわたしの感想に、リュックさんが眉《まゆ》を上げる。

「そりゃあ、国全体での少子化が原因だな」

「少子化、ですか」

なんか、日本でもよく聞いたワードが出てきたぞ。

「少子化で子供の数が減っているから、子供好きな妖精もあまり見かけなくなった。妖精がうろつかないとなると、やはり実りに影響してくる。ここのところ皆が口にする話題のほとんどは、少子化・不作・異常気象の三本立てだ」

嫌な三本立てがあったものだ。でもそうか、キノコ妖精の不在は収穫《しゅうかく》に直結するんだね。

「そのせいで国の中央も各地の領主も、財政のやりくりが大変でな。おかげで、なにかときな臭《くさ》い隣国のザシャに、ちょっかいをかけられる隙《すき》を与えているのが現状だ。あの賊《ぞく》も、おそらくそちらの線から入りこんだ可能性が濃厚だな」

「そうなんですか～」

なんだか難しい政治の話になってきて、若造のわたしの脳の許容量を若干超えようとしていたところで、リュックさんが聞いてきた。

「それで、キョーコはこれからどうするんだ？　目的とか、行きたい場所があるなら連れていってやるぞ」

リュックさんからの申し出に、わたしは「そうですね」と今後の予定を告げる。

「目的としては、とりあえず住むところを探そうかと」

異世界での生活の拠点《きょてん》が欲しい。

お金を稼ぎつつ宿暮らしっていう方法もあるだろうけど、たぶんわたしには向いていない。だって泊まり慣れていないいし。生活するなら、できれば一軒家がいい。

わたしの言葉に、リュックさんが首をひねる。

「なんだ定住希望か？　だが住むんだったら、もっと都会に出たほうが便利だろうに」

まあ、一般的な若者だったらそう考える人が多いんだろうけど、田舎《いなか》者なわたしには、都会は疲れるんだよ。上京してからも、連休の度に田舎《いなか》に帰っていたしね。

ここは見たところほどよく田舎《いなか》な街っぽいし、わたしに向いていると思うんだ。

「わたしはここがいいんです。でも暮らすためには、まずはお金！　実はわたし、文なしなんですけど、この角ウサギの毛皮って売れます？　あと角も」

わたしは荷物から毛皮と角を一つずつ出して、リュックさんに見せる。

「状態がいいな。剥《は》ぎ方が丁寧《ていねい》で、洗い方も綺麗《きれい》だ」

するとそれらを手に取ったリュックさんがそう言った。やった爺《じい》ちゃん、異世界の人に褒《ほ》められたよ！　あ、でもミニキノコたちの手柄はとっちゃダメだよね。

「剥《は》いだのはわたしですけど、洗うのは通りかかった小さな妖精がやってくれました」

これを聞いたリュックさんが驚《おどろ》いたように目を見開いた。

「……なるほど、器用な妖精でよかったな」

なんか引っかかる言い方だな。

「もしかして妖精に頼んでも、綺麗《きれい》に洗えない場合もある？」

「むしろ、その確率のほうが高い。妖精たちは力加減ができないから、水流で振り回した末にボロ布同然になるのがほとんどだ」

危なっ！　安易《あんい》に頼みごとをするものじゃないね。

そういえばミニキノコが眠らせた馬車の御者《ぎょしゃ》の人、結局あれから一度も起きなかったんだっけ。結構乱暴な扱《あつか》いをしたのに。

……きっと兵士の人たちがなんとか起こしてくれているよね、そう信じよう。

内心冷や汗をかくわたしに、リュックさんが毛皮を返しながら言った。

「売るんだったら、急がないと店が閉まるぞ」

「それは困る！」

ということで、リュックさんの案内で、素材の買い取りをしてくれる雑貨屋に急いで向かう。都会だったら毛皮の専門店とか薬屋とか、買い取りの店もいろいろあるが、ここはこの雑貨屋のみなのだそうだ。

「その代わり、ものを見る目はピカいちだ」

そんなリュックさんのお墨つきを信じて、その店に行ってみる。

すると店主らしきおじさんが、ちょうど店を閉めようとしているところだった。おじさんは子供くらいの背丈しかないひげもじゃで、まるでゲームのドワーフみたい。

「お、ドビー様じゃねぇか」

こちらに気づいたドワーフおじさんに、リュックさんが声をかける。

「すまないが店主、コイツのものを買い取りしてくれないか？」

「ドビー様に頼まれちゃ、明日に出直せとは言えねぇなぁ」

おじさんは苦笑してそう言うと、わたしたちを店に入れてくれた。

ここでもドビー様か、リュックさんって何者なんだろうか？　そんな疑問を抱いたものの、お金をゲットするほうが大事なため、その疑問はとりあえず置いておいて店に入る。

店内には食料品や薬から衣料品まで、いろいろなものが置いてあった。ここでお金をゲットできたら、そのまま着替えが買えそうだ。

「で、なにを売るんだい？」

カウンターに座ったおじさんが、店内をキョロキョロ見ているわたしにたずねる。

「えっと、これなんですけど」

わたしはキノコ妖精たちが入っている袋《ふくろ》をカウンターの上に置くと、背負い袋から毛皮と角をそれぞれ三つずつ取り出した。

「ほぉ、こいつは綺麗《きれい》なもんだ」

おじさんは毛皮を手に取り、穴が開いていないかなどの状態を確かめ始める。穴を開けずに剥《は》げたのは、爺《じい》ちゃんの特訓の賜物《たまもの》だ。

「角も綺麗《きれい》に根元から切ってあるな。これも状態がいい」

どうやら角もちゃんと買ってもらえるようだ。しかも買い取り価格が毛皮よりも角のほうが少し高い。角なんて、どういう用途があるんだろう？

「角ってなにに使うの、飾りとか？」

わたしの疑問に、おじさんが答えてくれた。

「それもあるが、人気なのは武器だな」

硬くて軽いから、ナイフの素材として人気なんだそうだ。わたしの持ちこんだものは途中で折れたり傷が入ったりしていないため、買い取り価格が高いらしい。角ウサギを捕獲する途中で、うっかり折ってしまう人が結構いるんだって。なにせ角ウサギはこの角で突いて襲《おそ》ってくる。武器で応戦するうちに傷をつけてしまうんだとか。

それならこの角が綺麗《きれい》なのはスゥのおかげだ。生き埋めにしてもらったのを捕《と》らえたから、傷なんてついてないし。

「スゥのおかげで、高く買ってくれるって！」

「ホント？　よかったね！」

「……よかった」

わたしが袋《ふくろ》に話しかけると、キノコたちがひょこっと傘《かさ》を出した。

「うぉ⁉　なんだ妖精⁉」

「ウチの可愛いスゥとクゥです！」

驚《おどろ》くおじさんにキノコ妖精たちを紹介したところで、精算する。毛皮も角も結構高値で買い取ってくれたらしいのだが、いかんせんわたしにはこちらのお金の相場というものがわからない。

とにかく、早速買い物だ！　とりあえずいま必要なのは、着替えである。特に下着！

「おい、そっちは……」

「店主、誤解をしているようだが……」

下着のコーナーに行こうとするわたしに、おじさんが声をかけようとするのを、リュックさんが止めていた。

おいおい、おじさんもわたしを男だと思っていたんでしょう？　だから女性の下着を見るなんて、と注意しようとしたと。やっぱり、この格好が悪いんだろうな。早く紛《まぎ》らわしい服装をやめなければ。

というわけでわたしは下着を選び始める。

「いらっしゃい、ゆっくり見ていっておくれ！」

店の奥からおばさんが出てきた。こちらもやっぱり子供サイズの背丈だ。おじさんのお嫁《よめ》さんだろうか？　この人が出てきたのは、下着の買い物を男に見せたくないだろうという配慮《はいりょ》かもしれない。男二人はというと、カウンターでお茶を飲んでいる。

待たせるのも申し訳ないので、さっさと選ぼう。

ブラジャーは肌着とブラジャーが合体したようなデザインだが、他にないのでそれを数枚選ぶ。

むしろおばさんのほうが、試着の際に見たわたしのブラジャーに興味を示した。

「へぇ〜、なるほど。発想が新しいねぇ」

おばさんは寄せて上げるという、貧乳に優しい構造に感心する。この辺りのブラジャーは、爆乳の人の肩こり対策《たいさく》でしかないらしい。下着の製造元《せいぞう》へこのデザインを相談してみるとのこと。これが形になればわたしも買いたいので、よろしくお願いします！

ブラジャーに続けてショーツを数枚と、シンプルなワンピースも数枚選ぶ。それを銀貨と銅貨で支払った。貨幣の相場としては、銀貨一枚が千円程度と思えばいいようだ。

買い物を終えたところで、買ったものを手に下げて店を出る。この間、待っていてくれたリュックさん、ありがとうございます。

ついでだからと、わたしでも宿泊できそうなところを聞いてみた。

「いまからでも泊まれる宿って、どこかありますかね？」

しかもわたしが一人でも不審がられない宿で。日本だと未成年者が一人で宿泊なんて、まず無理だしね。でもそうなると、怪しい宿とかになっちゃう可能性もあるのかも……

自分で聞いておきながら不安になってきたわたしを見て、リュックさんがため息をついた。

「それをどうするつもりかちょっと気になっていたんだ。女が一人でこの時間に飛びこみ宿泊だなんて、危なっかしいにもほどがあるぞ。それでも安心だという宿は、当然高い」

まあそうでしょうね。うーん、高いってどのくらい高いんだろう？　せっかく手に入れたお金を無駄遣《むだづか》いできないし、安い宿に泊まってスゥに安全を確保してもらう？

どうしようかと悩んでいると、リュックさんが提案してきた。

「キョーコお前、今日のところはウチに泊まるか？」

「え、リュックさんの家ですか？」

わたしは目を瞬《またた》かせる。

渡りに船！　と思ったが、一人暮らしの男が女を誘うのは下心があるからだって、大学の友達に言われたことがある。まさか、とだんだんと疑いの眼差《まなざ》しになるわたし。

「なに、キョーコに嫌な思いをさせているの？」

「……そんなの、ダメ」

キノコ妖精たちまで怪しむような反応をするので、リュックさんが眉を寄せた。

「キョーコお前、なにかけしからん想像をしているだろう。言っておくが俺は一人暮らしじゃないぞ、家人がちゃんといる。それに妖精たちにそんな疑いを持たせないでくれ、すごく傷つく」

あ、家族と一緒に住んでいるのか。なら大丈夫かな？　それにわたしに疑われるより、キノコ妖精たちに嫌われるほうが傷つく模様。やっぱりキノコ大好き野郎だな。

わたしが安心しつつも呆《あき》れていると、リュックさんがさらに言う。

「それに骨董品《こっとう》の地図を頼りに旅をするようなやつだからな。お前の世間常識が少し不安だ。このまま放り出すとトラブルになるかもしれん」

人をトラブルメーカーみたいに言うな、まだ異世界の常識を知らないだけだし！

というわけで今日のところはリュックさんの家にお邪魔することに決定し、早速向かうことになった。

大きな通りをまっすぐ進み、リュックさんの家だというところに到着する。

だが、わたしは目の前に現れた建物に、驚《おどろ》きのあまり口をあんぐりと開けた。

「……なにこの大豪邸《ごうてい》」

そこは部屋がいくつあるんだよっていうくらいに大きな建物で、門構えと柵も立派なもの。ぱっと見、庭だけで一般庶民の家が何軒も建ちそうだ。

これ家っていうレベルと違う、お屋敷だ。一見さんお断りの高級旅館みたい。

え、マジでここなの？　リュックさんの家って。

「あの、リュックさん、お仕事はなにをしているのでしょうか？」

いままで置いておいた疑問をおそるおそるたずねるわたしに、リュックさんがきょとんとした顔をする。

「言ってなかったか？　ウチはこの辺りを治める領主で、俺が一応当主だ」

聞いてないよ！　それ、最初に言っておいてほしいことだよ！

わたしも領主のお宅にお邪魔するなんてわかっていたら、安易《あんい》にうなずかなかった。だってマナーとか厳しそうじゃないの。無礼を働いたら物理的に首が飛ぶとか、絶対勘弁《かんべん》だ。

第一さぁ、そんな偉《えら》い人が一人で盗賊を追っているなんて思わないじゃないのさ！　領主って一人でワイバーンに乗って出かけちゃっていいの？　普通、護衛《ごえい》とかぞろぞろ引き連れているんじゃないの？　それとも、わたしの領主のイメージがおかしいの？

わたしが一人大混乱していると——

「お帰りなさいませ、リュック様」

渋《しぶ》い男の声が聞こえた。声がしたほうを見ると、尖《とが》った耳をした、亜麻《あま》色の髪をうしろに撫《な》でつけている美麗でダンディなおじ様が、屋敷のほうからやってきている。なんか執事っぽい、いや絶対執事だろう。

「アラン、いま帰った」

リュックさんがヒラヒラと手を振るのに、アランさんというらしいおじ様が、ジトリとした目を向ける。おお、なんか気難しそうな雰囲気。

「リュック様、次にお出かけの際はどうか、護衛《ごえい》を置き去りになさらないように。重ね重ねお願いします」

あ、やっぱり護衛《ごえい》必要なんじゃない。わたしは間違っていなかった。リュックさんや、異世界の常識を間違って覚えたら、どうしてくれるのさ。

こんな風にわたしが一人でふてくされていると、アランさんがこっちを見た。

「おや、こちらのお嬢さんは客人ですかな？」

しかもちょっと目つきが険《けわ》しい。なんだろう、「主にたかる不審なやつ」って思われている気がする。まあ合ってるんだけど。わたし、今夜の宿をたかりにきました。

あ、でも最初からお嬢さんって言ってくれたよ。いままで女だって気づかれなかったのに。ここのところはちょっとポイント高い！

「アラン、コイツは今回の道中で拾った旅人だ。捕《と》り物に協力してもらったんで、今夜の宿を提供してやろうと思ってな」

「どうも初めまして、片桐恭子です！」

リュックさんが経緯《けいい》を説明してくれたので、わたしは背筋をピシッと伸ばして自己紹介する。

「捕《と》り物の協力者、ですか」

「そうだ、だから一晩もてなしてやってくれ」

眉《まゆ》をひそめるアランさんに、リュックさんが告げる。わたしも「突然押しかけた無礼な女」と思われないためにも、ニコニコ笑顔で無害アピールだ。

別にお偉《えら》い領主様に取り入ろうっていうんじゃないんです。純粋に宿に泊まるアテがないわたしを、リュックさんが憐《あわ》れんでくれただけです。なんなら宿賃は働いて返しますよ！

そんな三者三様に見つめ合うことしばし。

「……さようでございますか、では客室を整えましょう」

無事にアランさんからオーケーが出た。

よかった！「どこの者とも知れぬ輩《やから》を、屋敷に上げるなんて！」とか言われるのかと思ったけど、どうやら合格したみたいだ。

「……女性なので、もしやと思ったのですがね」

アランさんのそんな呟《つぶや》きは、なんのこと？　それより、今夜の宿が決まって万歳だ。

あ、お世話になるんだったら、キノコ妖精たちもご挨拶《あいさつ》させなきゃ。

「スゥ、クゥ、今日はここでお泊まりだよ」

袋《ふくろ》の中で静かにしていたキノコ妖精たちに声をかけると、二体がひょっこり傘《かさ》を出した。

「お泊まり！」

「……どうも」

スゥは元気に、クゥは恥ずかしそうにする。

「……これは」

そしてキノコ妖精を見たアランさんは、やっぱり固まっていた。

「キョーコが連れている妖精だ」

「スゥとクゥです」

リュックさんに説明されたので、袋《ふくろ》ごとズズイと差し出す。するとアランさんが仰《の》け反《ぞ》った。そんな逃げなくても、いい子たちですから、取って食いやしませんって。

一方スゥとクゥはもう外に出ていいと判断したのか、ピョンと飛んで床に着地し、自由にモゾモゾ動いている。お願いだから高そうな壺とか置物とかを倒さないでね。

「……なるほど、わかりました」

なにがなるほどなのかわからないが、再起動したアランさんが、地面の敷石の模様が気になるらしいキノコ妖精たちを見て一つうなずいた。

「妖精様方に、精一杯のおもてなしをさせていただきます」

アランさんが決意表明をするが、いやいや、そんな大仰《おおぎょう》なことしなくていいからね？　こっちは夜風がしのげる寝床をもらえればありがたいんだから。

しかしアランさんの気合の入れようを見るに、なにか宿賃代わりのものを納めたほうがいいかもしれない。でもなにも持っていない……あ、角ウサギのお肉とかどう？　昼に一匹分食べたけど、もう一匹分が余っているのよね。

「宿代になるかわからないですけど、この角ウサギをどうぞ！」

わたしはそう言って背負い袋《ぶくろ》に下げていたものを外す。まだカチンコチンだから傷《いた》んではいないはず。あ、骨も要《い》ります？　食材のキノコもあるよ！　ついでにハーブっぽい草も一緒に、スゥとクゥが入っていた袋《ふくろ》に詰《つ》めちゃおう。

こうして急きょ作った妖精の森の食材詰《つ》め合わせセットを、アランさんに差し出した。

「なんと、こんなにいただいては……」

アランさんは袋《ふくろ》を受け取って中をのぞき、驚《おどろ》いた顔をする。

「この食材、どこから持ってきたものですかな!?」

え、なにその反応？

「普通に森で採《と》ってきましたけど」

毒草とか毒キノコはないはずだよ、スゥがそう言ってたから。リュックさんだって、これで作った昼食を普通に食べてたし、なにが問題があるとは思えない。

わたしが一人首をひねっていると、隣でリュックさんが「はあ」と息を吐いた。

「お前な、角ウサギだって結構なモンだが、この薬草もキノコも超高級食材だ」

え、そうなの？　スゥに「これ！」と言われるままに採《と》ってきたけど、森にたくさんあったよ？

わたしがそんな感想を述べると、「いやいや」とリュックさんが首を横に振る。

「お前が出した薬草もキノコも妖精の森にしか生えていない希少な品で、これを売ったらひと財産になるぞ？」

マジで？　この草と食材キノコで都会で豪遊とかできちゃったりする？

「なら、普通に料理に使っちゃもったいなかったかな？」

「そうだな、この貴重な薬草をあんなにドバッと料理に使うやつはいない」

そうなんだ、わたしってば山で採《と》る野草の感覚で使ってたよ。

「角ウサギの串焼きは、焚《た》き火でただ焼いただけとは思えない絶品の味だったし、キノコだってあんなに大きいものを何個も一気に食べるなんて贅沢《ぜいたく》だ」

うーん、確かにそうなのかもしれない。とはいえ、せっかくスゥが食料にと一生懸命探してくれたものを、食べないというのももったいないし、申し訳ない話だ。

お腹《なか》が空《す》けば高級も低級もない、目の前にあるものを食べるだけだ。それに見つけたのがたまたま高級食材だっただけだし。

「どんなものでも、わたしにとっては食材ですから！　美味《おい》しいことが大事なんです！」

わたしが胸を張って言うと、アランさんが感心したように手を叩《たた》く。

「高級かどうかではなく、美味《おい》しいかどうかですか。なるほど、それもまた真理ですね。では、こちらはありがたくいただき、夕餉《ゆうげ》に使えるものは早速調理してもらいましょう」

アランさんは貴重な宝石でも入っているみたいに丁寧《ていねい》に袋《ふくろ》を閉じ、そばにいる巻き角を頭に生やしているメイドさんにそれを預ける。そこでわたしたちは、ようやくお屋敷へ上がることとなった。

それからリュックさんと一旦別れ、新たな巻き角メイドさんに案内されたのは、二階の部屋だった。

「こちらでございます」

そう言って開かれた扉の先には、まるでリゾートホテルの一室のような景色が広がっている。

「ふあぁ」

わたしは思わず間抜けな声を漏《も》らした。なにこれ、豪華すぎじゃない？　わたし、受験のときに泊まったような、ビジネスホテルサイズの部屋でいいんだよ？　それともあれか、提供した食材分のグレードなのか。

しかし立派な部屋に通されても、わたし自身が汚れているので、安易《あんい》にソファやベッドにダイブできない。それに後でリュックさんと一緒に食事だって聞いたけど。これ、この格好のまま夕食に行ったらダメなやつじゃない？

そんな風に思っていたら案の定。

「荷物を置かれましたら、先に身を清めていただきます」

メイドさんに言われてしまった。

そうだよね、昨日は寝るのもこのまま地面に転がったし、全身汚れているもんね。身を清める行為としては、朝ちょっと顔を洗っただけで、むしろアランさんがこのままわたしを屋敷に上げたのが奇跡な気がする。

あれか、高級食材マジックなのか。アレがなかったら、玄関をくぐる前に水でもぶっかけられていたのかも。

ともあれ、メイドさんに浴場へ連れていかれる。浴場ってお風呂だよね？　やった、異世界にもお風呂があるの⁉　これだけのお屋敷だし、湯船は広いかなぁ？

そうはしゃいでいたのもつかの間、浴場は石造りの暑い空間でした。

「……湯船じゃなくて、サウナとか」

そうか、ここはサウナ文化なのか。

ちょっとがっかりしてしまったものの、石鹸《せっけん》で全身を洗えるのは助かる。これでもお年頃な乙女ですから、やっぱり身だしなみは気になるんだよ。

こうしてキノコ妖精たちがサウナ初体験ではしゃいでいるのを見守りつつ、石鹸《せっけん》まみれになった全身を水で流す。さっぱりしたところで、サウナから出た。

でも、やっぱり熱い風呂に入りたいな。どっかで樽《たる》みたいなのを仕入れて、一人湯船でも作るか？

そんなことを考えながら脱衣所に行き、先ほど買った下着を身に着ける。ちなみに脱いだ服と下着は、洗濯《せんたく》すると言ってメイドさんが持っていった。母親以外の他人に下着を洗濯《せんたく》されるというのも恥ずかしいものがあるが、ありがたいことは確かだ。

そして先ほど買ったワンピースに着替えて脱衣所を出たところで、さっきのメイドさんが待っていた。実はさっきの部屋がどこなのか覚えていないので、待っていてくれて助かったよ。

部屋に戻ると、室内の暖炉に火が入っていた。いまの季節は秋の終わり頃だってスゥが言ってたし、暗くなって冷えてたんだよね。でも暖炉のおかげでとても暖かい。

温まった部屋でメイドさんに丁寧《ていねい》に髪を乾《かわ》かされ、オイルまで塗ってもらった。おお、なんか大学の友達が言っていたエステっぽいよ！　異世界でエステ初体験なのか、わたし。

わたしがエステされている間、キノコ妖精たちも別のメイドさんに傘《かさ》を丁寧《ていねい》に拭《ぬぐ》われ、艶々《つやつや》になっていた。うんうん、可愛さ二割り増しだよ、君たち。

そんなエステタイムが終わると、なぜか着替えさせられる。

え、さっきのワンピースでよくない？　でもメイドさん曰《いわ》く着替えまでがおもてなしだそうで、あれよあれよという間にヒラヒラするドレスみたいなのを着せられた。わーお、人生初ドレスですよ。

こうして着慣れないドレス姿で、食堂へ案内される。すると、すでにリュックさんが席についていた。あちらもサウナに入ったのか、さっぱりとした様子である。

「そんな格好をしていると、ちゃんと女だな」

わたしを見たリュックさんが一瞬目を見開いてから、そう言ってニヤリと笑った。失礼な、わたしはいつでも女ですよ！　ジロリと睨《にら》むと、彼は肩を竦《すく》めてみせる。

「リュック様、女性を揶揄《からか》うと後で痛い目を見ますぞ。キョーコ様はどうぞ、お席へ」

アランさんがリュックさんに釘《くぎ》を刺しつつ、わたしに席を勧《すす》めてくれた。

わたしの席はリュックさんの向かいに用意されており、スゥとクゥの分の席も両隣に用意してある。キノコ妖精たちも食事をすると、リュックさんに聞いたのだろう。

「もしかして、待たせました？」

スゥとクゥをそれぞれ椅子に乗せつつたずねると、リュックさんは首を横に振る。

「いや、さほどではない。母上の支度《したく》に比べれば、あっという間だな」

なるほど、女の支度《したく》が長いのは異世界でも同じか。わたしも上京してできた友人の身支度の長さに、「こんなに時間をかけてなにするの？」って思ったことがある。

ところで、室内には毛足の長いフカフカの絨毯《じゅうたん》が敷かれてはいるものの、高そうな置物とか絵画などは見当たらない。なんというか、お屋敷のわりに地味な印象の部屋である。

それに偉《えら》い人の食事というと、なっがいテーブルで食べるイメージがあったんだけれど。料理が並んでいるのは、普通の食卓サイズよりちょっと大きいかな？　くらいのテーブルだ。

「長いテーブルじゃないんですね」

わたしの素直な感想に、リュックさんが思わずといった様子で噴《ふ》き出す。

「それは客を呼んでの晩餐《ばんさん》のときのみだ。ハンターのお前を、貴族用の晩餐《ばんさん》室に案内しても困らせるだけだろうが。それに、普段からあそこで食事をするのは、効率が悪い。ここは身内で食事するときの部屋だ」

彼なりに気を使ってくれたようだ。確かに映画で見るような、豪華な晩餐《ばんさん》会！　って感じの食事では、食べた気がしないだろうな。

にしてもわたしってば、リュックさんの中ではハンター確定なんだね。わたしから「ハンターです」とは一言も話してないんだけど。まあいいか、どうせいまから働いて稼がなきゃいけないんなら、ハンターで。

そんな会話をしたところで、料理が運ばれてくる。

「うわぁ美味《おい》しそう！」

わたしは目を輝《かがや》かせた。目の前のテーブルに並べられた料理は彩《いろど》り鮮やかで、手がこんでいるのがわかる。食事する前に、リュックさんは女神様へ感謝の祈りを捧げるということで、わたしも見様見真似《まね》で「いただきます」のお祈りをした。

それがすんだら、早速ナイフとフォークを手に取る。

まず料理の中で目立っているのが、テーブルの中央に置かれた角ウサギの丸焼きだ。これを料理人が丁寧《ていねい》に切り分けて、なんかオシャレなソースがかけられたオシャレな料理にしてくれた。語彙《ごい》力が足りず、とにかくオシャレとしか言えない。

そしてこれまたわたしが譲《ゆず》った高級食材だというハーブっぽい草も、サラダに散らされていいアクセントになっている。うんうん、いい仕事しているよ！

他にも元々夕食に用意されていたのであろう魚のパイ包みなどがあり、気に入ってお代わりしちゃった。食事前の説明によると魚は川魚らしいのに、臭《くさ》みが全くなくてすっごく美味《おい》しい！

そんなウマウマな料理の中で、気になったのがキノコ料理だ。皿に盛《も》られた野菜の中心に、一個だけちまっと載《の》っている。なるほどこれが普通なら、あのキノコの串焼きは贅沢《ぜいたく》品だな。

しかしながら注目すべきはそこではなく、味つけの一切ない蒸し料理だということ。なんというか、他の料理の手のこみようと比べて、食材キノコの料理だけが不自然なくらい素朴なのだ。しかも熱の通し方が甘いのか、ちょっと生っぽくてモソモソする。

あれか、食材キノコは素材の味で勝負なのか。でもちゃんと熱を通したほうが旨味《うまみ》が出るし、お肉に使ったソースとかをキノコにも使えばいいのに。

そしてできればバターソテーが食べたかった。いや、善意で一泊させてくれるお宅で、我儘《わがまま》を言っちゃダメだよね。

結論、異世界で初めてのテーブルで食べる食事は、キノコ料理を除いてとても美味《おい》しかったです。

キノコ妖精たちも角ウサギの丸焼きを美味《おい》しそうに食べていた。

美味《おい》しい食事でお腹《なか》いっぱいになったわたしは、ようやく他のことが気になり出した。

「リュックさんは、ご家族と暮らしているんですか？」

だったらそちらにも挨拶《あいさつ》をしないといと思って聞いてみたのだが。

「いや、ここで暮らしているのは俺一人だ。あといるのはみんな使用人だな」

リュックさんが暗い顔で告げる。若くしてこんなお屋敷で一人暮らしとか、もしかして両親と死別……

などと想像して、神妙になる。

「親は二人で旅行中だ。いまは隣の大陸にいるんだったか。いくつになっても新婚みたいで、見ているこっちが胸焼けする」

生きてるんかいっ！　ツッコミが喉元まで出そうになった。だったら紛《まぎ》らわしい表情をしないでよね！

「俺の家は代々、妖精の森のあるこの地を守る一族でな。俺も若い頃から領地運営をそれなりに手伝ってはいたのだが、ある日父上からいきなり『気ままに旅をしたいから領主は任せた』と言われた。強引に領主の座に就かされて以来、顔を見ていないが、まあ無事でいることだろうな」

なんというか、自由な御両親なんですね。

「キョーコこそ、どうして一人であそこにいたんだ？　家族は故郷か？」

「あー、わたしはそうですね。独り立ちみたいな感じですかね？」

いきなり異世界に落とされましたとは言えず、言葉を濁《にご》す。リュックさんもわたしが話したくないことを察したのか、話を変えてくれた。

「家族もやはりハンターなのか？」

「父さんは兼業ですけど、爺《じい》ちゃんは地元でも凄腕で知られたハンターですよ」

「なるほど、キョーコの師匠はその爺《じい》様か。角ウサギの毛皮をあんなに上手に剥《は》いだのを見ると、腕がいいのは確からしいな」

おお、異世界で爺《じい》ちゃんを褒《ほ》められた！　やったね爺《じい》ちゃん！

こんな風に意外と話が盛《も》り上がったところで、夕食会はお開きになった。「美味《おい》しかったね～」とキノコ妖精たちとおしゃべりしながら部屋に戻ると、あとはもう寝るだけだ。

しかも異世界初の布団で！

「やったぁ、お布団！」

わたしがドレスを脱ぎ捨て、パジャマ代わりにワンピースを着てベッドにダイブすると、続いてキノコ妖精たちも飛びこんできた。布団に埋もれる感触が楽しいのか、ゴロゴロしている。

布団の心地よさに誘われてそのまま寝ようとしたところで、わたしは女神様へのお祈りを思い出した。もし昨日の夢が女神様の力なら、お礼を言っておかなきゃだね。

「スゥ、クゥも、一緒に女神様にお祈りしてくれる？」

「するー！」

「……やる」

わたしがたずねると、布団の上でキノコ妖精たちがモフモフプルプルと傘《かさ》を縦に振る。君たちが一緒に祈ってくれたら、女神様だって嬉しいよね。だってこんなに可愛いんだもの！

今日はどこを見て祈ろうか考えて、天井を見上げて手を合わせる。なんとなく神様って空にいるイメージじゃない？　キノコ妖精たちも神妙な顔だ。

女神様、いい夢を見せてくれてありがとうございます。わたし、この世界で頑張ってみます。日本の家族のみんな、わたしは異世界でなんとかやってますよ。

そうお祈りをして、今度こそ寝ようと部屋の明かりを消して布団に入る。やっぱり疲れていたのか、速攻夢の中だ。

『わたしの子供たちを、可愛がってくれてありがとう』

わたしは夢の中で、そんな声を聞いた気がした。

異世界三日目の朝が来た。お布団の上での目覚めは最高だ。

そして布団に埋もれているキノコ妖精たちを見ると、朝から気分がほっこりする。わたし一人ぼっちじゃないんだって。

たぶん異世界に放り出されて血まみれで一人きりだったら、こんなにポジティブになれていないだろう。思えばスゥは、異世界で目を覚ました瞬間から、ずっと一緒だもんね。

にしても、夢の中で聞こえる女の人の声。あれってやっぱり女神様だよね？　ありがとうって言われちゃった。こちらこそ、スゥやクゥのおかげで異世界で寂《さび》しい思いをせずにすんでいる。出会わせてくれてありがとうだよ。

わたしはこの感謝の気持ちを、早速お祈りという形で伝えることにする。女神様、可愛いキノコ妖精たちとの出会いをありがとうございます。

もうあれだね、いっそ女神様の像みたいなのを木彫りで作っちゃおうかな。別にリアルじゃなくてもいいんだし、わたしが「これが女神様！」って思えれば。

そんなことを考えつつ、スゥとクゥの寝顔を愛《め》でる。

「──キョーコ様、お目覚めでいらっしゃいますか？」

ふいにメイドさんがノックと共に扉越しに声をかけてきた。

「あ、はい起きてます！」

「んむ～」

「……ふぁ」

わたしの返事でキノコ妖精たちも目を覚ましたらしく、もぞもぞと動き出す。

室内に入ってきたメイドさんが、テーブルの上に水の張ってある桶《おけ》をセッティングしてくれた。

この水で顔を洗うんだそうだ。おお、水場に顔を洗いに行かなくていいのか。このお屋敷には見たところ水道っぽいものがないみたいだから、これは至れり尽くせりだな。

ベッドから出て顔を洗い、ついでにキノコ妖精たちもバシャバシャしてやったところで、メイドさんに今日の予定をたずねられた。

「リュック様が朝食をご一緒したいとのことですが、よろしいですか？」

「はい、構いません」

「わかりました、そうお伝えします」

わたしの返事を聞いたメイドさんは、桶《おけ》を回収して出ていき、すぐにドレスを手に持って戻ってきた。

え、またドレス着るの？　領主様とご飯を食べるのって、服装にも気を使わなきゃいけないんだね。一つ学習したよ。

にしても、朝ご飯もリュックさんと一緒か。わたしとしては、わざわざ部屋に用意してくれなくても、台所に直接食べに行ってもいいんだけど。ここはお客様に徹していよう。こんな経験もうないかもしれないしね。

とにかく朝食だ。場所は昨日夕食を食べたのと同じ部屋らしい。今度もいまいち場所を覚えていないので、ドレスを着たわたしはメイドさんに案内される。

すると今日はまだリュックさんはおらず、わたしは先に席に着いて待っていることになった。美味《おい》しそうなパンやサラダなどがテーブルの上に並んでいて、食欲をそそる。わたしのグラスにメイドさんが野菜ジュースを注いでくれているとき、ようやくリュックさんがやってきた。

「悪い、待たせたか？　昨日留守にした分、書類が溜《た》まっていてな」

リュックさんがそんなことを言う。朝食前から仕事とか、忙しいみたいだね。やっぱりちゃんと領主さんなのか。わたしってばまだちょっと疑っていたよ。

そんな少々反省しているわたしに、リュックさんが席に着きながらたずねてきた。

「どうだ、よく休めたか？」

「はい、おかげ様で。この子たちと一緒にぐっすりです！」

わたしは両脇に座るスゥとクゥを撫《な》でて、笑顔でうなずく。

もし昨日野宿を選んでいたら、こんなにスッキリと朝を迎《むか》えられていないだろう。本当に、泊めてくれたリュックさんに感謝だよ。あのときチラッとでも下世話な疑いを持ってすみませんでした。

「そうか、妖精に添い寝してもらうなんて、いい夢を見られそうだな。なんて羨《うらや》ましい……」

するとわたしの言葉に、リュックさんがボソッと呟《つぶや》く。どうやら抱きキノコを妄想してしまったらしく、すごくニヤニヤしている。

なんだか昨日初めて会ったときはワイルド系な感じだったけど、だんだん崩《くず》れてくるというか、キノコ好きを隠《かく》す気がなくなっているな。

これこれリュックさんや、せっかくイケメンなんだから、ビシッとしていてください。ほら、スゥが「コイツきもーい」みたいな顔をしているじゃないですか。

昨日からリュックさんがずっとチラチラ見てくるのに、ちょっとうんざりしているっぽいからね、スゥは。

しかしメイドさんたちやアランさんは、そんなリュックさんの様子を全く気にせずに、静かにお皿を並べている。このリュックさんの隠《かく》そうとも溢《あふ》れるキノコ妖精愛は、お屋敷の皆さんにとっては普通のことらしい。

わたしとしては、キノコ妖精愛溢《あふ》れるリュックさんって可愛いじゃないか、とか思う。実はわたし、ギャップに弱いのですよ。

この後、女神様にお祈りをして、朝食となった。

焼き立ての美味《おい》しいパンと新鮮サラダ、あ、このスープは角ウサギの骨の出汁《だし》を使ってる！わたしの手料理より手間暇《ひま》をかけている分美味《おい》しいよ！

完璧な朝食に感動しているわたしの両脇では、キノコ妖精たち用にサラダとスープが小皿で饗《きょう》されている。パンに興味を示すキノコ妖精たちに、わたしはちぎって食べさせた。

「キョーコはこの街で住む家を探すそうだが、アテはあるのか？」

突然リュックさんがそう聞いてきた。

「ないです！」

わたしがきっぱりと答えると、「そんなことだろうと思った」と苦笑する。

「だったら、ちょうど空いている物件がある」

「本当ですか⁉」

後でリュックさんに不動産屋を紹介してもらおうと思っていたのに、あちらから話が舞いこむとは。リュックさんは、わたしが大したお金を持っていないことを知っているはずなので、そのあたりの条件もクリアしているということだろうか？

にしてもなんという幸運、これも女神様へのお祈り効果だろうか？

「その物件、ぜひ見たいです！」

前のめりのわたしに、リュックさんがうなずく。

「では、食事を終えたら行くぞ」

というわけで、早速家を見に行くことになった。

のだが……

てっきり街へ出ると思いきや、リュックさんは屋敷の庭へ向かう。こっちに抜け道があるのかな？　わたしはそんな風に考えながら、リュックさんの後をついていく。

この屋敷の庭は幾何学《きかがく》的に整えられたデザインではなく、自然を再現するように作られていて、わたしとしてはとても落ち着く。キノコ妖精たちも気に入ったのか、楽しそうにピョンピョンしている。

そしてそんな庭の奥まった場所に、立派な丸太小屋が建っていた。

「ここが、言っていた物件だ」

リュックさんが丸太小屋を指して言う。

「え、ここが⁉」

まさか物件が屋敷の敷地内にあるとは、さすが領主様ですな。

丸太小屋は年季が入っているもののしっかりした造《つく》りで、中も綺麗《きれい》に掃除されている。小さいが竈《かまど》を備えた台所があり、小屋の外のすぐ近くに井戸もある。出入り口正面はちょっと荒れているが畑になっていて、いまは使われていないが、かつては野菜を育てていたそうだ。

にしてもこの丸太小屋って、ちょっとわたしの心をくすぐるものがある。というのも、ウチの田舎《いなか》の山の中にあった爺《じい》ちゃんの山小屋が、ちょうどこんな感じの丸太小屋だったのだ。

自分の第二の家だからこだわったって、爺《じい》ちゃん言ってたなぁ。山に泊まりこみも多かったから、寝る部屋もちゃんと作っていて。こんなミニキッチンはなかったものの、代わりに囲炉裏《いろり》があったっけ。

急にこんなものを見せられたら、キュンときちゃうじゃないか！

「気に入ったか？」

わたしはキラキラした目をしていたのだろう、苦笑気味でリュックさんにたずねられる。興奮《こうふん》で声にならず、一生懸命うなずいた。

「ここ、家賃は？」

肝心《かんじん》の条件を聞くと、彼は顎を撫《な》でながら答える。

「そうだな、現金でもいいが、お前はハンターだろう？　獲物《えもの》や素材を納めてもらうのでもいいと思っている」

なるほど。そうすればわたしにとっては現金化する際の手数料分がお得で、リュックさんも業者から食材を買うより、ハンターから直接買い取るほうが得というわけだ。ウィンウィンってやつだね。

でも、素性《すじょう》の知れないわたしにこんなに簡単に敷地内の小屋を貸すなんて、話がうますぎやしないか？

「いいんですか？　なんか待遇が良すぎる気がするんですが」

なにか裏があるのではないか、と疑うわたしに、リュックさんは「ふん」と鼻を鳴らす。

「お前はどうやら世間知らずなようだからな。妖精はただでさえ希少な存在。力があるとなおさら、昨日の賊《ぞく》のような不届き者に狙われないとも限らない。念のため、目の届く範囲にいてほしいのが一つ。そして、このまま放り出すのが不安な気がする、というのもある」

心配が半分、なんだかんだでわたしのトラブルメーカー疑惑が晴れていない、というのが半分のようだ。

それでもこの世界になんのコネもないわたしにとって、ありがたい話であることは間違いない。キノコ妖精たちは畑が気に入ったのか、土のにおいを嗅《か》いでみたり、跳《は》ねてみたりと楽しそうだ。

こうなれば、逃す手はない！

「ここにします！」

こうして、異世界で借家だが、マイハウスをゲットすることになった。

あ、ひょっとしてリュックさん、わたしがここに住んだらキノコ妖精たちを見放題だとか思ってないでしょうね？

それにしても、こんなにあっさり生活拠点《きょてん》が手に入るとは思わなかった。これで異世界を安心して満喫《まんきつ》できるってものだ。

「しばらくの家賃分は、昨日受け取った食材で十分だ」

リュックさんからこう言われたわたしは、だったら今日からあくせくと狩りをすることもないかと思い、マイハウスの手入れをすることにした。

家具と布団は屋敷で余っているものを貸してくれることになり、ベッドにテーブル、布団が早速運ばれてくる。これだけで一気に家っぽいよ。カーテンなんかは好きな柄のを買いに行きたいな。あと鍋《なべ》とかも要《い》るよね、せっかく台所があるんだし、いろいろ作りたいじゃない？

そんな細々《こまごま》とした買い物は後でリストアップするとして。家具の配置を終え、次に取りかかったのは外である。畑は荒れていて、あれを再生するのは少々骨が折れそうだ。

「でもせっかく畑があるし、もったいないからなにか植えようっと」

実家では野菜の他にも、山から採《と》ってきた山菜なんかを植えていたっけ。まだ森で採《と》った薬草類がちょっと残っているし、植えてみようかな。あの森とは環境が違うだろうけど、案外育つかもしれない。

けどその前に、畑を耕さねば。

「ようし、やるよ！」

わたしは気合を入れて畑に出る。

「うきゃ～♪」

スゥがご機嫌で畑を跳《は》ね回っていた。土の妖精だから、土の上だとテンションが上がるのだろう

か？　すると、そのスゥが跳《は》ねた後の土が、フッカフカになっていく。なんと、これもキノコ妖精マジックか⁉

「すごい！　もう植えられるじゃない！」

「ここの土、元気になったでしょ～？」

スゥが「褒《ほ》めて褒《ほ》めて！」と言わんばかりに傘《かさ》をこすりつけてくるので、思う存分抱きしめてやった。スゥってば可愛くてデキるキノコ妖精だよ！

というわけで、早速植えつけだ。

「あの妖精の森みたいに、美味《おい》しいものが採《と》れる畑になるといいね～♪」

ハーブっぽい草は大活躍だったし、デザートに食べた果実だって美味《おい》しかった。

「うん、美味《おい》しいものができますように～」

スゥがそんなことを言いながら、畑でまたピョンピョンしている。

「……美味《おい》しくなぁれ」

クゥも一緒になって水撒《ま》きをしてくれた。

こうして、あっさりとマイハウスの手入れを終了したわたしは、生活に足りないものを買うべく、街へ出かけることにした。向かうは昨日の雑貨屋だ。お屋敷を出る際、一応通りすがりのメイドさんに「買い物へ行ってきます」と一言断っておく。

あ、スゥとクゥは留守番ね。お屋敷の庭が気に入ったみたいではしゃいでいたため、お屋敷の人の邪魔をしない程度に遊んでいてね、と言っておいた。この街にたどりつくまでいろいろ助けてくれたし、ゆっくり休んでほしいもの。

そんなわけで一人で街へ出たわたし。

昨日歩いたときは日が暮れて寂《さび》しい印象のあった街並みは、日が高く上ったいまの時間帯、買い物客でそこそこ賑《にぎ》わっていた。でも賑《にぎ》わいすぎてはおらず、わたし的にはとても落ち着く。

わたしってば友人に誘われていった東京観光では、人が多すぎて正直死ぬかと思ったんだよね。それまでの人生で、あんなに大勢の人間が一度に視界に入ることはなかったし。人ってなにもしていなくても、群《む》れるだけで結構な圧があるものなんだって、勉強したよ。

その点、ここはわたしに気持ちの余裕を持たせてくれる、田舎者《いなか》に優しい街だ。歩く速度もゆっくりで、道をたずねるにも声をかけやすい。

雑貨屋がどこかを聞きつつ、ちょっと迷った末にたどりついたのは、間違いなく昨日のあの店だった。

「こんにちは！」

店に入ると、店主のドワーフおじさんがカウンターに座っている。

「おう、昨日の嬢ちゃんか」

「はい、また来ちゃいました」

そう会話を交わすと、わたしは早速店内を物色し始めた。まず鍋《なべ》でしょ、食器もあったほうがいいよね、あと石鹸《せっけん》も……と細々《こまごま》したものをカウンターに置いていく。

「なんだ、引っ越しか？」

わたしが選んだものを見たおじさんが、そう推理する。

「はい、この街に住むことになりまして。リュックさんのお屋敷の、お庭の奥にある小屋に」

「へぇ、あそこか」

わたしの説明に、おじさんが懐かしいといった顔をした。

「あの小屋は、前のお屋敷の持ち主に雇われて庭を管理していたやつが住んでいた家だったんだぜ。うちの店によく買い物に来てくれたっけなぁ」

へー、そうなんだ。前の持ち主って、わたしはてっきり代々領主様が住んでいるお屋敷だと思っていたよ。

「リュックさんは、元からあのお屋敷に住んでいるんじゃなかったんですね」

わたしの疑問に、おじさんが笑って答えてくれた。

「余所者《よそもの》だったら知らないだろうなぁ。あそこはなぁ、ちょっと前までどこぞの大きな商会の別荘だったんだよ。けど商会が潰《つぶ》れたせいで空き家になっていたお屋敷を、ドビー様が買い取って住み始めたんだよ。そうさなぁ、三十年くらい前か」

「え、三十年前⁉」

それってちょっと前って言う⁉　それにリュックさんはいまいくつよ⁉

……あ、そういえばスゥが、魔族は長命だって言っていたような。千年以上生きる人もいるって。それって二十代にしか見えないリュックさんが、もしかするとウチの爺《じい》ちゃんよりも年上な可能性があるってこと？　うわぁファンタジーだな！

「あのお方も、ぼちぼち身を固めてもいい頃だろうになぁ」

驚《おどろ》くわたしをよそに、おじさんがそうボヤく。あ、それでもリュックさんがお年頃には違いないんですね。でもそれだと、見た目じゃあ年齢がわかりにくい。もしかして年齢差百歳超えの超歳《とし》の差婚とかもあるのかな？

そんな衝撃《しょうげき》の事実が発覚するも、買い物は忘れずに進める。

続けて食料品コーナーを見ていった。お屋敷の敷地内に住むとはいえ、お客様気分は終わらせて自炊《じすい》しなきゃね。

けど、置いてあるのは保存食ばかりだ。

「食いモンを買いたいなら、市場へ行きな」

「なるほど、市場ですか」

おじさんの助言を聞いて、わたしはカウンターに置いたものの精算をする。

「ありがとうよ」

「また来ますね！」

こうして雑貨屋から出ると、おじさんに教えてもらった市場へ向かった。

市場は一段と賑《にぎ》やかで、いろいろな種類の野菜や肉が並んでおり、それらを大勢のお客さんが吟《ぎん》味《み》している。わたしもその中へ突撃だ！

野菜の形は日本のものとあまり変わらなさそうで安心。ちょっとカラフルなキャベツ各色があるのにはビビったが、紫キャベツの派生だと思えば気にならない。キャベツの千切りがカラフルになって楽しいかもしれないね。食材キノコもあるにはあるが、妖精の森のものより、ちょっと小ぶりかなあ。

精肉店で角ウサギの肉について聞いてみたが、生憎《あいにく》売っていなかった。あれは滅多《めった》に出回らない幻の肉らしい。そうか、角ウサギってやっぱり高級品だったのね、確かに美味《おい》しかったよ。

他にパンや調味料も見て、それぞれとりあえず三日分ほど買いこむ。するとわたしの荷物を見た市場の人が、小さなリヤカーを貸してくれた。わたしが領主のお屋敷の敷地内に住み始めたと話したので、新しい使用人だと思われたらしい。次の買い物のときに返してくれればいいよ、と言ってもらった。うーん、信用あるんだね、リュックさん。

でもこれで昨日の角ウサギのお金がだいぶなくなった。また稼がなきゃ。スゥとクゥを誘って妖精の森へ行こうかな。キノコ妖精たちには里帰りにもなるだろうし。

そんなことを考えながら、たくさんの荷物を持って買い物から戻ったわたしの目の前に広がるのは、衝撃《しょうげき》の光景だった。

「なによこれ……」

なんと帰ったら、マイハウスの周辺が森になっていたんですけど――

え、意味がわからない？　言葉の通り、丸太小屋に畑があったお庭の一角が、こんもりとした森になっているんだって。異世界の森ってこんな数時間でできるものなんだね、初めて知ったよ、アハハッ♪

「おいこらお前、ウチの庭になにしてくれた？」

……なわけないか。

マイハウスの前で待ち構《かま》えていた渋《しぶ》～い顔のリュックさんに、現実を突きつけられる。この異常事態に、屋敷の主が気づかないはずないよね。

でもわたしがやったんじゃないからね、無実！　だっていままで買い物に行ってたんだから！

そう反論しようとしたのだが――

「キョーコ、見て見て！」

「……頑張った」

畑でピョンピョン跳《は》ねているスゥとクゥが、「やり切った！」という顔をしている。

……そうか、犯人は君たちか。そりゃリュックさんとしてはわたしのことを疑うよね。っていうかもしやあれか、わたしが妖精の森みたいにって願ったせいか？　え、そうなの？　だったらやっぱりわたしが森を作った張本人になる？

「……でもあれよ、自然が増えるのはいいことよ、きっと、たぶん」

自然破壊よりもいいに決まっている。お願いだから、誰かそうだと言って。

妖精は加減を知らないって言われていたけど、まさかこれほどとは。でもそうだよね、ミニキノコたちでもすごいことをするんだから、より力が強いスゥとクゥなら、もっとすごいことができるってことだ。それに土と水の妖精っていう、植物を育てる要素が揃《そろ》っちゃったのも原因かも。

これはクゥとスゥに「妖精の森みたいに」なんて、簡単に言っちゃったわたしが考えなしだったわ。

「とりあえずキョーコ、お前は妖精に安易《あんい》に頼みごとをするな」

「……ハイ、わかりました」

リュックさんに叱《しか》られ、わたしは神妙にうなずく。

わたしがシュンとなったのを心配したスゥとクゥが寄ってきたが、キノコ妖精たちは悪くないのよ。そしてスゥ、クゥ、わたしはリュックさんにいじめられてもないからね、睨《にら》まないであげて。

キノコ妖精好きリュックさんにはダメージが大きい。

けどさ、大失敗ではあるんだけど、やっちゃったものは仕方ないよね！　反省は必要ではあるものの、すぎたことはクヨクヨするなって爺《じい》ちゃんも言っていたし！

改めて見ると森になってはいるが、マイハウスの丸太小屋自体はなにも変わっていない。生活スペースに変化なしなら、わたしに文句はないよ。

そして手入れしたばかりの畑には、さっき植えたばかりの薬草が生い茂っている。数もそうだが、明らかに種類も増えているんですけど。

他にも、木の根元には食材のほうのキノコが各種生えているし、美味《おい》しそうな木の実や果実も生《な》っている。うん、これって本気で妖精の森の縮小版って感じだね。

「とりあえず、あれやこれやを収穫《しゅうかく》してみよっかな！」

畑にある植えた覚えのない薬草も、料理に使えるものだったら嬉しい。

ウキウキと畑に向かうわたしのうしろを、キノコ妖精たちがついてきた。

「あのね、いろいろあるよ！」

「……たくさん生やした」

そう言ってスゥとクゥがエッヘンと傘《かさ》を反《そ》らす。そうか、頑張ってくれたのね、ありがとうね～♪

「立ち直りが早いな、お前。けれど確かに、これほど立派なものを元に戻せとは、俺もさすがに言えん」

リュックさんもボヤきながらついてくると、畑の前でしゃがむ。

「……どれもこれも、本来なら妖精の森で採《と》れるものばかりだな」

「そうなんですね～。でも環境が違うし、全く同じかはわからないですよね」

わたしも同じように畑にしゃがみ、目についたものを片っ端から引っこ抜いてみた。こうなったら、食べて確かめるしかない！　わたしは食材キノコのバターソテーが食べたいのだ！

というわけで、早速お料理！　わたしは家の中に入り、市場で買ってきたものをテーブルの上に並べる。

「バターよぅし」

「「よーし」」

「ニンニクよぅし」

「「よーし」」

「塩コショウよぅし……そしてキノコよぅし！」

「「よーし！」」

必要な材料を指さし確認すると、スゥとクゥが真似《まね》をする。

「では、これからバターソテーを作ります！　あ、リュックさんも食べますか？」

ウキウキ顔で食材キノコを握るわたしを見て、なぜかリュックさんが眉《まゆ》をひそめた。

「おいこら、なんだそのバターソテーというのは？」

怖い顔をするリュックさんに、わたしは首をかしげる。

「え、キノコのバターソテーですけど？」

美味《おい》しいよ？　それともリュックさんってばバターが嫌いな人？　あの匂いが苦手っていう人、結構いるよね。あと胃もたれするから苦手とか。

けどリュックさんが怖い顔なのは、そんな好き嫌いの話じゃなかった。

「妖精の現《うつ》し身に、お前はなんということをしようとするんだ!?」

「……ハイ？　現《うつ》し身？」

目を見開いて叫ぶリュックさんに、わたしはきょとんとしてしまった。

「そう、キノコは妖精を模したありがたい食材、神聖なものだろう!?　それを、バターでソテーするだと!?」

え、この世界で食材のキノコってそんな扱《あつか》いなの？

「妖精と食材のキノコって違うものじゃないの？　それともなんか女神様的な力で繋がっているとか？」

わたしが当のキノコ妖精たちにたずねてみたところ、こちらもきょとん顔である。

「え～？　別にそんなことないけど」

「……特に気にしたことない」

そう言って傘をひねるキノコ妖精たちは「なに変なこと話しているの？」みたいな感じだ。

それにしても、食材キノコにタブーがあったとは驚《おどろ》きである。

「リュックさん、じゃあその神聖なるキノコって、いままでどんな食べ方をされていたんですか？」

「素焼き、蒸し焼きだな」

リュックさんによると、基本的に形や色を損ねる調理は推奨《すいしょう》されないらしい。熱を通しすぎて食材キノコがくったりしているのも不可。

ああ、だから昨日は味がなくてちょっと生っぽい蒸し料理だったのか。調理中に極力食材キノコを弄《いじ》らない調理法が選ばれているのだろう。鍋《なべ》でかき混ぜている間に、割れちゃうかもしれないもんね。

そして串に刺して焼くのはもっとオススメできないと。まあ、神聖な食材キノコを思いっきりブッ刺すんだもん、ある意味ショッキングだね。最初に串焼きを見て驚《おどろ》いていたのって、これが理由か。

いや、そんな馬鹿な、食材キノコって加熱することで旨味《うまみ》成分が出るんだよ!?

「なんてことなの……」

わたしはがっくりとうなだれる。美味《おい》しいものを美味《おい》しく食べるのが難しいだなんて。

まあ、妖精と同じ形の食べ物を神聖視する気持ちはわかる。でもそれと、食材キノコ加工不可というのは別の話だと思うのよ。

だって食材キノコって、加工してからのほうが真価を発揮《はっき》するじゃないの！

「スゥ、クゥ。キノコを食べたら世界から妖精が減っちゃうとかじゃないんだよね？」

「え～、なにそれ？」

「……知らない」

わたしが念のため再度確認すると、キノコ妖精たちがモフモフプルプルと傘《かさ》を横に振る。

妖精側には関係なくて、この世界の人の気持ちの問題なんだったら、種族的タブーのないわたしが、食材キノコのバターソテーを食べても問題ないってことよね！　誰かを誘わず一人で食べれば、タブー問題も気にしなくていいはず！

「やっぱり作ろう、バターソテー！」

「……本気か」

握りこぶしを突き上げるわたしに、リュックさんは唖然《あぜん》とした顔である。しかしキノコ妖精たち本人が拒否反応を起こさなかったので、止めることもできないといった様子だ。

となれば、早速食材キノコをクッキング！　スゥ曰《いわ》く毒のあるキノコは生えていないらしいので、いろいろな種類を採《と》っている。わたしは個人的に、バターソテーはエリンギが好きなんだよね。あの独特の食感がいいのよ。

収穫《しゅうかく》したキノコを井戸水で丁寧《ていねい》に洗い、適当に割《さ》いていく。この時点でリュックさんから小さな悲鳴が上がったが、無視だ。

「っていうかリュックさん、無理してここにいなくていいんですよ？」

そう広いとは言えない小屋の中で、大きな図体《ずうたい》の人にウロウロされると、正直邪魔なんですけど。

「我《わ》が家の敷地でおかしな事件が発生しないように、見張っているんじゃないか」

リュックさんは胸を張ってそんなことを言う。でも見学だったら、大人しくしていてくれないかな。

そんなちょっと鬱陶《うっとう》しいリュックさんは無視することにして、料理の続きである。事前に火を起こしておいた竈《かまど》にフライパンを置き、バターでニンニクを炒めた後、食材キノコを投入して、塩コショウで味を調《とと の》えれば完成だ。

うん、バターとニンニクと食材キノコの香りのハーモニーが食欲をそそるね！　っていうかちょっと作りすぎたかもね！

背後からゴクリという喉の鳴る音が聞こえるが、わたしは気にせずに皿に盛《も》ってテーブルに持っていく。

「いい匂～い！」

「美味《おい》しそう」

キノコ妖精たちがテーブルに載《の》って皿をのぞくので、小皿に取り分けてあげた。

「……あのだな、俺も食べてみたいんだが」

ふいに、そんな申し出があった。アンタ、加工済み食材キノコはタブーなんでしょうが。あれか、タブーが食欲に負けたのか。

「食べた後で難癖つけないでくださいよ?」

「そんなことはしない! これはアレだ、確認作業というか……」

わたしの念押しに、リュックさんがモゴモゴと言い訳をする。文句を言わないなら、分けてもいいけどね。この匂いだけしか味わえないのは可哀想だし。

「あ、けど加工キノコを食べたら、なんかマズい立場になるとかないでしょうね? 教会みたいなところから文句が来るとか」

そうだ、これだけは確認せねば。宗教裁判的なものにかけられるのだったら、食べさせたほうも罪になるかもしれない。

「そんなものはないな、純粋に個人の心情の問題だ」

女神様を信仰する教会は各地にあるが、食材キノコの食べ方に決まりがあるわけではないとのこと。単純に「妖精に似た食材キノコを食べづらい」ということらしい。なにも問題ないのであれば、リュックさんにも分けてあげることにした。

「では、いただきます!」

ホカホカと湯気の出る食材キノコのバターソテーをフォークで食べる。うん、バターのコクとニンニクの香り、食材キノコの旨味《うまみ》が混じり合って、最高です! これよ、これがキノコ料理なのよ!

「美味《おい》しいね〜」

「……こんな味するんだ」

キノコ妖精たちもウマウマと食べてくれる。お口に合ってなによりです。

そして気になるリュックさんの反応はというと。無言で一口食べたかと思うと、カッと目を見開き、続けて皿ごと食べる勢《いきお》いで口にかきこんだ。あの様子だと、どうやら美味《おい》しかったらしい。そして空になった皿を寂《さび》しそうに眺《なが》めるので、お代わりをあげることにした。

「そういえばさっき雑貨屋のおじさんに、リュックさんが三十年くらい前にここへ引っ越してきたって聞いたんですけど」

「……まあ、そうだな」

わたしがお代わりをよそいながら話すと、リュックさんが歯切れの悪い相槌《あいづち》を打つ。どうしたの、食材キノコが歯に挟《はさ》まった？

「ここに越してきたのが三十年前ってことは、リュックさんっていまいくつなんですか？」

「なんだ、そんなことか。俺は先日百三十六歳になったばかりだ」

続けてたずねると、こちらは朗《ほが》らかに答えが返ってくる。

けど、うーん百三十六歳か。ビックリな数字ではあるんだけどね、魔族は千年以上生きるものもいるって聞いていたわたしは、これを長生きと見るか、たったそれくらいと見るか、微妙な思いにかられた。

いや、すごいけどね、百三十六歳って。ただ期待値が高かっただけで。

そんな話をしつつ、リュックさんもキノコ妖精たちもバターソテーをモリモリ食べて、あんなに作ったものがあっという間になくなった。まだ食材キノコはあったので追加でまた作ると、それも瞬《また》く間に減っていく。うーん、バターソテーって悪魔の食べ物か！

こんな風に、二人と二体でバターソテーを楽しんでいたときだ。

ガシャン！

突然リュックさんが皿をテーブルに落とした。

「……リュックさーん？　どうかしましたか？」

食材キノコを食べすぎて喉に詰まらせたのかと思って顔をのぞきこむと、驚《おどろ》きの光景が目に入る。

なんとリュックさんの肌に、鱗《うろこ》が生えていたのだ。

「え……？」

わたしは思わず椅子ごと後ずさった。鱗《うろこ》は瞬《また》く間にリュックさんを覆《おお》っていき、銀色の輝《かがや》きを放つ。どうした、なにが起きたの!?　よりトカゲっぽくなったよ、ってそういえばこの人、竜族か！

「……いや、ちょっと」

リュックさんがそう答えるものの、なんだか息が荒い。明らかな異常事態に、わたしはどうすることもできずにいた。

バサァッ！

なんとリュックさんの背中に羽が生え、彼は勢《いきお》いよく飛び上がる。ってコラ待て、天井に当たる……

バキバキッ！

リュックさんは天井を破《やぶ》って屋根に穴を開け、空に舞い上がった。そしてそのままはるか上空ま

でいき、その身体を大きく膨《ふく》れ上げさせる。

「グルオオオン！」

空気がビリビリと震えるくらいに吠《ほ》えたのは、巨大な白銀の竜だ。

リュックさんが竜族って、こういうことだったのか！　まさかマジの竜になるなんて。

わたしがその恐《おそ》ろしくも美しい姿に一瞬見惚《みと》れているうちに、竜になったリュックさんはバッサバッサとどこかへ飛んでいく。

残されたわたしとキノコ妖精たちは、空が見える天井を見上げていた。

「屋根、穴が開いちゃったよ」

「おっきい穴だね」

「……お空が見える」

おかげでマイハウスの風通しがよくなりました、って寒いわ！

白銀の竜がコリンヌの街周辺で広く目撃された後、わたしはアランさんへの説明に追われていた。

「全く、リュック様のあの御姿を見たときは何事かと思いましたよ」

リュックさんが飛び立ってすぐ小屋に駆けつけてきたアランさんは、事のあらましを聞いて深いため息をつく。竜を見た街の人たちは大パニックらしい。リュックさんってば、すごい大きな声で吠《ほ》えてたもんね。何事かってなるよね。

曰《いわ》く、竜がやたら吠《ほ》えてうるさかった、竜が怖くて子供が泣いてしまった、領主様御乱心!?　などなど、様々な苦情が寄せられているそうだ。なんか、本当にすみません。

「竜族を興奮《こうふん》させるだなんて、並大抵のことではできませんよ。それがキノコのバターソテーですか……」

さらに、そもそもの原因と思われる事実を話すと、アランさんに微妙な顔をされてしまった。

竜族は強靭《きょうじん》な肉体と精神を持つ長命種であり、本人の意に反して竜化するというのは異常事態だとのこと。それが、食材キノコのバターソテーを食べたら竜になって飛んで行きましたなんて、意味不明よね。

「にしても、なんというものをお作りになったのですか、キョーコ様」

そしてやっぱり食材キノコを加工したということで、大変なショックを与えてしまったようだ。うーん、欲望に負けたの、マズかったかな……

けれどアランさんからリュックさんについては、気がすんだら戻ってくるだろうとも言われた。え、捜しに行かないの？　あの人領主様だよね？

でも確かに、どこまで行ったのかわからない飛行生物を捜すって大変かも。戻ってくることがわかっているのなら、待っているほうが確実だと言える。

そんなわけでリュックさんはこのまま放置ということで、わたしはマイハウスの片づけをすることにした。

被害はリュックさんが穴を開けた屋根くらいだが、スゥのおかげですぐにふさがっている。土の妖精は木材加工もお手の物らしい。なので被害らしいことといえば、ちょっと屋根の破片が周辺に散らかったくらいだ。その掃除もウチのキノコたちとちょうど通りすがったミニキノコたちが手伝ってくれたので、早々に終わった。

そしてこれは被害というわけではないが、マイハウスの周辺でとある拾い物をした。白っぽい光沢のある色合いの薄い石で、手の平におさまるくらいの大きさのもの。

「これってもしかして、鱗《うろこ》？」

竜になったリュックさんって、確かこんな色だったよね？　わたしは、コレに似たものを見たことがある。この世界に来た時からずっと身に着けている、白銀のペンダントだ。

「大きさが違うけど、色とか質感は全く同じよね」

ということはもしかしなくても、これも竜の鱗《うろこ》だったのか。以前にリュックさんが、コレのことを気にしていたし。

まさかわたしのペンダントも、リュックさんの鱗《うろこ》ってことはないよね？　いっそのこと、本人に聞いてスッキリしたい。

うーん、リュックさんってばいつ帰ってくるのかなぁ？

翌日、リュックさんは無事帰ってきた。

白銀の竜がお屋敷にバッサバッサと降り立ってしばらくすると、巨大な牛みたいな生き物を抱えたリュックさんが、マイハウスでくつろぐわたしのもとへやってくる。

「キョーコ、これは屋根を破《やぶ》った迷惑料だ」

「それはどうも、ありがとうございます」

マイハウスの前にどさりと置かれた巨牛に、わたしはお礼を言う。

屋根はとっくにふさがっているし、大した被害じゃなかったんだけどね。くれるというものはもらっておこう。

「それにしても、昨日は一体どうしたんですか？」

わたしが疑問をぶつけると、リュックさんは首をひねった。

「それが自分でもわからないんだ、急に竜化を抑えられなくなったというか……」

なんでもあれから丸一日、虚無《きょむ》の荒野《こうや》上空で暴れ、気分を発散《はっさん》したら自然と人の姿に戻れたとのこと。けれど裸《はだか》だったので一旦お屋敷で服を着てから、こちらへ詫《わ》びに来たらしい。そうだね、あんなに大きな竜になれば、服なんて破《やぶ》れるよね。

「いつもと体調が違うっていうのは、大抵、ストレスが原因だったりしますよ」

「そうだな、疲れてたのかもな」

いきなり竜になった件はそんな話で収まったが、竜といえばもう一つ聞いておきたいことがある。

「あのですね、あの後ウチの前でこういうのを拾ったんですけど」

わたしはそう言って例の白っぽい石を取り出した。すると、リュックさんが「ああ、俺の鱗《うろこ》だな」とあっさりうなずく。やっぱり鱗《うろこ》だったのか。

「じゃあ、前に見せた森で拾ったペンダントも、もしかして鱗《うろこ》なんですか？」

続いてわたしがズバッとたずねると、リュックさんはしばし沈黙した後、口を開く。

「俺が昔、父上にあげたものに非常に似ている、と言えるな。竜族は子供から大人になる際に鱗《うろこ》が生え変わるんだが。初めて剥《は》がれたものを、記念にとペンダントにしたんだ」

なるほど、記念のペンダントだったのか。言われてみれば確かに、昨日拾ったものよりペンダントの鱗《うろこ》のほうがちょっと薄いし、若干柔《やわ》らかい。小さいのも、子供の鱗《うろこ》だからなのか。

「でも、この鱗《うろこ》がリュックさんの鱗《うろこ》だとは限らないのでは？」

だが一応念押しの疑問をぶつけると、リュックさんは大きくため息をついた。

「いや、この辺りで白銀の竜はウチの家系だけだ。それが領地内の妖精の森に落ちていたとなれば、ほぼ間違いないだろうな。父上は『一生大事にする！』と感激していたものだが……」

そう語ったリュックさんは微妙な顔だ。

まあそうなるよね、だって「わかんないもの置き場」にあったってことは、かなり前になくしていたってことになるし。

「そんな思い出のペンダントなら、返却しましょうか？」

さすがにそんな大事な思い出の品をアクセサリーにするのはどうかと思い、提案したのだが——

「いや、いままでずっと妖精の森に放置されていたくらいだ。きっと父上はなくしたことにすら気づいていないに違いない。よく妖精の森へ出かけていた人だったから、その際にうっかり落としてそのままだったんだろうよ」

「……なるほど」

それはなんとも切ない話だ。わたしが見つけたことで、紛失が発覚するなんて、余計なことをした感がある。

どうしても微妙な顔になってしまうわたしに、リュックさんが苦笑した。

「キョーコ、お前がそんな顔をすることはない。なにかの縁だから、そのまま持っておけ」

そう言ってくれる。竜の鱗《うろこ》は強い魔力を宿すので、お守りとしての効果があるんだって。

「落とし物のまま放置されていたのをキョーコに見つけられて、その鱗《うろこ》も喜んでいるだろう」

「……そう、かな？」

鱗《うろこ》が喜んでいると言われると、ペンダントが優しく光っているようにも見えてくるから不思議だ。単に、日の光の反射だってわかっていてもね。

「俺も、懐かしい気分にさせてもらった。それを拾ってくれてありがとう、キョーコ」

「へへっ、どういたしまして！」

リュックさんに感謝を述べられて、わたしは照れくさいながらも、そう答える。

わたしが目をつけなかったなら、あのまま「わかんないもの置き場」に残されていたであろう鱗《うろこ》のペンダント。リュックさんのもとに持ってこられただけでも、良いことをしたのかな？

こうして鱗《うろこ》の謎が明らかになり、いい気分になれたところで、話はあのバターソテーに移った。

「あれは、未だかつて味わったことのない美味《うま》さだったが、屋敷でのキノコ料理となにが違うんだ？」

リュックさんが美味《おい》しさの秘密についてたずねてくる。

「そりゃあ、旨味《うまみ》成分のせいでしょう」

即答するも意味不明という顔をしたので、わたしは食材キノコの性質について語った。

「お料理するとき、野菜を長時間煮込めば味が染み出るでしょう？　同じようにキノコだって、ぐつぐつ煮込んだり炒めたりして加熱すると味が染み出てきます。これを旨味《うまみ》と呼ぶんです」

「キノコを煮込むのか!?」

わたしの説明を聞いて驚愕《きょうがく》するリュックさん。この世界って本当に食材キノコをちゃんと料理しないんだなぁ。

「昨日は炒めましたけど、わたしは煮込みも大好きです。ちょっと作ってみますか？」

けど生憎《あいにく》、ここで採《と》れる食材キノコは昨日食べつくしたので、市場で買った食材キノコで料理することにする。妖精の森で採れる食材キノコは高価だが、街の周辺で採れるものが市場で安く買えるのだ。その代わり、妖精の森のものに比べるとかなり小さい。

作るのはキノコ鍋《なべ》。寒くなってくる季節には美味《おい》しいよね。あ、さっきもらった巨牛のお肉も入れて、しゃぶしゃぶしてみるのもいいかも！

というわけで、レッツ解体&クッキング！

キノコ妖精たちとリュックさんの協力のもとでパパッと解体された巨牛のお肉は、綺麗《きれい》な赤身だ。わたしは日本で流行《はや》っていた霜降りよりも、こっちが断然好きだな。なんか、健康的なお肉って感じじゃない？

お肉の準備ができたら、お鍋《なべ》に水を張って食材キノコを投入する。この時、水から煮込むのがポイントだ。お湯から煮込むよりも旨味《うまみ》が断然出るから。

こうしてお出汁《だし》ができあがったところで、まずはこのお出汁《だし》を味つけなしで小皿に取り、リュックさんに差し出す。

そのスープをおそるおそる口にしたリュックさんは、カッと目を見開いた。

「美味《うま》い!?　これがキノコだけの味だと!?」

そうでしょうとも。あの半生状態しか知らないなら、この味はビックリのはずだよね。塩なんかで軽く味を調《ととの》えて、ついでに葉物野菜も一緒に煮込む。こうして鍋《なべ》の中身がいい感じに煮えたところで、いよいよしゃぶしゃぶするとき！

「さあリュックさん、一緒にしゃぶしゃぶしましょう！」

「なんだ、そのシャブシャブというのは？」

ズズイと肉を盛《も》った皿を勧《すす》めるわたしに、リュックさんが首をひねる。どうやらこの辺りにはしゃぶしゃぶ文化がないらしい。

「しゃぶしゃぶとはわたしの故郷の食べ方で、薄切りのお肉をさっとお出汁《だし》なんかにくぐらせて食べるんです！」

完全に火が通らないのがポイントなだけに、鮮度のいいお肉でないといけないから、解体したてのこの巨牛肉はうってつけだよ！　熱の入ったわたしのしゃぶしゃぶプレゼンテーションに、リュックさんも興味が出たようだ。

「なるほど、キョーコの故郷の食べ方なのか」

そう言ってお肉をひと切れ取ってもらったところで、わたしはお手本としてしゃぶしゃぶして見せた。

「こうするんです」

しゃぶしゃぶ、とお出汁《だし》に軽く肉をくぐらせて引き上げる。箸《はし》がないためフォークでお肉を刺しているが、やはり違和感があるので近いうちに箸《はし》を作ろう。

それはともかく、さあリュックさんも続いてしゃぶしゃぶしちゃって！

わたしが見守る中、リュックさんもフォークに刺した肉をお出汁《だし》にくぐらせ、ほんのりピンク色になった肉をパクリと口に入れる。

「なるほど、肉にキノコの味が絡まって美味《うま》い」

そうなのよ、タレやポン酢がなくてもお出汁《だし》の味で十分美味《おい》しいよね。

リュックさんもしゃぶしゃぶを気に入ってくれたらしく、二人して肉を取るフォークが進んだ。

キノコ妖精たちにもしゃぶしゃぶしてあげたものと具を小皿に取ってあげる。彼らはフーフーしながら器用に食べた。美味《おい》しいって？　もっとお食べ！

結論、異世界でもキノコのしゃぶしゃぶ鍋《なべ》はとっても美味《おい》しかったです！

「うーん、なんだろうか、妙に走りたくなってきた」

鍋《なべ》を食べ終えたリュックさんがそんなことを呟《つぶや》く。

「そうなんですか？　わたしはなんともないですけど」

しゃぶしゃぶ鍋《なべ》を片づけつつ、わたしはリュックさんにたずねる。

「なんというかこう、活力が身体の内側から溢《あふ》れてくるというか。走りたくなるんだ」

「へぇ～」

そういえば、リュックさんは会ったばかりで食材キノコの串焼きを食べたときも、そんなことを言っていた気がするかも。

もしかして、この世界の人特有の現象なのかな？　異世界の食材キノコに栄養ドリンク的な効果があるなんて、ビックリにもほどがある。

「うん？　だとすると、このキノコ料理を街の人みんなが食べるようになれば、みんな元気になるのかな」

ここコリンヌは落ち着いた雰囲気のいい街なのだが、いまいち活気がなくて寂《さび》れた感が否めない。それには様々な原因があるのだろうが、まずは街の住人が元気になれば、街の活性化の第一歩にならないだろうか？

そんなわたしの考えに、意外にもリュックさんが乗ってきた。そして食材キノコの旨味《うまみ》の話を聞いたお屋敷の料理長が、勇気をもって食材キノコのタブーへ挑《いど》まんとする。どの世界にもいるんだね、タブーをものともせずに未知なるものへ挑《いど》む人って。

試行錯誤してキノコ出汁《だし》を極めようとする料理長に敬意を表し、わたしは干しキノコなる裏ワザを伝授《でんじゅ》する。

「キノコって天日に当てて乾《かわ》かすと、旨味《うまみ》という美味《おい》しさの成分が凝縮されるんです。戻し汁は出《だ》汁《し》になり、戻したキノコは旨味《うまみ》アップで、素晴らしく生まれ変わるんですよ！」

というわけで、レッツクッキング！　……の前に、まずは食材キノコを天日干し。どの種類でもいいんだろうけど、なんとなくシイタケに似たものを選んで、土などの汚れを洗い落とすと、日当たりのいい場所に敷いたシートの上に広げる。

数日干したシイタケ（仮）がいい感じにカラカラになるのを待ち、用意していたガラス瓶に干しシイタケ（仮）と冷たい水を入れて涼しいところに放置する。アラ不思議、美味《おい》しいお出汁《だし》のできあがり。簡単だネ！

このわたしのキノコプレゼンテーションに、料理長が驚《おどろ》く。

「なんと、まだ美味《おい》しさの増す余地があったとは！　そしてこれが、真なるキノコの味……！」

干しキノコの味に愕然《がくぜん》とする料理長だったが、同時に新しい味の開拓に燃え始める。

かくして、お屋敷でキノコ料理革命が起き、この流れがコリンヌの街全体へと広がっていくのだった。

第四章　キノコはありがたい食べ物です

現在、コリンヌの街は空前の食材キノコブームである。

タブーを恐れていた街の人たちも、食べたら元気になれるという評判から手を出し、その美味《おい》しさに気づいてしまえば変わり身が早い。寒くなる季節ということもあり、キノコ鍋《なべ》が各家庭で好まれるようになった。

それどころか「これは女神様の贈《おく》り物だ」と、妖精の現《うつ》し身とされる神聖さを逆手《さかて》にとってのキャッチフレーズが流行《はや》りだしてきたくらいだ。妖精の森の食材キノコは高価だが、それ以外の市販品は安価なことも、受け入れられたポイントだろう。

領主であるリュックさんは、このキノコ鍋《なべ》をコリンヌの街の特産品にしようと画策《かくさく》している。その一環なのか、近々大通りに観光客向けのキノコ鍋《なべ》専門店なるものができるらしい。さらに数種類のキノコと野菜をまとめ、食べ方のレシピをつけたキノコ鍋《なべ》セットを作り、他の街へ向けて売り出すのだとか。田舎《いなか》だから自然豊かで、食材キノコはたくさん採《と》れるし、干しキノコにすれば日持ちするからね。

この街でもあっという間に流行《はや》ったし、他の街でも人々が美味《おい》しさに目覚めれば、キノコは食べられるようになるだろう。

そんな食材キノコの流行と同時に、街ではとある現象が発生していた。

ある日の朝、畑の手入れをしていたわたしは正装で出かけるリュックさんを見かける。

「また結婚式ですか？」

「ああ、祝いの言葉を頼まれた」

わたしがたずねると、肯定《こうてい》が返ってくる。

そう、ここのところなぜか結婚ラッシュなのである。

この街では昔から、結婚式には街長が祝いの言葉を贈《おく》るのが通例だそうで、領主様がいるなら、ぜひそちらからもお言葉をということらしく、最近彼は結婚式をはしごしている。

「リュックさんも毎日大変ですね」

確かにおめでたいこととはいえ、結婚式ってそんなに律義《りちぎ》に顔を出さなくてもいいと思うんだけど。卒業式の祝辞代読《しゅくじだいどく》みたいに、文書だけ贈《おく》ったらダメなの？

そんな疑問を持つわたしに、リュックさんが諭《さと》すように言う。

「キョーコ、苦難を乗り越《こ》えて結婚に至ったんだから、精一杯労《いた》わるべきだろう？」

「……苦難？　労《いた》わる？」

苦難はともかく、労《いた》わるってなによ？　なんか結婚式を表す言葉に思えないんですけど。少なくともハッピーな雰囲気ではない。

変な顔をするわたしに、リュックさんも変な顔をした。

「キョーコ、お前は魔族の長命種族の抱える共通問題を理解しているか？」

「長命種族の、共通問題？」

心当たりがなくて首をかしげるわたしに、彼は呆《あき》れ顔で「少子化問題だ」と教えてくれる。おお、そういえば前にチラッと聞いた気がするね。

リュックさんはそんなわたしを見て「呑気《のんき》だな」と言いながらも説明してくれる。

「寿命の長い種族だと千年以上生きる魔族だが、かなり前から問題視されていることがある。子供が生まれにくくなっている……いや、それよりも深刻《しんこく》なのが、そもそも性欲を抱かなくなっている件だ」

性欲と子作りは当然ながら繋がっている。要は子作りしようにも男女共にその気にならず、行為に及べない夫婦が多いのだそうだ。

「でも生まれにくいといっても、一体どの程度なんですか？」

日本で動物の学者さんが話してたっけ。確か寿命の短い動物ほど、たくさん子供を産むって。要は種の保存の本能らしい。

それで言うと何千年生きて当然の種族だったら、百年も生きれば長生きとされる人間より、子供が生まれにくくても仕方ない面はありそうだ。

このわたしの疑問に、リュックさんが渋《しぶ》い顔で答えた。

「竜族で言うならば、かつては一組の夫婦あたり百年で一人生むのが一般的だったらしい。だが次第に二百年に一人、三百年に一人と間隔《かんかく》が長くなり、いまでは端《はな》から子作りに励《はげ》まない夫婦が多い」

ぶっちぎりで単位が違いすぎて、余計にわからない。そして土色の青春なわたしにセックスレス問題を言われても、「頑張って?」くらいしかコメントできないんですが。

「それでも跡継《あとつ》ぎを求められる立場となると、『子供ができない』ではすまない。だから場合によっては子作りに成功するまで、数十年寝室に閉じこめられる」

「数十年!?」

長くない!? いや、何千年生きる人にとっては短いのかも? いやそれでも長いよね!?

「それって、結婚する相手も嫌がりませんか?」

だって数十年監禁《かんきん》コースだよ? 好き好んで嫁《よめ》や婿《むこ》に来るかな?

この言葉に、リュックさんがなんとも言えない微笑《ほほえ》みを浮《う》かべた。

「子供が生まれにくいいま、結婚するにはなによりその気になれる相手であることが重要視される。一部例外として恋愛結婚で即、子ができた夫婦もいるが、大抵は相手を複数人寝室に侍《はべ》らせ、その気にさせた者が結婚相手だ」

リュックさんの説明はぶっ飛んでいた。なんだそれ、子作り耐久《たいきゅう》レースか! 日本でも少子化は深刻《しんこく》だと言われていたが、ここはもっと深刻《しんこく》度合いが進んでいるようだ。

そしてなるほど、異世界では結婚イコールデキ婚なのか。基本子作りの相性がなによりも優先されると。

結婚に至ったということは、そのあたりをクリアできたということで、それは確かにおめでとうよりも、先にお疲れ様だな。

こんな話をしてリュックさんを見送った後で、わたしもとある用事で雑貨屋へ出かけた。街へ出ると、初めてここへ来たときに比べて、通りを行く人たちが活気づいているように感じる。

これは食材キノコの旨味《うまみ》パワーのおかげなのか、はたまた結婚ラッシュで将来の展望が明るく開けてきたからなのか。

「街が賑《にぎ》やかなのはいいことだよね」

わたしは一人うんうんとうなずく。リュックさんからあんな話を聞いた後では、そこかしこで見かける幸せそうなカップルの姿も違って見えてくる。そうか、キミたちってすごく頑張っているんだね……

そんな風にそこら中の若者たちにエールを送りつつ、雑貨屋へ向かう。

「こんにちはー」

「いらっしゃい、待ってたよ！」

店へ入ると、おばさんが待ち構《かま》えていた。

「ずいぶん評判だよ、実りの聖女様！」

「……はい？」

唐突《とうとつ》なおばさんのセリフに、わたしは思わず目が点になる。なによその「実りの聖女様」っていうのは？　……確か以前、リュックさんが聖女の伝説について話していた気がするけど。

「ああ、よその土地から来たなら、この国のおとぎ話は知らないか」

そう言うとおばさんが、呆然《ぼうぜん》とするわたしに説明してくれた。

なんでもクレール国には「聖女が現れて国を救う」という伝説というか、おとぎ話があるのだそうだ。

昔々、とある寂《さび》れた村に見たことのない風体《ふうてい》の娘が現れ、たいそう妖精たちに好かれたという。やがて娘はその村の青年と結ばれ、子沢山の家庭を築《きず》いた。すると大勢の妖精たちが二人を祝福しにやってきて、おかげで村は豊かになった。後世の人々は、この娘を女神が遣《つか》わした『実りの聖女』と称したという。

「その村っていうのが、クレール国の始まりの土地だって話だよ」

「……へぇ～」

わたしは相槌《あいづち》を打ちながら、背中に冷や汗が流れるのを感じる。

なんか、その娘さんの唐突《とうとつ》な登場の仕方って、わたしと同じだ。妖精に好かれた、となるとますます似ている。

「だから妖精に好かれて、美味《おい》しいキノコの食べ方まで知っているアンタはまるで『実りの聖女』みたいだって、噂《うわさ》になっているんだよ」

ヤバい、もう噂《うわさ》になっちゃったのか。そんなおとぎ話があると知っていれば、もうちょっと慎重に行動したのに。

あとは相手を見つけて子沢山家庭を築《きず》いたら、おとぎ話コンプリートになる。

いやでも、わたしってば日本でモテたためしのない女だ。田舎《いなか》者気質が抜けずに自然を恋しがる土色の青春を絶賛謳歌《おうか》中だったわたしに、急にそんないいお相手が出てくるはずないもんね。

それに、この世界での身近な男性といえば……リュックさんだ。もちろん良い人だとは思うものの、出会ってから現在までの期間が短いから、まだそういう感情は抱けないというか……

それはともかく、噂《うわさ》についてだ。とはいえ、もう噂《うわさ》になっている以上どうしようもなくない？　幸い、悪い印象でもないし。うん、あんまり心配することはないかな。異世界から来たってことが知られたら面倒そうだけど、要はそれがバレなければいいわけだしね。

こうして結論が出たところで、雑貨屋に来たそもそもの目的を思い出す。

わたしはおばさんからブラジャーの出来栄《できば》えを確かめてほしいと頼まれていたのだ。もう試作品一号ができたらしい、仕事早いな。

試着室へと連れこまれ、もうちょっとワイヤー部分がしっかりしているほうがいいとか、盛《も》れるパッドが何段階か欲しいとか、いろいろ話す。そのうち話題は街の結婚ラッシュについてとなった。

「実はね、わたしの甥《おい》っ子も明日結婚するんだよ！」

「わぁ、それはおめでとうございます！」

おばさんがそう教えてくれ、わたしは拍手《はくしゅ》で応える。あんな話を聞いたばかりなので、おめでとうの言葉にも力が入るというもの。

よかったね、苦労の分だけ幸せになるのよ！

「あ、じゃあわたしからもなにかプレゼントしたいですね。いま流行《はや》りのキノコセットとかどうですか？　ウチの、というか領主様の家の庭で採《と》れるんです」

「そりゃおめでたそうなキノコだね！　いま流行の品だし、きっと喜ぶよ！」

ということで、明日の朝に店まで届ける約束をした。

まさかこの約束が、あんな事態を起こすなんて知らずに。


翌日、わたしは早朝から食材キノコを収穫《しゅうかく》し、雑貨屋へ届けた。

「綺麗《きれい》なキノコだねぇ、こりゃ美味《おい》しそうだ」

そうでしょう、そうでしょう。なんてったってスゥの力作キノコだからね。「お祝い！」って言って張り切って生やしてたよ。これで豪華なキノコ鍋《なべ》を作ってね！

朝からハッピーをおすそ分けされた気分で家に戻ると、リュックさんは今日も今日とて結婚式に出かけていた。

領民の幸せのために、頑張ってください！

そんな風にいい気分になれた一方で、わたしはとある欲望がピークに達していた。

「お風呂に入りたい！」

マイハウスで突然叫んだわたしを、キノコ妖精たちが目をぱちくりさせて見上げる。うるさくてごめんよ。

そう、わたしはお風呂を欲しているのだ。サウナもあれはあれでいいものだとは思うけれど、やっぱりお湯に浸《つ》かってまったりしたい！

というか、もうリュックさんにはサウナ的なものを造《つく》る許可はもらったもんね。お風呂って言っても理解されなかったんで、サウナみたいなものと説明したのだ。

「というわけで、お風呂を造りたいと思います！」

「おふろ！」

「……おふろ？」

わたしの力強い宣言に、楽しそうに飛び跳《は》ねるスゥと、傘《かさ》をかしげるクゥ。二体ともたぶん、お風呂というものをわかっていない模様。

「あのね、大きな器に温かいお湯を入れて、その中に浸《つ》かって身体を癒《いや》すのよ。とっても気持ちいいの」

わたしの説明に、キノコ妖精たちが傘《かさ》をユラユラゆらす。

「キョーコがまるっと入る器？　僕、大きいの作る！」

「……じゃあ僕、お水？」

湯船はスゥが造《つく》ってくれるらしいので助かる。そしてお水を担当してくれるというクゥに、わたしは聞きたいことがあった。

お風呂にお湯を満たすには、まず湯船に水を張って鍋《なべ》みたいに沸《わ》かす方法がある。いわゆる五右衛門《ごえもん》風呂方式だ。でも、一度やったことあるんだけど、あれってちょうどいい湯加減にするのに苦労するんだよね。

だから、わたしが気になっていることはというと――

「ねえクゥ、この辺りに温泉とか湧《わ》いてないかな？」

そう、どうせお風呂に入るなら温泉がいいじゃない、ということだ。

ちょうど近くに高い山があるし、こういう場所なら温泉があるんじゃないかって気がするのよね。クゥは湧《わ》き水を引くのが得意で、ウチの庭には池だってあるのだ。それを温泉バージョンでできないかな。

わたしの疑問に、クゥが「う～ん」と考えている。

「……温かい水の流れのこと?」

「そう、それ!」

どうやらなにか心当たりがあるようなクゥに、わたしはパアッと顔を明るくする。

しかし、反対にクゥはしょんぼりしてしまった。

「あのね、聞いたことあるけど、温かいか僕わかんないの……」

水源はわかるが、それが温泉かどうかの判断ができない、ということか。水の妖精のお仕事範疇《はんちゅう》はあくまで水で、熱というカテゴリーは別の妖精の担当なのかもしれない。

「お湯が出せなくて、ごめんなさい……」

「いいんだよ!? 試しに言ってみただけだから、そんなに落ちこまなくても! お水を出してくれるだけでもすごくありがたいんだって!」

しょんぼりしすぎて地面にめりこんでしまいそうなクゥを、わたしは必死に励《はげ》ます。

そうなのよ、水道の蛇口《じゃぐち》から水が出る仕組みのないこの世界で、湯船に人力で水を溜《た》めようと思ったら、どれだけ井戸と往復《おうふく》しなければならないのか。

それを「エイッ」の一言で水を満たしてくれるクゥは、十分すぎるくらいにお役立ちキノコ妖精だからね！　だからほら傘《かさ》を上げて、水は命の源って言うじゃないの！

安易《あんい》な思いつきのせいでクゥを落ちこませてしまったと、わたしはワタワタする。

「その温泉ってやつ、俺が探してやろうか？」

ふいに茂《しげ》みのほうから、そんな声が聞こえてきた。子供の声っぽいが、ちょっと生意気そうな感じだ。あれ、このお屋敷には子供なんていなかったはずだけどなぁ。

ガサガサガサ……

茂《しげ》みをゆらして出てきたのは、これまたキノコな妖精だった。スゥやクゥと同じくらいの大きさで、マイタケが真っ赤になったような姿をしている。傘《かさ》の部分が髪の毛みたいに逆立っていて、それがまるで炎みたいだ。傘《かさ》の付け根のあたりにつり目気味な顔があって、一見パンクっぽいキノコ妖精である。

「あ、火だぁ」

「……火、久しぶり」

そのマイタケキノコを見て、スゥとクゥが傘《かさ》をユラユラゆらす。どうやらこのマイタケキノコは火の妖精らしい。確かに、いかにもそんな外見だ。

いやそれより、いま気になることを言っていなかった？

「温泉、探せるの？」

「おうよ、火の気を纏《まと》う水を探せばいいんだろう？　水のやつが探した水源が、火の気を纏《まと》っていれば温泉だ」

クゥとこのマイタケキノコが力を合わせれば、温泉を引けるってこと？

「ぜひ、お願いします！」

わたしは土下座をする勢《いきお》いで、マイタケキノコに深々と頭を下げる。すると早速クゥとマイタケキノコが「あそこ、いやこっち」とゴニョゴニョしながら作業を始めた。その横で、スゥは湯船造りに取りかかってくれる。

そうそう、肝心《かんじん》のお風呂の場所は、マイハウスのリビングに面した辺りだ。ちょうど景色が綺麗《きれい》に見えるのよ。だからリビングの壁に扉をつけて、その外に露天風呂《ろてんぶろ》を作ることにした。

憧れだったんだよね、自宅に露天風呂《ろてんぶろ》があるって。

そこにわたしのリクエストを聞いたスゥが、石造りの湯船を造《つく》ってくれた。お屋敷や玄関から見えないように、ちゃんと屋根と目隠しの壁も作る、これもスゥがだけど。加えて扉から風呂回りにかけて手触りのいい石を敷き詰《つ》めてくれた。まるで旅館の露天風呂《ろてんぶろ》みたいだ。

こうしてスゥ力作の露天風呂《ろてんぶろ》が完成したところで、お湯の準備も終わったらしい。

「そこの窪《くぼ》みに流せばいいんだな？」

「……せーの」

マイタケキノコとクゥが、湯船に温泉水を湧《わ》き上がらせる。しかもいい感じの量が湧《わ》き出るくらいに調節して、溢《あふ》れたお湯はうまく排水されるようにしてくれた。まさに源泉かけ流しである。お湯の温度も、ちょっと熱めでわたし好み。

なんという完璧な仕事っぷりか。もうわたし、キノコ妖精たちに足を向けて寝られません。ありがとうスゥとクゥ。ありがとう、通りすがりのマイタケキノコよ！　このお礼として、わたしにできることはなんでもやるともさ！　傘《かさ》をマッサージとかもしちゃうからね！　キノコ妖精たちはお料理に興味があるみたいだから、それも頑張って作るし！

しかしいまはそれよりも。

「みんなで早速、ひとっ風呂しようか！」

「「「おー！」」」

というわけで、異世界で初温泉である。このために事前に買っておいた木桶《きおけ》でかけ湯をして、入浴！　あ〜気持ちいい、極楽極楽。やっぱりお風呂は最高だよね！

「楽し〜い」

「……あったかい」

「いいなぁ、温泉」

キノコ妖精たちもお風呂を気に入ったのか、気持ちよさそうにプカプカ浮《う》かんでいる。けどこれ、キミたちから出汁《だし》とか出ないでしょうね？

こんな風に、みんなでまったり温泉を満喫《まんきつ》していると、壁の向こうからリュックさんの声がした。

「キョーコ、いるか？　なんだこの壁？」

え、リュックさんもう帰ってきたの？　結婚式のはしごで戻るのは夜になるって言ってなかった？

けどいま問題なのはそんなことより、現在入浴中なわたしが裸《はだか》だということだ。

「ちょっとそこで待っててください、リュックさん！」

とりあえずお風呂から上がって服を着なきゃ。わたしが慌《あわ》てて立ち上がった瞬間。

「なにをしているんだ、一体」

壁をまわりこんだらしいリュックさんが顔を出して露天風呂《ろてんぶろ》をのぞき、全裸《ぜんら》で立ち上がっているわたしの姿を目撃してしまった。

二人で見つめ合ったまま、数秒の沈黙。

「お前、なんで裸《はだか》……」

そしてリュックさんが、そんな声を漏《も》らす。

サウナっていうのは当然屋内で入るもので。露天風呂《ろてんぶろ》を知らないこの世界の人は、まさか庭で素《す》っ裸《ぱだか》になっているなんて思いもしないだろう。

これって、リュックさんからすれば単なる痴女《ちじょ》よね。しまった、説明を端折《はしょ》ったのがこんなことになるなんて。面倒がらずにちゃんと説明するべきだった！

しかし後悔しても遅く。そもそも早くバスタオル巻くべきなのでは？　ということに思い至り、わたしは置いていたバスタオルを取りに行こうとした。

「うっ……」

ところが、突然、リュックさんが苦しみ出し、地面に膝《ひざ》をつく。

え、どうしたの⁉　なにかの発作⁉　わたしはバスタオルを身体に巻きつけ、慌《あわ》てて彼に駆け寄る。

「どうしたんですか？」

そう呼びかけながら近づいたわたしは、リュックさんを見てぎょっとする。また肌に鱗《うろこ》が生えてる！　なんで⁉

「待っててください、いまアランさんを……」

急いで屋敷に向かい、アランさんを呼ぼうとするものの、突然リュックさんの腕が伸びてきたかと思うと、グイッと身体を押され、二人して勢《いきお》いよく地面に倒れた。

「っ……⁉」

仰向《あおむ》けに倒され、背中を打ちつけた痛みで目に涙が滲《にじ》む。その歪《ゆが》む視界を覆《おお》うのは、密着と言っていいほど近くにあるリュックさんの顔だ。肌はほぼ鱗《うろこ》で覆《おお》われ、あのトカゲっぽい目が爛々《らんらん》と光っている。どうしたの、ねえどうしちゃったの⁉

「リュックさんあの、ちょっと離れませんか？　落ち着きましょう？」

話があるなら服を着てからしたいのだが、リュックさんの身体は押せどもびくともしなかった。それに妙に興奮《こうふん》しているようで息が荒いし、密着している身体が熱い。その熱がわたしにまで侵食してきているのか、次第に頭がボーッとしてくる。

そしてリュックさんの顔がゆっくりとわたしに近づいてきた。わたしは、たまらず目を閉じる。

「痛ったぁい！」

なぜか首筋に歯を立てられ、続いてヌメッとした感触がした。え、これって噛《か》みつかれて舐《な》められたの？　てっきりキスされるなんて思っちゃったよ、恥ずかしい！

しかしここでようやく我《われ》に返ったわたしは、この体勢から脱出しようとする。

「キョーコをイジメるな！」

タイミングよくスゥの声が聞こえ、リュックさんがわたしの上から吹き飛んだ。離れたところに生えている木の幹《みき》に激突する。

「キョーコ！」

「……平気？」

「オイオイ、なんなんでぃ？」

温泉のほうからキノコ妖精たちがピョンピョンとやってきたので、わたしは安心してホッと息を吐いた。スゥ、いい子！　わたしを助けてくれたのも、手加減してぶっ飛ばしたのも！

だが、スゥに吹き飛ばされてもなお、リュックさんはうなるような声を上げてこちらを向く。

ちょっとちょっと、本当になんなの⁉　怖くなったわたしは、思わずスゥをギュッと抱きしめた。

「おやめなさい、『拘束』！」

ふいにそんな声が響《ひび》いたと同時に光の帯が飛んできて、リュックさんを捕《と》らえる。

「メイドから様子がおかしいと聞いてきてみたら、これですか。リュック様、こうなったことは大変喜ばしいとは思いますが、こういうことには手順がありますゆえ。強引に事を進めるのはいけませんな」

「アランさん⁉」

そう語るのは、光の帯を操《あやつ》っているアランさんだ。助かった、っていまわたしバスタオル一枚だよ！　キミたち、その愛らしいボディでわたしを隠《かく》して！

「……ぐっ、がはっ」

一方、光の帯でグルグル巻きにされているリュックさんは苦しそうだ。

「あの、大丈夫ですか？」

キノコ妖精たちに囲まれたことで心に余裕が生まれたわたしは、リュックさんが心配になってくる。さっきのことといい、明らかにいつもの彼ではない。まるで獲物《えもの》を前にした獣《けもの》みたいだ。これはなにか病気なのか？

「ああ、病気などではありませんので、ご心配なく。単なる自然の摂理《せつり》ですから」

ニコリと微笑《ほほえ》んだアランさんが、いつもの調子でそう述べる。え、その自然の摂理《せつり》って、なに？

「ひとまずリュック様をどうにかしますので、キョーコ様は後ほど屋敷のほうまでお越しください。ちゃんと説明をします。ほら、寒空にそんな格好でいると風邪《かぜ》をひきますよ？　早く戻って暖かくしてくださいね」

「キョーコ、風邪《かぜ》ひいたら大変！」

「……温泉入ろう？」

「火ぃ出してやろうか？」

アランさんだけでなくキノコたちにまで促《うなが》され、確かに身体が冷えてきたわたしは、急いで温泉に入り直すことにした。

「では、失礼します」

わたしが温泉に戻っていくのを見て、アランさんはグルグル巻きのリュックさんを引きずってお屋敷に戻っていく。領主なのに扱《あつか》いが悪いな。

でも、リュックさんのことが気になって、ゆっくり温泉に浸《つ》かり直す気分にはならない。わたしはすぐに温泉を上がり、話を聞くだけだと退屈だろうとキノコ妖精たちを残したまま、アランさんのもとへ向かった。

そうしてメイドさんに案内された部屋では、アランさんがお茶の用意をして待っている。

「どうぞキョーコ様、こちらへ」

アランさんが椅子を引いてくれたので、お礼を言ってそこへ座った。

「あの、リュックさんは？」

「ああ、寝室に閉じこめてあります」

気になりたずねると、さらりと衝撃《しょうげき》発言をされる。え、閉じこめる⁉

「なんで⁉」

わたしの当然の疑問に、これまたアランさんがさらりと言った。

「リュック様は、ただいま発情期の真っ最中ですので」

「……はい？」

発情期って、動物界での子作りシーズンのこと？　え、竜族ってそんなものがあるの？　驚《おどろ》くわたしに、アランさんが言った。

「キョーコ様は魔族の結婚事情について、リュック様からお聞きになったとか」

「あ、はい。聞きましたけど……」

子作りが難しい魔族は、大変な苦労をして結婚に至るって話だったよね。

「リュック様も例に漏《も》れず結婚問題に直面しておりまして。この問題から逃げるためにこの辺境の田舎《いなか》に移り住まれていたのです」

まあ、子作りレースで数十年監禁《かんきん》されるっていうんだから、逃げたくなるのもわかる。それに好き嫌い以前に子作り優先な婚活だなんて、リュックさんもさぞつらかったろう。

しかし、アランさんが明るい顔で話を続けた。

「けれど、現在のリュック様は発情期の真っ最中、つまりは身体が子作り可能になったという、おめでたい兆候《ちょうこう》が表れています。竜族は発情期に入ると竜化の制御が利かなくなりますので、それが発情期に入った証《あかし》ですな」

「ああ、そういうこと……」

いつだったか、急に竜になってどっかに飛んで行ったのよね。さっきだって急に鱗《うろこ》まみれになっちゃったし、あれって発情期だからだったのか。そんな人の前にうっかり裸《はだか》で突っ立っていたら、そりゃあ危ないわな。

やっぱりわたしが悪かったのかと、一人反省する。

「しかもお相手に、番《つがい》の印を残されました」

次いでアランさんが、そんなことを言った。

「番《つがい》の印？」

ってなによ？　そんな疑問に、アランさんは丁寧《ていねい》に答えてくれる。

「竜族は異種族間でも子を生《な》せますが、その際にお相手の身体を竜の子を産めるようにしなければなりません。そのために仮初《かりそめ》の竜族とするために、印を刻《きざ》むのです」

へぇ、そんなシステムなんですね竜族って。地球では人間同士しかありえなかったからそういう問題はなかったけど、異種族がいる世界だと子供を作るのも大変なんだなぁ。

他人事のように話を聞くわたしに、アランさんがニコニコ笑顔で言った。

「キョーコ様、先ほどリュック様に首を噛《か》まれたでしょう？」

「あ、そういえば……」

噛《か》まれて舐《な》められたんだっけ。あれって傷になってたりしないでしょうね？　わたしがその噛《か》まれた辺りをさすると、アランさんがすかさず手鏡を差し出してくる。

「……うん？」

噛《か》み痕《あと》になっているかと思ったのに、そこにはなぜか鱗《うろこ》のような形の痣《あざ》が浮き出ていた。

「それが、番《つがい》に選ばれた印です」

「……はぃい？」

え、いまのってわたしの話だったの!?　どこか他所《よそ》で見つけた誰かってことじゃなくて!?

「本当におめでたいことでございます。ぜひ、リュック様とご一緒に発情期を頑張ってください」

待て待て待て！　アランさんはなんか送り出す気満々なことを言っているけどさ、わたしは急な展開についていけてないよ！　拒否権はないの!?

「あのぉ、わたしがそのお相手になるのを拒否したら、どうなるんでしょうか？」

おそるおそるな質問に、アランさんは笑顔を崩《くず》さず答えてくれる。

「子作りさえすませればリュック様の発情期も収まるのですが。発情期の熱を発散《はっさん》できずにいた場合、これが四、五年は続きます。発情期の竜族は殺気《さっき》立って危険ですので、当然このまま軟禁《なんきん》でしょうな」

「四、五年!?」

発情期が長いな!?　そしてその間ずっと寝室に閉じこめておくの!?　リュックさんって領主様なのに、領地が潰《つぶ》れない!?

つまりだ。わたしがリュックさんの寝室に突撃して事に励《はげ》めば、短期間で解放される。無視すればリュックさんは悶々《もんもん》としたまま軟禁《なんきん》状態で四、五年を過ごすと。

ちょっとリュックさんが可哀想な気もするが、わたしの人生もかかっている。早まるなわたし、どちらの場合もメリットデメリットがあるはずで、よくよく考えようか。

まずは寝室に突撃した場合。わたしは当然、処女喪失《しょじょそうしつ》をするのがデメリットだ。さらには出産が必要なわけで、竜族の出産がどんな風なのかわからないし、第一出産は死の危険と隣り合わせ。うん、ぶっちゃけ恐いよね。

けれどリュックさんは無事発情期を終えて寝室から出られ、領地のみんなも助かる。これがメリット。ついでに言えば、わたしってば領主夫人ってことになるのか？

そしてそんなのをまるっと無視してここから逃げた場合。

まあ追っ手がかかるだろうね。領主様の大事な番《つがい》だもの。性欲消滅問題が叫ばれる中、これを逃したら他に相手が現れるのかすらわからないし。キノコ妖精たちの協力があれば逃げられるかもしれないが、それだっていつまでキノコ妖精たちがわたしを好いて一緒にいてくれるかわからない。なんてったって、竜族の発情期は年単位なのだ。そのいつ終わるかわからない期間、ずっと逃亡生活を送らなければならないわけで。それはなかなかつらいだろうな。

「発情して時間が経つほどに荒れてきますから。おそらくいまなら楽に終えることができるでしょう。それに竜族は元来、一人の妻を一生愛する種族です。神族のような一夫多妻にはなりません」

迷うわたしに、アランさんが囁《ささや》く。

楽、楽なのかぁ。こういうことをそんな基準で考えるのはどうかと自分でも思うんだけど、どうせするなら楽に越したことはないかもしれない気がする。

それにリュックさんはわたしの好みから外れているわけじゃない。どころか格好いい人だと思う。毎日領民のことを思ってお仕事をしていて、普段はキリッとしたイケメンなのに、キノコ妖精を前にしたら急にデレるのもちょっと可愛いし。

でもそうよね、わたしは別に生涯独身を貫《つらぬ》くつもりもない。だったらいつか経験することを、いま経験するだけなのよ、きっと。それにヤリ捨てする種族じゃないらしいし、安心ではあるのかも。そもそも、リュックさんはそういう人じゃない、とも思う。

こういうのって、デリケートな話だし。いきなり⁉　って思いは当然、ある。もちろん怖くもある。それでも、リュックさんのことをこのまま放っておくという選択もできそうにないわけで……

たとえ恋愛感情じゃなくたって、あの人がいまこの瞬間も苦しんでいるのなら、なんとかして助けたいって考えてしまうのを、間違っているとは思わない。

ええい、こうなったら時間をかけてごちゃごちゃ考えても仕方がない！　やるわ、やってやろうじゃないの！

日本の家族のみんな、恭子は異世界で大人の階段を上ります！

「わかりました、行きます！」

わたしが気合を入れて立ち上がると、アランさんがパチパチと拍手《はくしゅ》をした。

「おお、やはりリュック様の選択は間違ってはいなかったようですな。では早速」

時間が経つと逃げられると思っているのか、アランさんは速《すみ》やかにリュックさんの部屋へわたしを案内する。その道中、すれ違うメイドさんの「ご武運を！」とでも言いたげな視線を感じた。わたしっていまから戦場に行くんじゃないんだよね？

そうしてたどりついたリュックさんの部屋の前には、温泉にいたはずのキノコ妖精が一列に並んでスタンバイしていた。それはまるで、戦地へ向かう兵士を送るようだ。だからわたしは戦場には行きませんから。

「相手はアイツだけど、自然の摂理《せつり》だから仕方ないよね」

スゥが複雑そうな顔でそんなことを言う。

「だからキョーコ、頑張って？」

「……応援《おうえん》する」

もあるの？

「死にゃあしねぇよ、たぶん」

彼らの応援《おうえん》が心もとない。最後のマイタケキノコよ、たぶんってなに。エッチで死んじゃうこともあるの？

だんだんと不安になってきたわたしをよそに、アランさんが静かにドアを開ける。その中に滑《すべ》りこむように入ったわたしの背後でドアが閉められる直前。

「ちなみにご存知かもしれませんが、竜族は卵生です」

アランさんのそんな言葉が聞こえた。

え、わたし卵産むの⁉　そこのところをもう少しじっくり聞きたかったが、無情にもドアが閉められる。ドアノブを回してみたが、開かない。どうあっても逃がさない気だ。

ああもう、ここまで来たら覚悟《かくご》を決めるしかない。

「あの、どうも、キョーコが来ましたけど」

奥に向かって呼びかけてみるが、返答はなかった。室内はカーテンが全て閉められて暗く、様子がよく見えない。寝室は奥かと予想して、なんとなく足音を忍ばせつつ奥に向かう。

すると予想通り、広い部屋の真ん中に大きなベッドが置かれている部屋があった。そのベッドの上にある人影――リュックさんから、荒い息遣《いきづか》いが聞こえてくる。

「あの、リュックさん？」

「来るな！」

名前を呼んでみると、ベッドの上からそう叫ばれた。

けど、決意を固めてやってきたこちらとしては、「あ、そうですか」と引き下がるなんてできない。

「ちゃんと全部、アランさんに説明を聞いてきたんですよ！」

「……アランから？」

ベッドの上で、リュックさんが身を起こすのが見える。

「そうです。わたしだっていろいろ考えた末の行動なんですから、女の覚悟《かくご》を台なしにしないでください」

腰《こし》に手を当てて胸を反《そ》らし気味に伝えるわたしだが、実のところ足はガクガク震えているし、ぶっちゃけ怖い。けど、ここは見栄《みえ》を張ってやろうじゃないか。

それからしばし沈黙が降りた室内だったが、突然ベッドからひとっ飛びしたリュックさんが、あっという間にわたしを捕《と》らえた。

見たところ、肌にある鱗《うろこ》は多少減っている気がするが、目が爛々《らんらん》と光っているのは変わらない。

「……後悔しても、知らんぞ」

そう囁《ささや》くと、彼はわたしが着ているワンピースを勢《いきお》いよく引き裂《さ》く。下着ももどかしそうに破《やぶ》られ、わたしの身体を覆《おお》うものはなくなった。

ちょっと、自分で服を脱ぐのも恥ずかしいけど、破《やぶ》かれるとビビるんですけど!?　もっと優しくしてくれないかな、こっちは初めてなんだからさぁ！

そんなわたしの心情など全く気づかない彼は、その勢《いきお》いのままわたしを床に押し倒し、首筋を舐《な》めてくる。あの、噛《か》まれて印がつけられた個所だ。そこを刺激されると、全身にビリッと電気のようなものが走る。

「あ、ちょっと、待って……！」

リュックさん、お願いだから、せめてベッドまで運んで、このまま床でしようとしないで！　繰《く》り返すけど、わたしはこれが初めてなの、シチュエーションって大事！

そう言葉にしようにも、口から出るのは妙に甲高《かんだか》い悲鳴ばかり。ああ、ベッドはそこにあるのに、なんで床……

リュックさんという熱に翻弄《ほんろう》されたわたしは、そのまま美味《おい》しくいただかれてしまったどころか、長い長い耐久《たいきゅう》エッチに突入することになる。そして、途中で体力気力の限界を迎《むか》え、気絶するように眠ったのだった。


夢の中で久しぶりに女神様の声を聞いた。

『キノコをお料理してくれてありがとう、キョーコ。わたしが魔族の問題解決のために用意した素材なのに、なかなかちゃんと食べてくれないんだもの。おかげで助かったわ。ちなみに妖精の森のキノコは特別に力があるから、キョーコ以外は食べすぎ注意よ』

そうか、あれって女神様特製の発情キノコだったのか。その情報、もっと早く欲しかったです女神様。

そんな夢から覚めたわたしの目に入ったのは、フカフカの布団だった。この布団はわたしのベッドのじゃないし、第一ベッド自体がデカい。それに下半身にものすごい違和感がある、ってああそうか。ここまでぼうっとした頭で考えたわたしは、ようやくいまの状況を思い出した。

そうだ、ここは発情期中のリュックさんの寝室だ。そして入室するなり食べられた、しかも床で。ちょっと酷《ひど》くない？

そんな怒りと共に意識がはっきりしてきたわたしは、ムクリとベッドから起き上がろうとして失敗する。リュックさんが絡みついているままで、身動きが取れないのだ。しかもこの体勢、途中でお互いに気絶したっぽいな……。ちょっともう最後は記憶がなく、いつベッドに移動したのかもわからない。

「……気がついたのか」

掠《かす》れた声が、耳元で囁《ささや》かれた。って、リュックさん起きてたのか。わたしの身体に腕を回してがっちりホールドしている彼は、若干目が光っているようだが、それでもいつも通りに見える。あれか、事がすんだら理性が戻ったのか。

「起きているなら、そう言ってくださいよ」

「いや、俺もいま起きた」

リュックさんはそう返しつつ、わたしを抱きしめ直すように腕を動かす。わたしが身動きしたから、目を覚ましたのか。けど、起きたのなら、抱き枕《まくら》にしないで解放してほしいんだけど。なんか身体がベタベタするし、洗いたいのよ。そう思ったわたしは、モゾモゾする。

「こんなことに巻きこんで、すまない」

リュックさんがわたしの頭に額《ひたい》をくっつけて謝った。けれど謝ってもらっても、わたしの処女は戻らない。

そもそも裸《はだか》でバッタリしちゃったせいで興奮《こうふん》したのだとしたら、お風呂というものを詳しく説明していなかったわたしも悪いのだ。だからおあいこだと思って水に流すことにした。お風呂なだけに。

わたしはリュックさんの頭を両手でガシッと掴《つか》んで言った。

「わたし、お妾《めかけ》さんとか嫌ですからね」

そうだ、謝るよりも誠意を見せろってものよ。ヤリ逃げは許さないから。土色の青春を塗《ぬ》り替《か》えた責任はとってもらおうか。

「もちろんだ」

わたしの脅《おど》し文句に、リュックさんはそう答えて小さく笑う。

とはいえ、わたしはこうなってしまったことを、あまり後悔はしていなかった。

「わたしはリュックさんのことが嫌いじゃないですよ?」

リュックさんはいい人だし、なんだかんだで包容力もあって、うるさいことを言わない。そして……異世界でたった一人だったわたしに居場所をくれた。爺《じい》ちゃん譲《ゆず》りのわたしの腕を褒《ほ》めてくれた。それがどんなにありがたくて、ホッとしたことか。

そう、わたしにとって恩人なのよ、リュックさんは。

「だから、恋だの愛だのの前に身体から入っちゃったのは、まあそんな場合もあるってことで。改めてリュックさんは、わたしとこれから恋愛、始めてくれます？」

リュックさんの仄《ほの》かに光る目をのぞきこむと、頬《ほお》にキスをされた。

「女に言わせるとは、俺はダメだな。こっちこそ、こんな事故のようなやり方を、仕切り直させてほしい」

「じゃあわたしたち、ここから再スタートですね」

そう言って笑ってみせたわたしに、リュックさんは抱きしめた腕をほどいて覆《おお》いかぶさる体勢になる。ってあれ？

「じゃあ早速、仕切り直しをするか」

そう告げたリュックさんの目が、再び強く光りだした。

「……はい？」

それからリュックさんにまたまたベッドの上で挑《いど》まれたのは、計算違いだった……結局、寝室に入って一週間もベッドに張りつけになるなんて、予想外も甚《はなは》だしいわ。


というわけで一週間後。片桐恭子、無事生還しました。

本当に死ぬかと思ったけど、こうして生きてます。竜族の発情期をナメてたわ。ええそうですとも、一週間ヤリっぱなしでしたとも。エッチで身体が筋肉痛になるなんて、初めて知ったわよ。

発情期の竜族のベッドの上がまさしく戦場だったなんて、わかっていたら逃げていたかもしれない。最後のほうはゾンビだったよ。

ねえ、この初体験って、土色の青春な乙女にはレベル高すぎじゃない？　でもね、一週間で脱出って短いほうなんだって。竜族どんだけって感じなんですけど。

こうして無事に寝室軟禁《なんきん》から解放されたわたしが部屋から出てまず所望《しょもう》したのは、温泉である。一週間こもっていたから当然、全身ベッタベタなのよ。リュックさんが途中でちょいちょい便利魔法で身体を洗ってくれたけど、やっぱりスッキリしない。

「お風呂、絶対にお風呂に入りたい。サウナじゃなくてお風呂！」

「わかった、連れていくから暴れるなキョーコ。いまは体力を消耗《しょうもう》しているんだから」

スッキリした顔のリュックさんが、フラフラなわたしを宥《なだ》める。ちょっと、誰のおかげでこうなったと思っているのよ!?

ともあれ、わたしを温泉へ入れるべく、彼はマイハウスまで連れていってくれた。お姫様抱っこだったのは恥ずかしかったけど、その間お屋敷の廊下で誰とも会わなかったのは、人払いでもされていたのかもしれない。

まあいかにも「事後です！」という姿なんて見られたくないので、助かったけどね。

こうしてやってきた待望の温泉では、キノコ妖精たちが待っていてくれた。

「キョーコが出てきた！」

「……お帰りなさい」

「おう、生きてたかぁ？」

キノコ妖精たちが挨拶《あいさつ》してくれるのはいいが、それぞれ温泉にプカプカ浮いているのが締まらないというか、思わず脱力してしまう。

キミたち、その温泉ってキノコの出汁《だし》になってない？　そしてマイタケキノコよ、まだいたんだね。

そんな呑気《のんき》なキノコたちを横目に、わたしも服を脱ぎ捨て、温泉へＧＯ！

「あぁぁ、身に沁《し》みるぅ」

温泉がじんわりと身体を温めてくれるのが癒《いや》される。このまま溶けちゃいそう。わたしの隣に、リュックさんもザブンと入る。

「これがオンセンか、サウナとは違うが、気持ちがいいな」

リュックさんの反応はなかなかのようだ。

「そうでしょう？　わたしの故郷では入浴といえばお湯に浸《つ》かることなんです。さらに天然のお湯である温泉は最高の贅沢《ぜいたく》ですよ」

わたしはこちらに流れてきたスゥを抱き寄せながら、温泉のよさについて語る。温泉の質によって効能がいろいろあるし、この温かさが持続するのがいい。寒い冬こそ温泉よ。

しかしリュックさんはわたしの説明よりも、抱っこされているスゥのことが気になる模様。アンタ、あれだけエッチしたわたしよりもキノコ妖精のほうがいいっていうの？　しかしスゥはリュックさんをガン無視だ。スゥってば人懐っこいけど好き嫌いがはっきりしているからね。たぶん初対面の印象が悪かったせいだろう。「ウザッ！」と言わんばかりの顔をしている。

スゥに振られてしょんぼり気味なリュックさんのもとに、ちょうどクゥが流れてきた。クゥは水面からリュックさんを見上げて、「……抱いていいよ？」と囁《ささや》いている。クゥ、キミはどこの乙女だ。

マイタケキノコは一人隅《すみ》っこでお湯を熱くしていた。どうやら熱い風呂派らしい。

こうしてのんびり温泉で癒《いや》されたわたしとリュックさんが湯船から出て屋内に入ると、そこには食事が用意されていた。温泉に浸《つ》かっている間に、お屋敷の人が用意してくれたらしい。

それにしてもこれって、一週間ぶりのまともな食事！　発情期の竜族の寝室なんて誰も入れないから、食事はドアから差し入れられたものをリュックさんと二人で食べた。それも食事というよりもエネルギー補給《ほきゅう》の意味合いのほうが強かったし。あれよ、食べやすくてすぐに精《せい》がつきそうなやつだ。

お風呂に入って美味《おい》しい食事を食べると、いままでゾンビだったのが、やっと人に戻ったという感じがする。

こうして大満足な食事の後、お茶を飲んで一息つくと、わたしはようやくリュックさんに気になっていたことを聞けた。

「リュックさん、温泉でバッタリした日ってキノコを食べましたか？」

わたしの質問に、リュックさんはハッとした顔をする。

「そうだ、俺もそれを聞こうと思って会いに行ったんだ。お前、ここのキノコを誰かに譲《ゆず》ったか？」

そして逆に質問されてしまった。ここの庭で採《と》れた食材キノコを誰かにって……あげたな。

「雑貨屋さんの甥《おい》っ子さんが結婚するって聞いて、お祝いの品にプレゼントしました」

「……やっぱりか」

わたしの答えを聞いたリュックさんが、がっくりと肩を落とす。

なんでもその甥《おい》っ子さんの結婚式へ出席した際に、「特別なキノコ鍋《なべ》」というものが振舞《ふるま》われたそうだ。大勢で食べたので、一人ひとりには器一杯程度しか行き渡らなかったものの、「領主様にはコレを！」と大きな食材キノコの具を入れられたという。

「以前竜化の制御が利かなくなったのも、庭に生えたあのキノコを食べたときだった。それに、このところの結婚ラッシュの原因を考えると、もしやと思ったんだ」

だからリュックさんは、自分の発情の兆候《ちょうこう》とウチの庭産の食材キノコには関係があるのでは、と考えたという。

「あの、実はわたしもつい最近知ったんです、キノコに精力剤的な作用があることを。しかも妖精の森のキノコは特別らしくて。たぶん、ウチの庭は妖精たちが作ったから、同じくらい力があるんじゃないでしょうか」

知ったのはイタした後だったんだけどね！

それにバターソテーのときと違って、結婚式で食べたのは器一杯だけだったんだよね？　比べると量が少なくない？

この疑問に、リュックさんが苦笑して答えた。

「そうなんだが。流行なこともあって、どの結婚式でもキノコ鍋《なべ》は定番料理で、最近食い続けだった」

ああ、それでエネルギーが有り余ってしまって、そこにウチの庭産の食材キノコが追い打ちをかけたんですね。

ここで、リュックさんが疑問投げかけてきた。

「だが、いままでだってキノコを食べたことはあった。それなのにどうして効果が表れなかったんだ？」

「う～ん、そうですねぇ」

わたしは夢の中での女神様の言葉を思い出す。『お料理してくれてありがとう』と言っていた。つまりは、生ではなく調理した食材キノコであることが条件なのではないか？

この世界ではいままで食材キノコを食べるのに、極力加熱せず、手を加えない調理法が主流だった。つまりこの世界の人たちは、食材キノコの旨味《うまみ》成分をちゃんと味わったことがなかったのだ。

となると、この旨味《うまみ》成分が肝《きも》であり、食材キノコをちゃんと調理して美味《おい》しく食べたことで、食材キノコの秘めたる力が発揮《はっき》されたということだろうか。

わたしの推測に、リュックさんも「そうかもしれない」とうなずく。

「確かに、キョーコと初めて会ったときに食べた、キノコの串焼きを食べた際にも、力のみなぎりをかすかに感じた」

そういえばあのとき、そんなことを言っていた気がする。

あの串焼きは調味料不足で、ただ焼いただけだったんだっけ。しっかり火を通したからジューシーで美味《おい》しかったけど、味的にはもう一歩といったところだった。だから効果があまり発揮《はっき》されなかったのかも。

けれどなんにせよ、そのパワーを感じないわたしとしては、自分の身では確かめようがない。女神様もわたし以外は食べすぎるなって言っていたし、わたしにはキノコパワーは効かないのかも。

そしてもしこれが真実だとすれば、とある可能性が出てくる。

「リュックさんがわたしに発情しちゃったのって、わたしがあげたキノコのせいじゃないですか！」

食材キノコを食べてパワーアップした状態でたまたま出くわしたわたしに、意に反して発情してしまったとしたら、これってわたしが悪いってことにならない？　だって発情テロみたいなやり口じゃないの。

わたしは自分で考えた可能性に、少しぞっとする。

「いや、キノコ料理はきっかけであって、原因ではないな」

リュックさんがそう断言した。

「キノコ料理が発情を促《うなが》したのは事実だろう。けれどそもそも、竜族は発情できる――好意を抱ける相手が近くにいないと発情期にはならないんだ」

誰でもいいわけではないらしい。

そしてリュックさんはわたしと出会ったときの状況を語ってくれた。

「子作りの強制が嫌で逃げてきた俺は、ちょっと女嫌いになっていてな。それでこの辺境の屋敷を買って引きこもったんだが」

子作りレースのトラウマか、まあわからなくもない。

けれどリュックさんの一族は妖精の森のあるこの地を代々守る一族で、故《ゆえ》に、子作りからずっと逃げ続けるわけにはいかなかったという。

そんな八方ふさがりの状況の中、辺境のさらに辺境でわたしに出会った。

「キョーコはあまり女っぽくなくて、安心したというか」

要するに、土色の青春なわたしに女を感じなかったから、苦手意識が芽生えなかったと。確かに最初は女だとすら思っていなかったもんね。なんというか、あまり褒《ほ》められている気がしない。

微妙な顔をするわたしに気づかないリュックさんが、さらに続ける。

「それに、これほどに強い女神様の御力《おちから》を、妖精以外から感じたことがない。だが女神の御遣《みつか》いが人の姿をしているなんて、聞いたこともないからな。妖精ではなく人、それも女神に近いとすれば当然魔力も高く、発情期の相手として成立するんじゃないかという期待もあった」

竜族は肉体的にも魔力的にも強い力を持っている。この竜族の力に耐えられない脆弱《ぜいじゃく》な種族は、そもそも相手となり得ないんだって。

この世界の種族事情は、大まかには人間である人族の他に、神族・竜族・悪魔族・獣族・小人族・巨人族などの魔族がいる。

このお屋敷内で言うと、メイドさんはほとんどが悪魔族で、巻き角の人がそうだ。力仕事系の裏方に行けば、獣族である二足歩行のワンちゃん猫ちゃんなんかに会える。モフモフです。あと厨房には小人族が多い。街の雑貨屋夫婦も小人族で、彼らは手先が器用な種族だという。アランさんは神族で、尖《とが》った耳のすんごい綺麗《きれい》な人は、大体神族らしい。

あと巨人族は街に行けば会える。気が優しくて力持ちで、大工をしている人が多いという。家を建てるのに梯子《はしご》が要《い》らなそうだもんね。

こうした雑多な種族が入り交じる魔族だが、身分差はあまりなくて、女神様の加護の違いというか、魔力の差で区別されている。魔力の強い弱いで生活圏が違ってくるからだそうだ。魔力の強い順だと、神族・竜族・悪魔族で、その下となる獣族や小人族、巨人族は大して差がないという。

この魔力差というのが子作りに影響するのだ。魔力のつり合いが取れないと子供は作れず、下手をすると行為中に弱いほうが死ぬ可能性すらあるらしい。ああ、だからあのとき寝室に行くわたしを見送る人たちが、あんな顔してたのね。「コイツ死ぬんじゃねぇ?」と思われていたのだ。

そんな風に、ただでさえ選《え》り好みしなければならない状況なのに、たとえいい相手が現れてもその気になれなかったら、そりゃあ困るよね。最悪種の断絶だもの。だからなんとか発情を促すために、と数撃ちゃ当たる方式で子作りレースを強制されて、ますます子作りが嫌になるという悪循環に陥《おちい》る。

「だが、もしキノコの旨味《うまみ》成分の力が本物だとすれば、子作りで苦痛を味わう連中が救われるだろうな」

まあ、少なくとも恐怖の子作りレースからは解放されるよね。

しかしこの事実を広めるのに、リュックさんには一つだけ心配事があるという。

「俺は強靭《きょうじん》な竜族で、いかなるものにも耐性がある。けれどこれが脆弱《ぜいじゃく》な種族だったら、この妖精の森のキノコから溢《あふ》れる力に耐えられるのか?」

確かに、日本でもそうした系の薬なんかは飲みすぎ危険、適量を守りましょうだ。実際リュックさんでもちょっと暴走気味だった。となると女神様特製の発情キノコは、やはり取り扱《あつか》い注意だ。

「みんな、基本は普通のキノコを食べるようにしたほうがいいですね。妖精の森のキノコは、特別な人用ってことで」

だが妖精の森産の食材キノコの実力も、ある程度把握しておきたい。わたしのそんな提案に、リュックさんは難しい顔をした。

「そうだなぁ、危険だが検証も必要か……」

いまいち乗り気になれないのは、発情キノコの威力を身をもって知ったせいだろう。同じく身体で実感したわたしも気持ちはわかるけど、だからこそ検証しておきたいのよ。でないと安易《あんい》に手を出して酷《ひど》いことになるから。少なくともロマンチックな初夜にはならない。わたしみたいに。

「食べすぎなければいいんじゃないですかね？　お出汁《だし》を一口とか」

「まあ、そのくらいなら」

結婚式の出席者は、器一杯のキノコ鍋を食べても問題なかったそうだから、危険はないでしょう。

わたしの妥協案に、リュックさんも最後にはうなずいた。

大丈夫。なんといってもわたしってば、世間では『実りの聖女』らしいしね。新婚さんの愛ある夜のために、食材キノコの収穫《しゅうかく》&加工を頑張ります！　決してみんなにわたしの二の舞は演じさせないわ！

リュックさんに提案した翌日、わたしはマイハウスにいた。目の前にあるのは、天日に干されている、大量の食材キノコの山。スゥ・クゥ・ファイやミニキノコたちが一生懸命収穫《しゅうかく》してくれたのだ。わたしの足腰が立たないばかりに、ありがとうね、みんな！

あ、ファイというのは、温泉でお世話になったマイタケキノコのことね。実はあれから、ここに居ついているのである。「俺も名前が欲しい！」って言うので、火の妖精にちなんでファイヤーからファイって名づけたのよ。

キノコが増えて、マイハウスは一層賑《にぎ》やかだ。

そんなキノコ妖精事情はともかくとして。

いまわたしがなにをしているのかというと、お出汁《だし》作成である。やっぱり、お出汁《だし》は干しキノコでないとね。料理長に頼んでもいいと言われたが、間違いがあってはいけないので、マイハウスで作ることにした。

こうして食材キノコを天日干しにしていると、どこからか飛んできたミニキノコが興味を示す。

「なにしてるの～？」

「かわかすならするよ～？」

そう言ってくれるけど、丁寧《ていねい》にお断りしておく。これはお日様にあてることにも意味があるからね。ただ乾《かわ》かすのとは違うんだよ。

「お願いしたいときはちゃんと声をかけるね。それまで遊んでいていいよ」

「わかった～！」

そうして干しキノコがいい感じに乾《かわ》いたのを確認し、冷たい水に投入！

「――というわけで、ジャーン！　お庭のキノコ出汁《だし》のすまし汁です！」

わたしはお屋敷の一室で、リュックさんとアランさんに早速、料理を振舞《ふるま》う。せっかくだから料理長協力のもと、他にもいろいろ作ってみた。バターソテーにクリーム煮、肉詰め、マリネなども並べていく。

どうよ、この食材キノコ尽くし！　自分の欲望のままに料理した。だって食べたくなったんだもの！

「……キョーコお前、こんなに作って大丈夫か？」

特にバターソテーを見たリュックさんが、頭の痛そうな顔をする。

けどさ、ほんのちょっとずつ食べれば、大丈夫かもしれないじゃない？　だってあのときのリュックさんって爆食いしてたし、量の問題という可能性はある。

大丈夫、食べられなかったら、わたしが責任もって消費する！　処理係としてキノコ妖精たちも出動しているし！

キノコ妖精たちはキノコ料理が大好きだからね、料理中にも結構な量をつまみ食いされた。そして料理が残ったら食べていいよと伝えてあるため、現在彼らはワクワク顔で待機中だ。

そんな状況で試食係として室内に集められたのは、比較的若くて力のある、子作りに悩んでいるのに、普通の食材キノコでは力の恩恵を受けられない人たちだった。彼らを実験台にするようで申し訳ない気もするが、一応詳しい説明を聞いた後で手を挙げてくれた面々である。こんな怪しげな話に乗るなんて、よほど現状が苦痛なのだろう。まあ、わかるけどね。

ともかく、早速これらのキノコ尽くし料理を試食しよう！　ただし注意事項として、各料理一口ずつ、くれぐれも食べすぎ禁止であると言っておいた。

みんな最初は緊張した面持《おもも》ちだったが、一人がすまし汁を一口飲むと、他の人たちもだんだんと手を伸ばしていく。キノコ料理を「美味《おい》しい」と絶賛してくれた結果、用意した料理はほとんどがなくなってしまった。美味《おい》しく食べてもらって、作り手としては嬉しい限りだ。

「僕の食べる分……」

「……なくなっちゃった」

「あ〜あ」

食べ損ねたキノコ妖精たちがしょんぼりしている。

キミたちの分はちゃんと後で作ってあげるから。ほら、あんまり悲しそうにしているせいで、みんなが食べたのを吐き戻しそうな勢《いきお》いだよ。皆さん、そんなことしなくていいんですからね？

こうして成功と言える試食会を終えた。だが、少しだけキノコ料理を食べたリュックさんがその気になり、キノコ妖精たちのために追加でキノコ料理を作ってあげた直後にさらわれて、再び寝室にこもる羽目になる。わたしの自業自得かもしれない。

ちなみに今回は二日で出てこられたよ。

そんなわけで、例によってベッドの上で足腰の立たないわたしのお世話をしてくれるメイドさんが、頬《ほお》を赤らめて報告してくれた。

「実はあの後、主人と夜に燃え上がってしまいまして。結婚初夜でも、身体を重ねるのは儀礼的ですらあったので、あんなに激しかったのは初めてです♪」

ポッ、と恥じらいながら報告してくれるメイドさん。そう、彼女もあの試食会にいたのである。

彼女たちは子作りから始まった夫婦ではないらしく、当初から子供は諦《あきら》めていたという。その旦那さんもこのお屋敷で働いていて、二人でキノコ料理を食べたのだとか。

「悪魔族は竜族並みに、性欲を持ち合わせないはずなのだがな」

ベッドの横で優雅にお茶を飲んでいるリュックさんが、感心したように言う。そうか、やっぱり女神様特製発情キノコの威力は半端ないな。でもこの様子なら、このお屋敷の人たちの夜の営みの心配はなくなるだろうね。

「このキノコ料理の効能はすでに街の者にも広まっておりまして。さすがは『実りの聖女様』、との評判が高まっておりますよ」

メイドさんがニコニコしつつ報告してくれるが、要するにわたしが気づいたキノコパワーのおかげで、エッチがうまくいったという意味だ。なんだろう、その『実りの聖女』っていうのが微妙に恥ずかしい称号に思えてくる。

いや、子孫を残すっていうのは種族にとって大事。「なんかエロくない？」とか思っちゃダメだ、わたし。

そう己を戒《いまし》める。

「――そういえばキョーコ様、街の住人から贈《おく》り物が届いてますよ」

着替えの際にそう言ってメイドさんが差し出したのは、ブラジャーだった。

「これってもしかして、雑貨屋さんからの？」

おばさんってば仕事早いな、もう商品に仕上がったの⁉　うわぁ嬉しい、これで胸のサイズを盛《も》れるね！

「そうです。売れる物ができあがったので、ぜひキョーコ様にと。無事に発情期を乗り越《こ》えたお祝いも兼ねているそうです」

ブラジャーを手に喜ぶわたしを微笑《ほほえ》ましそうに見ながら語るメイドさんだが、いまちょっと引っかかったフレーズがあったな。

「もしかして、発情期がどうのという話って、街の皆さんは……」

「知っていますよ？　領主様の一大事ですし」

おそるおそるたずねるわたしに、あっさりと言ってくれるメイドさん。わたしがそのお相手だったこともバレていると。うわぁぁぁあ、超恥ずかしい！　この後どんな顔して街を歩けって言うのよ⁉

一人悶《もだ》えるわたしをよそに、メイドさんはリュックさんに予定をたずねている。

「本日も、お食事は温泉のほうで召し上がりますか？」

「そうだな、行くんだろう？」

メイドさんにたずねられ、リュックさんがわたしの様子を窺《うかが》う。

「もちろんよ！」

温泉に入らないと、元気なんか出ないわ！

ちなみに、リュックさんはこのブラジャーが気になったらしく。着替えてみせると「胸が綺麗《きれい》に見える」と気に入ったようだった。

寄せて上げるブラジャーは、貧乳の救世主だからね！

そんなやり取りをした後で温泉へ行く。またキノコ妖精たちがお湯にプカプカ浮いていた。ミニキノコたちも一緒である。キミたち、暇《ひま》があれば温泉に入ってない？　気に入ったの？

「キョーコ、お帰り！」

スゥが器用にお湯を泳いでわたしのほうまで来る。

「ただいま、スゥ」

わたしはスゥのほどよい弾力のボディを抱きしめた。なんだかんだ言って、キノコ妖精たちの中でもスゥは特別だ。だってこの世界に落ちたときから一緒なんだもの。

「おう、キョーコがいない間に、この森も賑《にぎ》やかになってるぜ」

「……いろいろな生き物が住み着いた」

ファイとクゥがお湯に流されながら報告してくれる。そうか、また庭の森がバージョンアップしたのか。ファイが来てくれたおかげだろうか？　火の妖精ということだけど、もしかしたら日——太陽に近い力もあるのかもしれない。お日様は植物の成長に欠かせないもんね。それに生き物も増えたなら、角ウサギとかそこらにいないかな？　美味《おい》しかったんだよね、あのお肉。

キノコ妖精たちと戯《たわむ》れつつ温泉に浸《つ》かると、ミニキノコたちも寄ってくる。

「ねえ、あたらしくおいしいみがなったよ」

「キョーコおきにいりのやくそうもはやした」

「またなにかつくって」

料理の味を覚えたミニキノコたちが、わらわらと寄ってきてわたしに催促《さいそく》する。確かに、見覚えのない木の実や果実が生《な》っているのが見えた気がするね。

「妖精が個人のためにここまでするなんて、聞いたこともないぞ。妖精たちはキョーコのために力を使うのを厭《いと》わないし」

キノコ妖精たちと戯《たわむ》れるわたしを見て、リュックさんが半ば呆《あき》れ顔で言った。まあ確かに、お庭に生《な》ったあの女神様特製の食材キノコだって、彼らのおかげだもんね。そうでなかったら、はるばる妖精の森まで採《と》りに行かないといけない代物《しろもの》だ。

「お前が望めば、世界征服だって夢じゃないんじゃないか？」

リュックさんが苦笑気味に言うが、冗談はやめてほしい。

「世界征服なんてしても楽しくもなんともないですよ。第一面倒臭《くさ》いし」

そんなことより、ここでキノコ妖精たちを愛《め》でつつ爺《じい》ちゃん仕込みの狩りなんかして、楽しく暮らすほうが数倍いい。

しかし――

「みんな、お前のことをそんなやつだと思ってくれればいいんだがな」

リュックさんがどこか不安そうな調子で呟《つぶや》いた。

「……キョーコ、頼みがあるんだが」

そして突然、真面目な調子で言う。

「はい？　なんですか？」

スゥを抱っこして彼のほうを見ると、いきなりガバッと頭を下げられた。

「ちょっと、どうしたんですか⁉」

「ここの収穫物《しゅうかく》を、できる限りでいいから売ってくれないか？」

慌《あわ》てるわたしに、そんなことを告げる。え、大げさに頭を下げるからなにかと思えば、そんなこと？

「ここは元々リュックさんのお宅の庭なんですから、好きなだけ持っていっていいんですよ？」

わたしは思わずきょとんとしてしまう。ここのは全部わたしの物で取ったらダメ！　なんてことは言うつもりはない。

リュックさんはわたしの反応に、「はぁ～」と深いため息をついた。

「無欲なのか無知なのか。いまここに生《な》っているものを売れば、死ぬまで遊んで暮らせるほどの金が手に入るんだぞ？」

「そんなに⁉」

わたしは彼の予想外の言葉に驚《おどろ》く。美味《おい》しいご飯のことばかり意識が行って、いくらで売れるかとかまで考えていなかったよ。

「そしてこの領地は、はっきり言って貧乏だ」

リュックさん曰《いわ》く、ここは王都から遠く離れた辺境で、経済状況も決して裕福だとは言えないらしい。しかも自由人な御両親は、あまり領主業に熱心ではないというか、向いていなかったらしく、計画的な領地運営ができていなかったのだという。

「——特にこのコリンヌの街方面は虚無《きょむ》の荒野《こうや》が近いせいもあり、交通の整備が非常に難しくてな。特産品などもないため、何かにつけ後回しにされがちなんだ」

結果、資金が足りずに様々な事業が手つかずで、街道の整備とかがずっとほったらかしになっている。そしてこの交通の不備こそが、人が集まるのを妨げ貧乏から脱却できない第一の理由だそうだ。

なるほど、交通の便って大事だよね。

そして過疎《かそ》が進むと他の問題も発生する。監視の目が行き届かない空白地帯ができ、犯罪組織が入りこみやすいのだ。リュックさんができる限り見回りをして、盗賊なんかを排除して回っているが、それでも中央からは「危ない土地」というレッテルが貼られているのだとか。ますます人が集まらなくなり、悪循環が起こっている。

「その現状を、せっかくキノコ鍋《なべ》という特産品ができたいまこそ、打開したいんだ」

そのためには、外から客に来てもらうためにも、街道の整備は必須である。だからこそ、ここの物を売って資金調達をしたいと。

っていうか、領地一つが潤《うるお》うくらいのお金になるのか、この庭の作物が。

「勝手な頼みをしてるのはわかってるが、どうか頼む！」

リュックさんが再度、深々と頭を下げた。やめて、それ以上下げると温泉で溺《おぼ》れるから！

なんか、わたしの想像の範疇《はんちゅう》を超えているな、その話。

それにたとえ売ったお金をわたしが独り占めするとしても、お金に困らない生活っていうのが、想像がつかない。

そもそもお金持ちになって遊んで暮らすって、わたしには向いていない気がする。そんな生活、たぶん一日で飽《あ》きる自信があるよ。

それより、山を駆け回って獲物《えもの》を仕留《しと》めたい。爺《じい》ちゃんについていって、罠を仕掛けるのは楽しかったなぁ。

そうだ、爺《じい》ちゃんがよく言ってたっけ。自然は誰の物でもなくて、独り占めしてもいいことなんてない。みんなでうまく分け合うんだよって。

「やっぱりわたし、ここの家賃とちょっとしたお小遣い分のお金で十分かな。残りはリュックさんの好きにしてください」

わたしは、流しキノコになっている妖精たちに波を立ててあげつつ、そう言った。

「……そうか、助かる」

リュックさんが微笑《ほほえ》む。なんか、フワッとした笑顔だ。

やっぱりちゃんと領主様なんだなぁ、リュックさんって。頑張れ、領主様！

そんな話をした日から、わたしは畑の収穫《しゅうかく》作業に追われていた。

なにせスゥとクゥが「出番！」と張り切っていることと、ファイが加わった影響もあって、どの作物も成長が早い。植物って種と水とお日様の光があればよく育つよね。

わたしは庭師の人たちの協力のもと、採《と》って、採《と》って、また採《と》ってとせっせと働き、リュックさんに流していく。

これらの高価だという庭の作物を、リュックさんはこの街で売るのではなく、王都に持ちこんでオークションにかけるそうだ。そちらのほうが高値で売れるというのが理由らしい。

なにせこの辺りは田舎《いなか》なので、こんな高価な品を大量に買い取れる商店なんてないし、行商人に頼っても足元を見られる。ならば直接王都で売るほうがいい、ということのようだ。

そういうわけでリュックさんは大荷物を持って王都へ出かけた。てっきり数日滞在するものと思いきや、なんと日帰りで帰ってくる。オークションなんかのいろいろな手続きは、王都にあるお屋敷の責任者に任せるのだそうだ。

王都のお屋敷の責任者を信頼しているというのもあるみたいだが、「王都は場所がマズい」とこぼしていた。リュックさん、王都になにか苦手なことでもあるのかな？

ともあれ、収穫物《しゅうかく》は無事オークションにかけられ高値で売れたようで、街道の整備が行われることになった。もう冬だけど、春になって人の往来が増えるまでに、できる限りのことをしたいそうだ。道が崩《くず》れて通れなくなったままの個所とか、結構あるんだって。

こうしてみんなの役に立つのなら、この庭の森の製作者としては誇《ほこ》らしいです！

それに売り上げの何割かをわたしが受け取るようにアランさんが手配したらしくてね。いまのわたし、プチ金持ちです。まあ、リュックさんにはああ言ったもののお金ってあって困るものじゃないし、くれるものはもらっとこうかなと。

こんな風にわたしが小金持ちになったのはキノコ妖精たちのおかげで、そんなキノコ妖精がいるのは女神様のおかげ。

ということで、庭に女神様の像を作ったよ、スゥがね！

いや、最初は手彫《てぼ》りで作ろうと思ったんだけどね。スゥが「女神様？」と傘《かさ》をかしげてしまったので、お手本をお願いしたら、とっても完成度の高い女神像ができてしまったのだ。「もうこれでいいんじゃないの？」と思ったというわけである。

ちゃんと毎日拝んでいます。女神様、わたしの周りの人たちと日本の家族の平和をお守りください！

第五章　王都へGO！

季節は冬本番となった。ここしばらく平穏な日々が続き、わたしは元気にこの街での生活を満喫《まんきつ》している。

暇《ひま》ができて気になったのが、リュックさんやアランさんが使ってみせた魔法の存在だ。あれってわたしにもできるのかなって期待していた。

「いや、キョーコには必要ないだろう？」

ところが、リュックさんに真顔で告げられる。

魔法とは、各人が持つ魔力を通してキノコ妖精に語りかけ、その力を借りて行使するものだ。けれどもそれは、キノコ妖精たちに直接行使してもらう力には明らかに劣《おと》る。だからわたしには物足りないだろうと言われたのだ。

そもそも魔法というのは、キノコ妖精たちに直接力をもらえない人たちが編み出した技らしい。わたしはこうしてキノコ妖精たちのおかげで不便のない生活を送れているけれど、キノコ妖精たちと直接対話できる人なんてそうそういないという。そもそも出会えることが稀《まれ》らしいし。わたしはガンガン出会っているけどね。

しかし魔法には、キノコ妖精たちに直接お願いするのと明確な違いがある。それは、威力や方法を自分でコントロールできる、という点だ。

キノコ妖精たちは加減を知らない。ウチのスゥたちくらい大きい子だと、ちょっとは加減できるみたいだけど、ミニキノコたちはいつだって全力なのだ。たまに器用な子がいるものの、その子に当たったらラッキーキノコってことで。

そのあたりを自力で調節できるので、魔法も使ってみたいのだ。

だが、そんな魔法を扱《あつか》う際は、その場にいないキノコ妖精たちにも声が届きやすいように、古語を使うのだそうだ。この古語につまずいているわたしは、やっぱり直接キノコ妖精たちにお願いするしかない。

最近気づいたのだけど、どうやらわたしが話すときは日本語で話しているのが、女神様パワーでこの世界の言葉になっているらしい。それなのに、古語を使うとなるとなにもかも一から勉強しなきゃいけないのだ！

うん、キノコ妖精たちになにかをお願いするときには、できるだけ加減をわかりやすく話すように心がけようかな。

そんな感じで魔法の勉強につまずいたある日。

雑貨屋に行くと、おばさんから新しい下着の案があったら教えてくれと頼まれた。わたしは勝負下着という概念を説明してみる。どうもこの世界にはないみたいなのよね、そういうのが。

子作りが大きな課題なら、下着も大事だと思う。恋人との夜の勝負に挑《いど》むために限らず、自分に気合を入れるために、身に着ける用途もアリだ。

おばさんは「なるほど！」と目から鱗《うろこ》な顔をして、早速ブラジャーを共同開発した人と話し合うとのこと。ぜひ頑張って下着界に革命を巻き起こしてね！

また別の日には、美味《おい》しいお肉を狩りに行きたくなって、休日だというリュックさんと二人で妖精の森近くまでワイバーンで行った。これってもしかしてデートかと思ったけど、デートで狩りに行くってのはどうなんだろう。異世界のデート先としては普通なの？

でもいつかのリュックさんの手土産《てみやげ》となった、あの大きな牛をゲットしたので、そんな悩みは吹き飛ぶ。これでステーキ食べ放題ができる！

こうして、ひょんなことから始まったリュックさんとの関係は、土色の青春しか知らなかったわたしにしては、うまくいっていると思う。

もちろん、些細《ささい》な喧嘩《けんか》はする。主にキノコ妖精関係で。それでも、二人で歩む未来を想像できる程度には、良好な関係だ。

もしかしてわたしが恋愛未経験なのが、逆にいいほうに作用しているのかも。よく母さんが言っていたのよね、「恋愛と結婚は別ものだ」って。なんでも恋愛は錯覚《さっかく》、結婚は作業なんだとか。あれって一理あるなと、いまのわたしは思うのだ。

確かに結婚は、好きだ愛しているなんて気持ちよりも、毎日の生活の繰《く》り返しをこなすことのほうが優先よね。わたしはさほど恋愛脳にできていないらしく、毎日彼の愛情を確認しないと死んでしまうようなことはない。むしろ日々のスキンシップがこっぱずかしくて仕方がないくらいだ。

そしてわたしを好いてくれているキノコ妖精たちへの愛情と、リュックさんへの気持ちでゆれる、なんてこともない。わたしにとって可愛いキノコ妖精たちは大事だけれど、彼らとリュックさんの立ち位置は微妙に違う。

表現が難しいんだけど、キノコ妖精たちはわたしに絶対的な安心感を与えてくれるという面において、親という存在に近いものがある。一方でリュックさんは、この世界で一緒に生きていくパートナーみたいな感じだろうか。

このあたりの気持ちの折り合いというのが案外大事みたいで、わたしはそういった面でストレスを抱えることがない。

わたしが単純ってだけかもしれないが。

あとは暇《ひま》さえあればマイハウスの温泉でまったりとリラックスしていた。その温泉についても、噂《うわさ》がメイドさん経由で街に広まったようで、タライにお湯を張って浸《つ》かる人が出始めたようだ。

ここは温泉大好き日本人として温泉文化を普及するべく、リュックさんに許可をもらって、まずは街の広場に足湯を造《つく》ってみた。もちろん、キノコ妖精たちがやってくれる。概《おおむ》ね好評で、次は公衆のサウナ浴場に温泉を併設《へいせつ》しようと画策《かくさく》中だ。

みんな、温泉でホカホカになろうよ！

ちなみに温泉といえば、現在のわたしは、正式にはリュックさんの婚約者なのだけど、竜族にとっては子作りをした相手が妻という慣習があり、事実上リュックさんの妻という扱いを受けている。そのため、住まいもお屋敷内に移動となった。なのでマイハウスは別宅みたいな扱《あつか》いというか、ほぼ温泉施設と化していた。

さらになんとわたしには、すでに子というか卵が宿っているというのだ。むしろ、卵を仕込まないと発情期は終わらないのだとか。でもその卵が生まれてくるのは数年は先のことだという。竜族ってお腹《なか》に宿っている時間がすごく長いらしいよ。

ぺったんこのお腹《なか》にもう命がいるのかと思うと、なんだか不思議な感じだ。でもたまにキノコ妖精たちが「卵♪ 卵♪」と歌って踊りながらわたしの周りをグルグル回るので、やっぱりちゃんと卵がいるのだろう。竜族は頑丈《がんじょう》にできているため、お腹《なか》が大きくなるまでは、ちょっとくらいやんちゃしたって問題ないレベルらしいけどね。

こうして無事に子を宿せたのだから、結婚式を挙げていいんじゃないかって話になっている。いま、揉《も》めないように根回しの最中なんだってさ。結婚で揉《も》めるとか、リュックさんってば愛人がいるのかと疑うと、本気で嫌そうな顔をされた。半分冗談だから、そんな顔をしないの。

こうして毎日楽しく、たまに夜の営みで足腰立たなくなったりして、それなりに平和に過ごしていたある日。

「リュック様、王都からの緊急の呼び出しでございます」

そんなアランさんの一言で、平穏な時間は終わりを告げたのだった。

呼び出しを受けた数日後、わたしとリュックさんは、コリンヌの街からはるばるワイバーンで王都へ向かった。

先日リュックさんに届いた緊急の呼び出しっていうのが、この国の王様からだったのだ。なんでも「妖精に愛されし娘というのがいるらしいな、一度連れてこい」って書かれてたんだってさ。

王様は一体どこから妖精云々《うんぬん》の話を聞いたんだろう？　でも噂《うわさ》ってひょんなことで広まるしね。

リュックさん一人だったらどこへでも身軽に行っちゃうんだけど、わたしが一緒だとそうはいかない。アランさんや、護衛《ごえい》兼お世話係のメイドさんを連れての道行きとなった。そう、メイドさんは護衛《ごえい》もこなす。異世界のメイドさんはすごいね。

そしてつい先ほど、王都のお屋敷に到着した。

「おい、あれが」

「リュック様のお相手だと!?」

「ちょっと地味じゃないか？」

玄関でリュックさんを出迎えている王都の使用人たちの間から、そんなヒソヒソ話が聞こえてくる。

こらそこ、他人の噂《うわさ》は本人に聞こえないようにするのがマナーよ？　特に最後の人、地味で悪かったわね。

「ここは使用人の質が落ちたようですな」

一緒にやってきたアランさんが周囲をジロリと見渡すと、途端に全員が黙《だま》る。

「申し訳ございません、わたしの力不足でございます」

すると若そうな神族のお兄さんが一人進み出て、わたしたちに向けて深々と頭を下げた。

「少々思い違いをしている者が数人おりまして。よく言い聞かせているところですが、不快であれば遠ざけさせますので。そちらのお方にはお初お目にかかります、わたしはこの屋敷の管理を任されております、セザールと申します」

最後にそのお兄さん、セザールさんがわたしに向けて丁寧《ていねい》に挨拶《あいさつ》してくれる。

「御用の際は、わたしめにいつでもお申しつけください。では、お部屋にご案内いたします」

そう話すセザールさんの誘導で、わたしたちはお屋敷の奥に入っていく。

部屋割りは、リュックさんが当然領主のための部屋に滞在するので、婚約者であるわたしはその隣へ案内された。

「あの、そちらのお部屋は……」

荷物運びをしていた悪魔族のメイドさんの一人が、セザールさんに不満そうな顔で口出しをする。

するとセザールさんは、にこやかな表情で首をかしげた。

「なんですか？　主のお相手は、奥方様のための部屋へ通すものでしょう？」

「しかし、本来なら……」

この言葉に、メイドさんはまだなにか言いたそうにする。しかし、セザールさんがそれを途中で遮《さえぎ》った。

「発情期を共に過ごされた方こそ伴侶《はんりょ》、これは竜族にとって絶対です。あなた個人の考えなどは問題にならない。しかも主の選択に口を挟《はさ》むなど何様ですか？　お前は下がりなさい」

セザールさんの口調は穏《おだ》やかなのだが、有無を言わさぬ雰囲気でそのメイドさんから荷物を奪う。

彼女は明らかに納得していなそうな顔をして、悔《くや》しげにこの場から去っていった。

残されたわたしとしては、居心地が悪いったらない。

「ねえ、なんかマズいことでもあるの？」

ヒソッとリュックさんに聞いたのが、セザールさんに聞こえたようだ。

「いいえ、なにも不都合などございません。ただ、先ほども申しましたが、一部の使用人が思い違いをしているだけでございます」

セザールさんはそう言うと、困った表情で微笑《ほほえ》む。

「どうやら、我《わ》が物顔で出入りしていた御仁《ごじん》がいるようですな」

「……そうらしいな」

渋《しぶ》い顔のアランさんの言葉に、リュックさんもため息をついた。

なに？　全然ついていけない。なんにしてもコリンヌだと自由にしていたのに、このお屋敷はちょっと窮屈《きゅうくつ》だと、内心でぼやく。

「ねぇ、もう出ていーい？」

ふいに荷物の袋《ふくろ》から、ひょこっと傘《かさ》が出てきた。

そうそう、ワイバーンの背中から落ちたら大変だと、キノコ妖精たちには袋《ふくろ》に入ってもらっていたのよ。お屋敷に着いてからも、見世物になったら可哀想だし、袋《ふくろ》に入ったままここまで連れてきたのだ。

「みんな、もう出てきていいよ」

わたしがそう呼びかけると、続いてひょこひょこっと傘《かさ》が二つ飛び出る。

「あー、狭かった」

「……暗かった」

「やれやれだぜ」

傘《かさ》を出したスゥ・クゥ・ファイがぷはーと深呼吸をする。ごめんね、窮屈《きゅうくつ》な思いをさせて。

「おお、これは愛らしい妖精様方でございますね」

袋《ふくろ》から出てわちゃわちゃと動き出したキノコ妖精たちを、セザールさんが嬉しそうに眺《なが》める。そうでしょう、ウチの子たちは可愛いんですよ！　リュックさんまで一緒になって、デレッとした顔で見てるのはいつものことだ。

キノコ妖精たちに癒《いや》されて先ほどまでの嫌な空気が消し飛んだところで、改めて案内された部屋に入る。

そこは入り口は別になっているものの、中でリュックさんの部屋と繋がっていて、寝室は一緒というタイプの部屋だった。うん、まさしく夫婦で使う部屋なんだろうね。そしてやはりベッドがデカい、プロレスができそう。

そんなことを考えるわたしをよそに、キノコ妖精たちは元気に室内探検だ。そんな彼らを踏んだりしないように気をつけながら、一緒に来たメイドさんたちが荷物を片づけてくれる。それを待っているわたしに、セザールさんがお茶を淹《い》れ、お菓子もテーブルにセットしてくれた。

「明日は早速陛下への拝謁《はいえつ》でございましょう？　どうかゆっくりと旅の疲れを癒《いや》してください」

セザールさんにそう言われたが、王様に会わなきゃいけないとか、あー憂鬱《ゆううつ》。

「陛下って、どんな人なんですかね？」

怖い人だったら嫌だな、と思って聞いてみる。

「……優しいお人だと思いますよ？」

冒頭のちょっとした沈黙が気になった。ねえ、本当に優しい人なの？

そんな会話をした後、忙しいセザールさんは一礼して退室していった。

それからお菓子に興味を示したキノコ妖精たちとまったりとお茶の時間を楽しんでいると、寝室のドアがノックされた。リュックさんだな。

「はぁい、どうぞ」

返事の後に、アランさんを伴ったリュックさんが現れた。

「どうだ、落ち着けたか？」

「うん、セザールさんにお茶を淹《い》れてもらったから、みんなで飲んでいるところ」

そう言いながらスゥにクッキーを差し出すと、パクッと食べる。なんか小動物に餌付《えづ》けしているみたいで、癒《いや》されるわぁ。

キノコ妖精の餌付《えづ》けが羨《うらや》ましいらしいリュックさんがクッキーを手に取ると、しかし案の定スゥはプイッとそっぽを向いた。けれどそんな可哀想なリュックさんを、クゥが相手してくれる。うんうん、クゥは優しい子よね。このクッキーもお食べ。

そしてファイは、ちゃっかりメイドさんから食べさせてもらっている。メイドさん美人だもんね、胸も大きいし。このファイ、実は女好きなのだ。

クゥへの餌付《えづ》けを成功させて満足したらしいリュックさんが、今後のことを話してくれる。

「俺はいまからちょっと出てくるが、キョーコはのんびりしているといい。夕食は部屋でとるようにしているし、俺もそれまでには戻る」

「ふぅん、わかった。行ってらっしゃい」

わたしがお茶を飲みながらヒラヒラと手を振ると、リュックさんが歩み寄って額《ひたい》に口付けていった。

くぅ、人前でやられると照れる！　でも付き合いたての恋人同士みたいなものなんだから、ラブラブしてやるんだもんね！　素敵なダーリン自慢をして悪いか!?

そんな風にキス一つでジタバタするわたしを、リュックさんは微笑《ほほえ》んで見つめた後、アランさんと一緒に出ていった。

さて、夕食まで自由時間となったわけだ。このお屋敷だと、あの嫌な雰囲気のメイドさんとかがいて、ウロウロしてうっかり遭遇《そうぐう》したら楽しくなさそうだし、部屋でのんびりしておくかな。幸いやることはある。

それにしても、そうなると楽しみはご飯とお風呂だけだ。ああでもここってお風呂ないよね、今日からしばらくサウナか。

……お風呂、造《つく》ったらダメかなぁ？　庭の隅《すみ》のほうでいいから。後でリュックさんに聞いてみよう。

そんなことを考えながら、部屋の中でちょっとした用事をすませ、帰ってきたリュックさんと一緒に夕食を食べて。夜になったら同じ寝室で寝た。

そうして翌日、いよいよ王城へ行くこととなる。ちょっと腰《こし》が重いものの、自分で歩けるから問題ない。だからお姫様抱っこで運ばれるのは断固拒否しましたとも。だって恥ずかしいんだもの。

そんなこんなで王城へ向かう馬車へ乗りこむことに。

「わぁい、馬車！」

「……馬がいる」

「狭《せめ》ぇなぁ」

王様側からキノコ妖精たちも一緒にと言われたので、三体とも馬車を前にはしゃいでいた。キミたち、お馬さんを驚《おどろ》かせないようにね。

さてわたしも乗るかと思っていると、リュックさんに確認される。

「キョーコ、アレは持っているか？」

「もちろん！」

わたしはしっかりとうなずいた。

アレとは、キノコ出汁《だし》である。事前通達で、王様からぜひにと献上《けんじょう》の催促《さいそく》が来たのだ。昨日どこにも出かけずに部屋でこれの仕込みをしていた。ビン詰《づ》めしたものを数個、用意してある。

昨日、アランさんからも「分けてほしい」とコッソリとお願いされた。なんでも息子さんに自分と同じ苦労を味わわせないために、贈《おく》りたいんだって。その息子って言うのが、実はセザールさん。親子で領主家に仕えているんだね。

もちろん、キノコ出汁《だし》をレシピと一緒にプレゼントしましたとも。

それにしてもそうか、王様も例に漏《も》れず子作りレースの被害者か。だったら食材キノコ各種もセットでつけちゃうからね！

これらの大事な荷物を積んで、わたしたちも馬車に乗りこむ。

「行ってらっしゃいませ」

送り出してくれるセザールさんをはじめ、馬車を見送るお屋敷の人たちの顔ぶれが、昨日とちょっと変わっている気がする。わたしだってあの場にいた全員を覚えているわけではないけれど、少なくとも玄関でわたしの噂《うわさ》話をしていた面々が見当たらない。それにわたしを部屋に入れるのを嫌がったあのメイドさんも……違う仕事に回されたんだろう、そうだと思っておこう。

若干モヤッとした気持ちを抱えつつ、王城へ向かうのだった。


人通りの多い賑《にぎ》やかな街並みを通り、立派な城門を通過すると、やがて目的地が見えてきた。いや、王城はずっと見えていたんだけど、近づくと威圧感が一段と増すというか……西洋風の建築で遠目には要塞《ようさい》のようにも見えるが、よく見ると壁や柱に優美な装飾が施《ほどこ》されているのがわかる。

やがて馬車から降ろされ、役人の案内についていくことになった。キノコ妖精たちは、窮屈《きゅうくつ》だとは思うがまたまた袋《ふくろ》の中だ。

けど景色だけでも見えたら楽しいかと思って、のぞき穴を開けておいた。アランさんの持つ袋《ふくろ》の中でいいポジションを調整中らしく、キノコ妖精たちがモゾモゾしているのがわかる。

こうして袋《ふくろ》の中は賑々《にぎにぎ》しいが、それ以外はシンと静まり返った静かな廊下を歩くうちに、わたしはだんだんと緊張してきた。

だっていまから王様に会うんだよ？　日本では偉《えら》い人って言うと、村長さんくらいしか会ったことがないのに。それがひとっ飛びで国で一番偉《えら》い人とか、ないわぁ。

あ、でもリュックさんも領主様だから、一応偉《えら》い人か。そんな雰囲気がないから忘れそうになる。

そんな風に心臓をバクバクさせつつ廊下を進むと、衛兵らしき人が守る立派な扉が現れた。わたしの身長の倍はありそうだ。見上げていると「これより先は謁見《えっけん》の間でございます」と案内の人に言われた。

「では、こちらをどうぞ。わたしはこの場でお待ちしております」

扉の先へついてこられないらしいアランさんから、キノコ妖精たちの入った袋《ふくろ》を受け取り、いよいよかと息をのむ。

ちなみに食材キノコのセットはずっとリュックさんが持っているよ、王様への大事な贈《おく》り物だからね。

「大丈夫だ。取って食われやしないから、そう固くなるな」

緊張するわたしにリュックさんが声をかけてくれるが、無理。王様に会うなんて、庶民にはハードルが高すぎますから。

緊張ＭＡＸなわたしの前でゆっくりと扉が開かれ、長くて真っ赤な絨毯《じゅうたん》が敷《し》かれているのが見える。その絨毯《じゅうたん》の先にある、玉座であろう大きな椅子に座っていたのは――

「……あれ？」

わたしは思わず間抜けな声を上げる。わたしは両目共に2・0なので、玉座の様子がバッチリ見える。あの立派な椅子に座っているのって、もしかしなくても子供なんだけど？　尖《とが》った耳で、薄い水色の長い髪と紫の瞳《ひとみ》の、信じられないくらいに綺麗《きれい》な子ではあるけれど、ぱっと見には十歳を少し超えたくらいにしか見えない。

え、あの子は悪戯《いたずら》で座っているの？　本物の王様じゃないよね？　首をひねるわたしに、リュックさんが苦笑した。

「あの方が、正真正銘この国の国王陛下だ。見た目に騙《だま》されるなよ、あれで三百歳はとっくに超えている。神族は身に宿す魔力が強いほど、肉体の成長が遅くなるからな」

「マジで!?」

開かれた扉の前で、二人でヒソヒソと話す。

「これドビーよ、歳《とし》のことを言うでないわ」

すると、突然、玉座のほうから声が響《ひび》いた。え、いまのが聞こえたの!?　驚《おどろ》くわたしの目の前を、スゥたちよりも一回り小さい、薄い緑色に白い唐草《からくさ》模様のような柄が入った傘《かさ》のキノコ妖精が飛んでいった。玉座に座る子供の近くに戻る。うわぁ、この子可愛い！

初めて見るキノコ妖精に若干興奮《こうふん》していると、リュックさんが囁《ささや》いてくる。

「陛下の風の妖精だ」

風って、もしかして音を拾うのが得意とか？　だからさっきのヒソヒソ話が聞こえたのかも。

風の妖精な緑キノコで和《なご》んだため、わたしはちょっと緊張が解《ほぐ》れた。おかげで足がもつれることなくリュックさんのうしろを歩いていき、一番前まで進んで絨毯《じゅうたん》の上に跪《ひざまず》く。そして、キノコ妖精たちの入った袋《ふくろ》を横に置いて頭を下げた。このあたりのマナーは当然付け焼刃だ。どうかボロが出ませんように！

「よく来た、ドビーとその伴侶《はんりょ》よ」

そう告げた王様が、玉座から立ち上がった音がした。

「その袋《ふくろ》の中にいる方々を、自由にして差し上げるとよい。我《われ》もぜひその愛らしい姿を見たいのでのぅ」

王様直々にそう言われたので、わたしは袋《ふくろ》の中に「出ておいで」と呼びかける。

「やったぁ、お外！」

「……広い」

「なんか豪華だなぁ」

スゥ・クゥ・ファイが元気よく飛び出てきて、それぞれの好奇心の赴《おもむ》くままに散っていった。自由だね、キミたち。まあ、妖精に国の王様なんて関係ないものね。

そんなこの子たちが気になるのか、あの緑キノコがフヨフヨと浮《う》かんでウチのキノコ妖精たちを追いかける。うんうん、一緒に遊ぶといいよ！

そんな愛らしい彼らの姿に、わたしがホンワカした気分でいると、王様が言葉を発した。

「さて、ドビーよ」

声をかけられたリュックさんが、頭を下げたままピクリと身動きする。

「そなたに番《つがい》が現れたとは、目出度《めでた》いのぅ。我《われ》はお主の婚姻を祝福しよう。これで妖精の森の守り手が途切《とぎ》れることはないな」

王様にそう言われ、隣で彼がホッと息を吐いたのがわかる。やっぱりリュックさんもちょっと緊張していたのかなと思っていると、「さてそちらの娘」とわたしにも声がかけられた。

「ふむ、女神様の強い御加護を感じる。なるほど、これは妖精たちに好かれような。騒《さわ》ぐ者がいるので、一応見極《みきわ》めてやろうと思うただけだが。ドビー、面白い娘と番《つご》うたものよな」

なんか面白い呼ばわりされましたけど、それって褒《ほ》められたの？　頭を下げていると、他の人の反応がわからないのが難である。

「娘よ、名は？」

王様にたずねられ、隣を見るとリュックさんがうなずく。名乗っていいらしい。

「片桐恭子と申します」

ちょっと頭を上げて名前を名乗ると、王様が手を叩《たた》いた。

「そうか、キョーコ。妖精に愛されし娘よ、この魔国はキョーコを歓迎しよう」

王様がそう言うと、王様の背後にいた人がなにかを持ってスッとこちらにやってきて、リュックさんに手渡す。

「それは、キョーコの戸籍《こせき》だ。お主はどこぞから流れてきたハンターだというではないか。しかしこれがあれば、この国の保護が得られよう」

王様の言葉に、わたしは目を瞬《またた》かせる。戸籍《こせき》って、日本でも外国人が得るのは大変だって聞いたことがあるけど。それをいま、王様がくれたの？

「これでドビーも少しは安心できよう？」

「ご配慮《はいりょ》、感謝いたします」

顔を上げて微笑《ほほえ》みを浮《う》かべるリュックさんに、王様が満足そうな顔をした。

これでわたしもいよいよ、この世界の一員か。なんかジーンと来るなぁ。そんな風に一人感動しているわたしに、王様が告げる。

「しかしキョーコよ、最近妖精の力を利用せんとする不埒《ふらち》な輩《やから》が出没しておる。ドビーのそばにいれば心配はないであろうが、身の安全に気をつけることだな」

そうだね、そもそもこの世界に来て最初に遭遇《そうぐう》したのが妖精誘拐犯だった。そういうやつがいることはよく知っている。

「はい、気をつけます」

真面目な顔で返すわたしを見た王様はうなずくと、言葉を続けた。

「して、キョーコ。そなたに話がある」

え、王様がわたしに話？　一体なんの？

「全員、この場から下がれ。ドビー、お主もだ」

わたしがポカンとしているうちに、王様が人払いを始める。え、王様と二人っきりって、緊張するって！　リュックさんだけでもここにいてよ！

しかし王様の言葉には逆らえないようで、心配顔のリュックさんをはじめとした全員が謁見《えっけん》の間から出ていった。

広い謁見《えっけん》の間に、王様と二人だけで残され――。いや、正確にはキノコ妖精たちがいるけど、緑キノコと追いかけっこを始めちゃったから、わたしのことは構ってくれないだろう。そしてリュックさんが持ってきた食材キノコセットも残されている。

一体なにを言われるのかとドキドキしているわたしのもとへ、なんと王様が降りてきた。

王様の紫の瞳《ひとみ》が、わたしを射貫《いぬ》く。

「キョーコよ、お前は落ち人だの？」

「っ……⁉」

妖精の森の長老にしか言ったことがない事実を、王様に言い当てられた。

「い、え、わたしは……」

なにかを言わなければと思うが、突然のことに言葉が出ず、喉がカラカラに渇《かわ》いているのがわかる。

そんなわたしの様子を見て、王様が苦笑した。

「そう驚《おどろ》かずともよい。怯《おび》えさせてしもうたかのぅ？　我《われ》は神族、故《ゆえ》に女神様より御神託が降りたのだ。『可愛い我《わ》が子を愛してくれる異界の娘を、よろしく頼む』とな」

王様の言葉に、わたしはビックリしてしまった。

「女神様の声が、陛下も聞こえるんですか⁉」

女神様の声のことは、リュックさんにも言っていない。だって神様の声が聞こえるなんて、普通に聞いたら頭がおかしいって思われちゃうんじゃないかって。

「神族でも、強い加護を受けるものであれば聞こえることがある。それにしても落ち人か。我《われ》の父が昔見たことがあると申していた気がするな」

三百歳超えな少年の父の昔って、いつの話だろう？　日本だとまだ国ができていないんじゃないの？

「それにしても強い御加護よの。落ちた場所がよかったのか悪かったのか、妖精の森へ落ちて、しばらく寝ていたらしいのぅ？」

「……はい、そこであそこのスゥ、土の妖精に助けられました」

目覚めてからのことを簡単に話すと、「なるほどのぅ」と王様がうなずく。

「それでか。女神様もキョーコの存在は妖精に近いとおっしゃっていた。妖精は女神様に近い種族に惹かれて寄ってくるでのぅ。女神様に最も近い我《われ》ら神族も当然好かれるが、お主はそれ以上。言うなれば、女神様の眷属《けんぞく》じゃな」

え、わたしって女神様の眷属《けんぞく》なの？　いつから？　それでキノコ妖精たちに好かれるのか。仲間意識を持たれていたんだな。やっぱりわたしってばキノコチートだったのか。

「だからして当然、寿命は人族のそれには収まるまい。長命な我《われ》ら神族や竜族と同等に長生きすることとなるぞ」

「え、そうなんですか⁉」

実のところ、リュックさんを置いておばあちゃんになってしまうのではと心配していたのだ。わたしも長生きな生態になっていたのか。

わたしが安心すると、王様がため息を漏《も》らした。

「それにしても、我《われ》らと番《つが》える女神様の眷属《けんぞく》など希少じゃな。妖精には子孫を残す機能はないゆえ。おとぎ話で伝わる我《われ》ら神族の始祖の話も、さてどこまでが本当やらと思っていたが。こうなると信《しん》憑性《ぴょうせい》が出てくるというものだの」

そう言って「やれやれ」と王様が肩を竦《すく》める。

「もしかして、『実りの聖女』の話ですか？　クレール国の始まりの地を創《つく》ったっていう」

彼女はわたしと同じように、この世界へ来ちゃった人かもしれないとわたしは考えていた。

わたしがそうたずねたことに、王様は「なんじゃ、知っておるのか」と驚《おどろ》く。

「その聖女の子が、我々《われわれ》神族の始祖とされていてな。他にも各地の神族の始祖というのは、どこも似たような話が伝わっていることが多い。故《ゆえ》に強い女神様の御加護を得た者がいたということは、真実だろうとされていた。案外そなたのように、うっかり妖精の森へ落ちた落ち人なのかもしれんな」

どうやら王様も、わたしと同じ結論に至ったようだ。

こうして話が落ち着いたところで、わたしは置きっぱなしになっている荷物を思い出す。

「あのこちら、ご依頼のものですけど」

「おお、これが例のものか！」

わたしが差し出した食材キノコセットを、王様は嬉しそうに受け取った。

「一応食べ方のメモも入れてあります」

「そうか、感謝する！　我《われ》も妃《きさき》たちを満足させねばならぬからのぅ。しかしこればかりは努力ではどうにもならず、困り果てていたところよ」

妃《きさき》たちって、そういえば神族は一夫多妻だっけ。長命種族の性欲消滅問題が叫ばれる中、それは大変ですね。

「ドビーは女神様の幸運をもらい受けたと見える。おかげで我《われ》ら魔族の問題が解決されようとしておるのだ」

ホッとした顔をする王様だが、この件でつい先ほど疑問が湧《わ》いたわたしである。

「あの、女神様はキノコのことを教えてくれなかったのですか？」

女神様の声が聞こえるなら、聞いてそうなものなのに。そうたずねると王様は苦笑した。

「いや、御神託はあった。しかし妖精の現《うつ》し身を食すのは、我々《われわれ》にはちと抵抗があったのだ。そもそも食すようになったのもここ百年ほどのことでな」

それまで食材キノコは、手をつけてはならないものだったそうだ。なるほど、食べ方がわからずに半端に熱を通してみたのが、あの生っぽいキノコ料理か。あれがキノコを崇《あが》める人たちの最大限の努力だったんだね。

食材キノコを料理するのは現地人には難しくて、わたしが異世界人だからできたわけだ。ということは、食材キノコを料理しちゃったわたしって、この世界基準だと相当の変人なのかも。それとも、異世界人だとバレるきっかけになる？　それってマズいのかな？

「あの、わたしはやっぱり落ち人だって言わないほうがいいですか？」

わたしの不安に、王様はしばし思案《しあん》するそぶりを見せた。

「そうだの、ドビーにだけは教えておいてやれ。しかしその他には言わずにおくことだ。そうじゃ、お主のその御加護であれば、神族と名乗れると思うぞ？」

神族かぁ、それってなんか大仰《おおぎょう》な種族って印象なんだけど。

「人族じゃダメなんですか？」

「少なくとも人族は違和感があるな。あれらは女神様の御加護が最も薄い種族ゆえ」

わたしの疑問に、王様が答えてくれた。なるほど、だから初めて会ったリュックさんは、まず人族じゃないと言い切ったのか。だとすると違和感を持たれないためには、神族であると言ったほうがよさそうだ。

「じゃあもし種族を聞かれたら、神族と名乗ります」

「うむ、山奥に隠居しておった神族だとでも申せ、実際そのような者はおるゆえな。話は以上じゃ。ドビーのやつが気を揉《も》んでおろうから、早《はよ》う行ってやるとよい」

「はい、いろいろありがとうございます！」

わたしは王様に深々と頭を下げる。

いままで自分の素性《すじょう》をどう説明すればいいのか、わからないままでいたのだけれど、相談に乗ってもらって気が楽になった。やっぱり隠《かく》し事をするってストレスだよね。後でリュックさんに話そう！

「みんな、帰るよ〜」

遊んでいるキノコ妖精たちに声をかけると、みんながこちらを振り向く。

「はぁい」

「……楽しかった」

「おう、またな！」

スゥ・クゥ・ファイが一緒に遊んでいた緑キノコに傘《かさ》を振ると、相手もモフモフと傘《かさ》を振っている。遊んで仲良くなったんだね。

「遊んでくれてありがとうね」

わたしも緑キノコに挨拶《あいさつ》をする。入ってきたときとは正反対の浮き立った気分でいたのだが、そこで水を差された。

「ああそうだ、最後にこれを言っておかねば。我《わ》が妹がなにやら騒《さわ》ぎ立てるであろうが、相手をせずともよい。歳《とし》が離れているせいで少々甘やかしてな、我儘《わがまま》娘に育ってしまった」

去り際に、王様がそんな謎の助言をくれる。え、妹？　なにそれ？

頭の中に疑問符を浮《う》かべつつ、わたしは今度こそ謁見《えっけん》の間を後にした。

「ああ、戻ってきたな」

扉から出ると、リュックさんがアランさんと一緒に待っていてくれた。

「詳しくは聞かないが、無理難題を言われたりしなかったか？」

「いえ、どちらかと言うと相談に乗ってくれた感じでしたね。話は帰りの馬車の中でします」

王様と二人での話だったのを心配してくれるリュックさんに、そう説明する。

「そうだな、内密でされた話を、こんな場所でするわけにはいかん」

リュックさんも納得したところで、わたしたちは屋敷に戻ることにした。ちなみにわたしとリュックさんが話している間、キノコ妖精たちは衛兵さんが気になるのかちょっかいをかけている。困っているからやめてあげようね。衛兵さんはお仕事だから、一緒に遊べないんだよ。

こうして仕方がなく、また袋《ふくろ》の中に入ってもらった。

それから速《すみ》やかに王城を出て馬車に乗りこんだところで、王様との話について語る。すなわち、自分が落ち人であることだ。

するとリュックさんから、予想外の反応が返ってきた。

「ああ、そうなんだろうなと薄々思っていたぞ？」

「は⁉　なんで⁉」

あっさりと言われてしまったわたしのほうが、逆に驚《おどろ》く。

これにリュックさんが困ったように答えてくれた。

「なんでってそりゃあ、あんな不自然な誤魔化し方をしたら、普通疑うだろう？　神族にしては魔法について疎《うと》すぎるし、異世界云々という話を急に始めるし」

リュックさん曰《いわ》く、まるで疑ってくれと言わんばかりだったそうだ。なるほど、わたしの話術がヘタクソだったのか。自覚はなくても、相当テンパっていたんだろうな、あのときのわたし。

「しかしやり方は下手でも、隠《かく》そうとしたのは正解だぞ？　珍《めずら》しいものや魅力あるものはどうしても妬《ねた》まれる。キョーコの場合、その妖精に愛される力だな」

リュックさんがそんなことを言う。だからいままで深く聞いたりもしないでいてくれたのだそうだ。

そして、落ち人ならばいま何歳だと聞かれ、正直に「十八歳」と答えると、目が落ちるのではないかというくらいに見開いて驚《おどろ》かれた。

「十八!?　魔族だと幼児じゃないか!?」

だから、わたしはあちらの世界じゃ人間、人族だったんですって。わたしが人族しか住んでいない世界から来たという話をすると、リュックさんは「想像がつかない」と感心していた。ちなみに女神様の声が聞こえる件に関しても、特に驚《おどろ》かれず。「それだけ御加護が強ければな」と普通のことのように言われてしまう。

驚《おどろ》いてほしかったような、これでよかったような。わたしとしては微妙である。

こうしてリュックさんと今更ながら相互理解を深めている間も馬車は進み、やがてお屋敷へ到着した。

「っ……！」

すると、玄関前に一台の豪華な馬車が停まっていることに気づく。

「お客さんですかね？」

「あの馬車はもしや……」

何事かと首をかしげるわたしに対して、リュックさんが玄関前の馬車を見て顔をしかめる。そしてわたしたちの乗る馬車が玄関へ近づくと、人の騒《さわ》ぎ声が聞こえてきた。

「ですから、お約束のない方を中にお通しするわけにはいきません」

「約束⁉　そんなものは必要ないでしょう、わたくしを誰だと思っているの⁉」

セザールさんの落ち着いた声と、女の人のヒステリックな声だ。このヒステリックな声の主が、馬車の持ち主だろうか。停まっている馬車が邪魔をして本人は見えないが、お供らしき悪魔族の女の人は見える。あの馬車の豪華さを見るに、相当なお金持ちなのだろう。

わたしがそんな風に考えている間に、こちらの馬車が玄関前のその馬車のうしろに停まり、御者《ぎょしゃ》席から降りたアランさんが扉を開けてくれた。

「……降りたくないが、仕方ないか」

はぁ、とため息を漏《も》らしたリュックさんが馬車から降りる。リュックさんの背中越しに外を見ると、なぜか玄関周りがびしょ濡《ぬ》れで、セザールさんもぐっしょり濡《ぬ》れていた。それに妙にミニキノコが集まっている。一体何事なの？

そんなわたしの疑問はさておき、玄関で騒《さわ》いでいた彼女は当然こちらに気づく。

「……まあリュック様、お帰りなさいませ！」

先ほどまでとは打って変わって嬉しそうな声で、彼女がこちらへ駆け寄ってきた。

「水臭《くさ》いですわ、王都にお戻りならば一声かけていただかなければ困りましてよ。先だっても王都にいらしていたそうではないですか、後から聞かされて知ったわたくしが恥をかきましたわ」

頬《ほお》に片手を当ててそう言うのは、オレンジがかった金髪を美しく結《ゆ》い上げた、とても美人な女の人だ。耳が尖《とが》っているから神族か。

そして彼女の肩には、キノコ妖精が一体張りついている。水色に白の水玉模様な傘《かさ》のそのキノコ妖精は、王様のところにいた緑キノコより一回り小さい。

王都にはキノコ連れの人って結構いるのかな。わたしはそんな風に思いつつ、リュックさんが馬車の扉の前から退《ど》かないため降りられず、中で待機した。

「なんの騒《さわ》ぎだ」

リュックさんは彼女の話に応じる前に、セザールさんに確認する。だがそちらの答えを聞かずして、彼女が話し始めた。

「聞いてください、わたくしがリュック様のお帰りのおもてなしをしようとしたのに、この無礼な使用人が通さないのです！　主の妻となるわたくしを敬《うやま》わない使用人などありえませんわ、いますぐ首でしてよ、出てお行きなさい！」

怒りの口調の彼女に、リュックさんは頭が痛そうな素振りをする。

ちょっとちょっと、主の妻ってどういうこと？　え、リュックさんってすでに嫁《よめ》がいたの？

自然とジト目になって目の前のリュックさんの背中を見つめていると、アランさんが寄ってきて、馬車の中のわたしに小声で告げた。

「誤解なさらぬように、あの方はリュック様の妻でも恋人でもございません。しかし安易《あんい》に追い出すのも難しいお方でして。ローズ・デュモン様、陛下の妹君でございます」

陛下の妹って、それってついさっきの王様の話にあった我儘娘《わがままむすめ》!? 驚《おどろ》くわたしの前で、リュックさんがそのローズさんに厳しい顔をする。

「ローズ様、この屋敷の主はわたしです。勝手に屋敷の者の進退をお決めになるのはおやめください」

相手が王様の妹なためか、丁寧《ていねい》な口調での苦情に、しかしローズさんは笑みを浮《う》かべた。

「まあ、だってリュック様は長くこちらのお屋敷を留守にしていらしたでしょう? でしたら使用人を教育するのは、妻となるわたくしの務めです」

妻というセリフを強調してローズさんはそう述べる。っておいおい、妻と言われたらいくらアランさんの擁護《ようご》があっても、こちらはちょっと心中穏《おだ》やかとはいかないんだけど。

そんなわたしの視線を背中に感じるのか、リュックさんが慌《あわ》てたように言った。

「いままで強く否定しなかったこちらも悪かったのでしょう。しかしもう、そのような偽《いつわ》りを許すわけにはいきません。わたしは近々妻を迎《むか》えますので、今後はお控えくださるようにお願いいたします」

しかしこの言葉を聞いたローズさんは、「まあ!」と華やいだ声を上げた。

「ではやはりわたくしとの結婚式について、お兄様とお話しなさっていたのね! 嬉しいわ、いつになったのかしら!」

「ようございましたね、姫様!」

どうやら妻というのが自分のことだと思ったようで、お供の女の人も追従する。まああの言い方だと、そういう風にとれなくもないかな。

「リュックさん、まどろっこしい言い方をしているから話が通じていませんよ」

仕方なくうしろからそう援護射撃《えんごしゃげき》をしてやると、ローズさんは初めて馬車の中にまだ人がいることに気づいたようだ。リュックさん越しにわたしと目が合うと、大きく目を見開く。

「お前がリュック様を誑《たぶら》かしたのね⁉　リュック様……わたくしがちょっと目を離した隙《すき》に卑《いや》しい輩《やから》に言い寄られていたなんて！　許せませんわ！」

ローズさんが睨《にら》みつけて言うと、わたしは肌に電気が走ったようなピリッとしたものを感じた。

しかし、別になにか起きるわけでもなく、なんだったのかと首をひねる。

「……おかしいわね？　妖精が動かないなんて。まあいいわ、なにをしているのお前たち、この女を早く放り出しなさい！」

一瞬眉《まゆ》をひそめたローズさんが周りにそう命令すると、お供の人とこの場にいる一部のお屋敷の人たちが、この言葉に従おうとした。その筆頭にいる人って、昨日わたしを部屋に入れるのを嫌がったメイドさんじゃない？

「おやめなさい、お前たちの主は誰ですか⁉」

「ローズ様、いま排除しますので少々お待ちを」

セザールさんが制するも、あのメイドさんたちは馬車に近づこうとする。

しかしすぐにお屋敷の衛兵が彼らを捕《と》らえてこの場から連れ出した。その間もあのメイドさんは、「だって、主の妻はローズ様でしょう⁉」と叫んでいる。

玄関前は大混乱だ。

「なにコイツ、キョーコをイジメるの？」

そのとき、わたしと一緒に中で待たされているスゥが、そう言ってピョンと馬車から飛び降りた。

スゥを見たローズさんが、驚愕《きょうがく》の表情を浮《う》かべる。

「妖精って、まさか噂《うわさ》は本当だった……⁉」

ショックを受けているらしいローズさんの肩に張りつく水玉キノコが、フルフル震えている。もしかして、スゥに怯《おび》えているのか。

「……さっきから、邪魔」

「うるせぇネエちゃんだなぁ」

続いてクゥとファイまで飛び降りると、「しかも複数……！」とローズさんは後ずさる。

というかキノコ妖精たちが気が立っているけど、もしかしてヤバいのでは。

「あのスゥちょっとムガッ⁉」

「過激なことはやめて」と言おうとしたわたしの口を、なぜかリュックさんが手で素早くふさぐ。

「キョーコをイジメるのは、絶対ダメー！」

その隙《すき》にスゥの叫びがさく裂すると、途端にワラワラと動き出すミニキノコたち。

「……どっか行っちゃえ」

「あばよ、ネエちゃん！」

クゥとファイまでそんなことを言う。

キノコ妖精たちの無情なる宣告により、ローズさんとお供の人の周りに風が渦巻き、そのまま彼女らを空の彼方《かなた》へと連れ去ってしまった。

……あぁぁ、やっぱりこうなった。

「あ、そうだ誰か回収……」

「放っておいていい」

せめて回収だけでもお願いしようとしたわたしを、またもやリュックさんが止める。

「なんでですか!? リュックさんは頑丈《がんじょう》だったからよかったけど、下手すると死んじゃいますって!」

慌《あわ》てるわたしの肩を、リュックさんが「落ち着け」と言いながら叩《たた》く。

「ローズ様には妖精がついているし、自力でどうにかできる。……放っておいていい」

そう語るリュックさんの目は、とても厳しいもので。わたしはそれ以上の言葉を呑みこむ。そうだよね、あの水玉キノコがいるんだから、ミニキノコを動員しての着地くらいはできるか。

キノコ妖精パワーに圧倒されたのか、お屋敷の玄関先はしんと静まり返っていた。

「……あのう、わたしはどうすればいいのでしょうか？」

困ったようにたずねてきたのは、残されてしまった、ローズさんが乗ってきた馬車に座る獣族のわんこな御者《ぎょしゃ》だ。この御者《ぎょしゃ》はあの騒《さわ》ぎに加わっていなかったため、ウチのキノコ妖精たちのターゲットにならなかったらしい。でも怖かったらしく、耳がぺたんと寝て尻尾が丸まっている。

「すまんが、陛下への報告を頼む」

リュックさんはそう言って、馬車を王城へ戻したのだった。

びしょ濡《ぬ》れになったお屋敷の玄関は急いで掃除され、わたしたちは部屋に移動してお茶を飲みながら話をすることになった。

お茶を淹《い》れてくれたアランさんも下がって、リュックさんと二人きりになったところで、ソファに座ったわたしは言う。

「さあ、聞かせてもらおうじゃないの、リュックさんの愛人問題を」

「キョーコ、その言い方は勘弁《かんべん》してくれ」

わたしのちょっとした冗談交じりの言葉に、向かいに座るリュックさんが心底困った顔でそう返す。あのローズさんを愛人と言われるのが本当に嫌なようだ。

「はっきり言うぞ。ローズ様とは昔からの知り合いではあるが、恋人や婚約者だった期間は一度もない」

リュックさんは真面目な顔できっぱりと言った。ではなぜローズさんは妻だなどと言っているのか、それにはいろいろな事情があるのだそうだ。

「俺が領主となったとき、領地運営をするにあたって、支えてくれる妻が必要だろうと、周囲から結婚の話が持ち上がった」

それまで特に約束している相手がいなかったリュックさんに、途端に大量の結婚相手候補が押し寄せる。それってあれか、アランさんが言っていた「その気にさせた相手が結婚相手」というルールのせいか？　当時住んでいたお屋敷にいろいろな女たちがきて、毎晩寝室に忍びこまれる始末。

「モテたんですね、リュックさんは」

それだけ結婚相手として魅力があったのだろうと、わたしはそんな感想を抱いたのだが、この言葉に彼は重いため息をついた。

「モテたというより、俺の両親のせいだ。なにせ二人は幼馴染《おさななじみ》で結婚をして、即子供を作った人たちだからな」

「え、ご両親って恋愛結婚だったんですか？」

子作りレース優勝者じゃなくて？　さんざん魔族の子作りの難しさを聞かされていたのに、それはなんともビックリな情報だ。

「いつも熱々の夫婦だぞ？　俺が百歳になって成人を迎《むか》えたら、とっとと領主の地位を投げ出して二人きりの旅行へ出かけてしまったんだ」

熱々夫婦なことよりも、成人が百歳なことが気になる。本当に竜族って成長がのんびりだ。

でもそうか、以前にアランさんが言っていた「例外の恋愛結婚」というのは、リュックさんの両親のことだったんだ。

「両親という前例があるから、俺も容易に子作りができるのではないかと思われたんだな。俺たち一族でも、あの二人は特別だったっていうのに」

それってつまり、言ってしまえば種馬扱《あつか》いってことだよね。それは嫌だろうなと同情の目線を向けると、「そういえば」とリュックさんが呟《つぶや》いた。

「いまにして思えば、父上はよく竜化して妖精の森へ出かけていたな」

「あ、ひょっとして森でこっそりキノコを焼いて食べていたとか？」

「そうなんだろうな。なにかの拍子にキノコの秘密を知ったのかもしれない」

王様の話では、この世界の人々が食材キノコを食べるようになったのは、ここ百年くらいだということだ。だとすると二人の若い頃は、いまよりももっと食材キノコの禁忌《きんき》は厳しかったはずで、「みんなでキノコを食べようぜ！」とは言えなかったんだろう。

でも周囲はそんなことを知るはずがなく。リュックさんのご両親にこんなに早く子ができたのは、妖精の森に降臨《こうりん》される女神様の御加護ではないかとの憶測が広まり、辺境の貧乏領地がにわかに注目され出した。さらには王家まで乗り出して、あの領地を直轄地《ちょっかつち》にするべきだという意見が出たそうだ。

そんな王家の思惑《おもわく》によって送り出されたのが、あのローズさんだった。しかもローズさんは妖精付きだから、妖精の森を有する領地に相応《ふさわ》しいだろうと言われたらしい。

それって、キノコ妖精好きなリュックさんを、キノコ妖精の魅力で落とそうっていう作戦もあったんじゃないかな。

この話にはローズさん本人も積極的で、あるとき彼女がリュックさんをお茶会に招待した。王様の名前まで出されて断れなかったリュックさんが、お茶会の会場である屋敷に行くと、通された部屋に閉じこめられる。そこが寝室だったことで嫌な予感がしたところ、ローズさんが裸《はだか》で現れたそうだ。

うわぁ、ローズさんってば身体を張っているなぁ。

しかしそうまでされてもリュックさんは、ローズさんとの結婚に乗り気になれなかったわけで。

「両親のように好きだ嫌いだで結婚を決めるのは少数派だというのはわかっている。だから俺もこれに関しては不本意でも決心しなければと思っていたんだが。それでもローズ様という選択はなかった」

はっきりと断言されて、わたしは逆に不思議になる。

「あの人は美人だしスタイルもよさそうなのに、その気にならなかったんですか？」

別に推奨《すいしょう》したいわけではないものの、純粋な興味で聞いてみた。神族だったら魔力の釣り合いも取れるはず。

しかしこの質問に、リュックさんが実に嫌そうな顔をする。

「いくら外見がよくても中身がな」

実は当時、ローズさん以外の令嬢で、条件がそこそこいい人が数人いたそうだ。だからその内の誰かとその気になれたらと思い、子作りレースの覚悟《かくご》を決めて会ってみようと動いたところ、全員に断られたという。

理由は、「わたしはまだ死にたくない」というものだ。

「ローズ様から俺と結婚しないように、嫌がらせを受けていたらしくてな」

事実、妨害を受けた令嬢たちには命が危ぶまれるほどの怪我をした者もいたそうだ。

「まあ、結婚競争みたいになったら、そうなるのはわからなくもないですけど。それにしても死にたくないって、穏《おだ》やかじゃないですね」

急に出てきた不穏な言葉にわたしが眉《まゆ》をひそめると、リュックさんも深刻《しんこく》そうな顔をした。

「キョーコも身に覚えがあるだろう？　小さな妖精は大きな妖精の意思に従うものだ」

「まあ、そうね」

キノコ妖精が加減を知らないというのは、この世界に来てから嫌というほど思い知った。

だからわたしはキノコ妖精に軽い気持ちで愚痴《ぐち》らないようにしている。彼らは愚痴《ぐち》の深刻《しんこく》度合いなんて測らない。わたしが不快そうだった、その一点だけが大事なのだ。

「だから妖精付きのローズ様が、自分の妖精に『あの人物が嫌いだ』と言えば、その人物は酷《ひど》い目に遭《あ》う。大方今日もあの妖精の力で、セザールに対してごり押ししようとしたんだろう」

玄関やセザールさんが濡《ぬ》れていて、妙にミニキノコが集まっていたのはそれが原因か。濡《ぬ》れていたってことは、ローズさんが連れていたあの子は水の妖精なのかも。

あのピリッと感じたのは、もしかしてわたしも攻撃されようとしたとか？　でも水だったらこちらにはクゥがいるし。それで攻撃が不発に終わったんだろうな。ああ、だからあのとき一瞬変な顔をしていたのか。

なにが起きたのかわかって納得できたが、一方で怖くもある。

「妖精たちの力ってすごいのに、ローズさんはそれを簡単に攻撃に使えちゃうんですか？」

それってすごく質《たち》が悪いと思うんだけど。わたしの懸念《けねん》に、リュックさんは難しい顔でうなずいた。

「ローズ様は、自分の妖精が他人を傷つけるのを悪いことだと思っていない」

ローズさんがそうなってしまったのは、育った環境に一因があるらしい。一夫多妻制である神族の場合、子供の養育は妻の家族が担《にな》うという。神族は妖精に好かれやすい種族だが、神族の中でも高い魔力を持つ王族でさえ、妖精付きは王様とローズさんのみ。この妖精付きであるという点で、ローズさんはとにかく甘やかされ、我儘《わがまま》放題で育った。ローズさんを周りの大人は叱《しか》ることもできず、それどころか彼女の母方の親族は敵を追い落とすのに水玉キノコを利用していたそうだ。

幼い頃からこうした環境で育ったローズさんは、悪い意味でキノコ妖精の力に慣れてしまったらしい。

わたしがこの世界に来てキノコ妖精に出会ったときには、人を傷つけることも、誰かに傷つけさせるのも悪いことだという認識があった。だからスゥたちが誰かを傷つけてしまったら「そんなことはいけない」と話し合うし、反省をする。しかし幼い頃からキノコ妖精に誰かを攻撃させるのが当たり前だったら、それが悪いことだと思わないかもしれない。

ああそうか、王様が言っていた「甘やかした」というのはそういうことか。ローズさんはキノコ妖精との付き合い方を、幼い頃にちゃんと教わらなかったんだ。だからキノコ妖精の前で平気で不平不満を口にする。

ローズさんの内面に気づいた王様が、矯正《きょうせい》するべく教育しようとしたが、時すでに遅く。教育係は恐怖で辞退し、母親の親族らは甘やかすばかり。

「そもそもこの結婚話には、俺ならローズ様の言いなりにはならないという陛下の思惑《おもわく》もあったんだろう。俺は頑丈《がんじょう》な竜族で魔力も多いほうだから、妖精の力を使われてもある程度は制御することができる」

キノコ妖精との正しい付き合い方を誤ったまま大人になってしまったローズさんを、下手な相手に預けられない。そこで白羽の矢が立ったのがリュックさんというわけだ。

王様としては王族の困ったちゃんを押しつけられて、女神の加護のある土地も手に入れられる。まさに一石二鳥の案というわけだ。

ちょっとちょっと王様、身内のことなのに他力本願すぎるんじゃない？　お兄ちゃんなんだからガツンと叱《しか》りなさいよ。

それにしてもリュックさんの場合、アランさんから聞かされた魔族の子作り事情とは、また別方向にぶっ飛んでいるなぁ。性欲皆無同士で数十年子作り耐久《たいきゅう》レースをさせられるのと、種馬扱《あつか》いで追いかけられるの、どちらがマシと言えるだろうか？

……どっちも御免かな。

ともあれ、ゼナイド領が特にキノコ妖精の集まる土地だからこそ、リュックさんは彼らに人を傷つけさせてはいけないと考えた。だから、ローズさんを迎《むか》え入れるのに気が進まなかったのだという。一方でライバルを全て排除したローズさんは、リュックさんとの結婚に向けて着々と準備を進めていて――

このままだと本当に結婚させられると本気で焦《あせ》ったリュックさんは、王様に直訴《じきそ》して助力を願った。ローズさんとの結婚が心底嫌だということ、もしこのまま押しつけられるなら領主なんて辞めるとまで言ったという。

「陛下も本気で嫌がる俺を哀れに思ってくださったらしい。この結婚話に賛成はせず、ローズ様を抑えておく代わりに、早く他の相手を探すように言われてな。その時間稼ぎにローズ様が追いかけてこられない、あのコリンヌの街まで逃げたんだ」

ローズさんはそれでも逃げたリュックさんを追いかけようとしたようだが、『王妹の身であのような辺境へ行くことは許さん』と王様が馬車を使うことを許さなかった。

そうなると王都からの交通網が発達していないコリンヌの街だ。馬車を使っても時間がかかるのに徒歩でなど、ましてやお嬢様育ちのローズさんに行けるはずがない。ならば長距離《きょり》でも短時間で飛んでいけるワイバーンはと言うと、ワイバーンを従えられるのは竜族だけだそうで、ローズさんには乗れない。そして他の竜族もリュックさんに同情して協力しなかった。

こうしてローズさんがコリンヌの街まで旅をするのは不可能となり、リュックさんを追いかけられなくなったのだ。

その代わりに、いずれ自分が結婚して住むことになる場所を、いまのうちから自分好みにしておこうと考えたのか、王都のお屋敷の攻略に乗り出すことにしたらしい。

「王都の屋敷は顔を出す度に使用人の顔ぶれが入れ替わって、ローズ様からの紹介だという人員が増えていた。陛下の妹君である上に妖精付きのローズ様に逆らうのは、容易なことじゃない。セザールにはどうしようもなかったんだろう」

なるほど、あの妙にわたしを受け入れたがらない人たちってローズさん派だったのか。

「ローズさんの中じゃあ、もうリュックさんとの結婚は決定事項だったんですね」

「そういう連中しか周囲にいないんだろうな」

半ば感心して言うわたしに、リュックさんは疲れたように漏《も》らす。

「ローズ様が入れた使用人はあの方を主の妻として扱《あつか》い、俺がいない間に勝手に屋敷へ通すようになった。セザールは忙しい身だから、連中に一々構っていられなかったのもわかる」

それでもセザールさんは、ローズさんのみならずその子飼いのメイドたちでさえ、リュックさんの部屋にだけは頑として立ち入らせなかったらしい。ローズさんはそれが大いに不満だったようで、早く自分を受け入れろとせっついていたという。そうなるとますますリュックさんは、面倒事を避けるべく王都の屋敷に立ち寄らなくなる。

「キョーコと発情期を過ごすことができたいま、この屋敷を処分しようかとすら思っていたところだ。ワイバーンで飛べばコリンヌの街から王都まで時間はかからないし、セザールたちにいらぬ苦労をかけるのも申し訳ない」

だから今日、王様にわたしを伴侶《はんりょ》と認めると言われたときには、心底ホッとしたそうだ。王様がわたしたちの結婚を承認すれば、ローズさんがどんなに騒《さわ》いでも覆《くつがえ》らない。そもそも魔族のルールでは子ができた女が妻なのだから、子作りすらできなかったローズさんに口を挟《はさ》む余地はなくなる。

「それに、今回のことはいい薬だろう。自分の妖精の力では従えられない存在がいることを、身をもって知ったのだからな」

リュックさんにこう言われ、わたしはそういえばローズさんって、どこまで飛んでいったんだろうと気になった。

リュックさんのときみたいに、大陸の果てとかじゃなければいいけど。


そんな話をした数日後。

なんとこのお屋敷から、大量の人員が解雇されて出ていくことになった。理由は王様命令で、ローズさんの紹介で入った人たちが引き揚《あ》げとなったからだ。

そのローズさんのことも、王様の遣《つか》いの人が来て話を聞くことができた。彼女は一緒に飛ばされたお供の人と、王都から離れた野原の真ん中まで飛ばされていたそうだ。わたしが思ったよりも断然近かったよ。そういえばスゥ、リュックさんを吹き飛ばしたときには「竜族は頑丈《がんじょう》だから」みたいなことを言っていたっけ。ちゃんと相手を見て飛ばす距離《きょり》を決めていたんだね。

ローズさんはすぐに王都まで戻ろうと、あの水玉キノコに自分を王都まで運ぶように言ったが、移動の力となるミニキノコたちが集まらなかった。どうやらミニキノコたちにとって、あの水玉キノコよりもウチの子たちのほうが優先度が高いらしい。キノコ妖精界にも序列があるんだなあ。

ともあれキノコ妖精の力が借りられないとなれば、ローズさんは自分の足で移動するしかない。お供の人に励《はげ》まされながら仕方なく歩いていたところ、たまたま通りかかった荷馬車に運よく乗せてもらって、無事に王都へと戻れたのだという。

そして王都へ戻ったローズさんのもとに、王様からリュックさんとわたしの婚姻の通達があったそうだ。ローズさんは当然事実を素直に受け入れられなかったようだが、そんな彼女に、王様からさらなる宣告があったという。

それは、今後キノコ妖精の力で無体をすれば、王族から即、籍《せき》を外すとの内容だ。ローズさんの自分勝手な行動のせいで、王族に対する不満があちらこちらから寄せられているらしい。

そんなこんなでローズさんは現在謹慎中だ。彼女は当初、王様の宣告を大したことじゃないと考えていて、「妖精にコッソリ頼めばどうせバレないわ」なんて話していたという。王都に戻る際にミニキノコたちが言うことを聞いてくれなかったのは、たまたまだと。

けれど実は、この話には裏がある。リュックさん経由で王様からわたしに、「王都付近の妖精たちに、あの水の妖精の言うことを聞かないように頼んでくれ」との依頼があったのだ。

スゥ・クゥ・ファイに「頼んでくれる？」と言ってみると快く引き受けてくれて、王都の在住キノコ妖精だけでなく、流れのキノコ妖精にも「アイツの言うこと聞いちゃダメだからね！」と念を押す徹底ぶりだった。

リュックさん曰《いわ》く守り神レベルのキノコ妖精三体に圧力をかけられてしまい、ローズさんは本当に妖精の力が使えなくなった。

これでキノコ妖精断ちをして、ちゃんと更生してくれるといいんだけど。聞いた話によると、新しい教師が選ばれ、一から勉強をやり直しているところだとか。

ちなみに、ローズさん派の人たちがいなくなった王都のお屋敷は、おかげで売り払う理由がなくなった。このまま維持しておくことと決定したのだ。

人員の激減でお屋敷の中は閑散《かんさん》としているが、使う住人はいまのところわたしとリュックさんだけなので、使わない部屋の手入れを後回しにすれば、少人数でも十分とのこと。わたしも使っていないスペースの掃除状況なんて、気にしないしね。最低限の客間だけ手入れしておけばいいと思うのよ。

こうして面倒がなくなってお屋敷内での自由が得られたことで、わたしはリュックさんに「温泉が造《つく》りたいな♪」とお願いしてみた。するとあっさりとお許しが出る。彼もなんだかんだで温泉を気に入っていたらしい。

「だがくれぐれも！　妖精の森を作るなよ？」

「作らないって……たぶん」

リュックさんの念押しに、返事が自信なさげになるわたし。だってコリンヌの街のお屋敷だって、自分の意思で森を作ったわけじゃないし。

それに露天風呂《ろてんぶろ》の景観として、いい感じの自然はある程度必要だと思うの。だって王都のお屋敷のお庭って、石畳《いしだたみ》が敷き詰《つ》められていて自然があまりないから、味気ないんだもの。

まあ自重はするので、大丈夫よ。

第六章　キノコいじめは許しません！

お屋敷のプチ改造をしている間に、王都へ来てから数日が経った。

王都に留まっている事情はいろいろあるが、まず一つには妖精の森で採《と》れるもの、特に食材キノコの取り扱《あつか》いについて、王様と話し合うためだ。

今日もその話で、わたしはリュックさんやキノコ妖精たちと一緒に王城へ来ていた。今回は謁見《えっけん》の間ではなくて、王様の執務《しつむ》室である。

「よく来たな」

そう言って執務《しつむ》机からゆったりとわたしたちを迎《むか》える王様と、リュックさん共々簡単な挨拶《あいさつ》を交わしたら早速、話が始まる。

「妖精の森のキノコの件だが。あの効能さえ広まれば、長命な種族であっても子孫を残せることだろう」

王様はそう語る一方で、このような魔族の将来を左右しかねない重要なものを、辺境のいち領主が全て管理するのは問題がある、とも述べた。

「言ってはなんだが、ゼナイド領は国内でも影響力の強い領地というわけではないのでな」

確かに王様の言う通り、辺境の領主であるリュックさんよりも立場が強い人って、結構いるからね。金にものを言わせて買い占めようとする輩《やから》が出ないとも限らない。

これにリュックさんは、落ち着いた表情で応じる。

「こちらとしても種族の存亡に直結する代物《しろもの》を、独占したいとは思っていません。妖精の森で採《と》れるキノコは、女神様からの賜《たまわ》り物。女神様の御心は、みんなで分かち合うものかと」

王様にそう話す彼に、わたしはジーンとする。

妖精の森の食材キノコを独占販売すれば、大金が手に入ってウハウハな生活が待っているのに。リュックさんエライ！　きっとお腹《なか》の卵ちゃんも「パパ格好いい！」って拍手《はくしゅ》しているよ！

「そうだな、普通のキノコはこれまで通りの扱《あつか》いとして。妖精の森のキノコは一旦王城で買い取り、各種族へ分配しようかの。その代わりの利益と言ってはなんだが、キノコの加工レシピも同時に買い取り、今後レシピの使用料が定期的に入るように手配する」

荒稼ぎできる機会を手放したリュックさんに、王様がそう提案してくる。いわゆる特許《とっきょ》料ってやつだね。

「では、それはキョーコにお願いします。レシピの発案者はキョーコですから」

しかし、リュックさんが王様にそう告げた。

うーん、正直な男だな。このまま自分の手柄にもできただろうに。でもそういうところ、素敵だと思います！

こうして王様との話がついたところで、わたしたちは王様の前を辞してお屋敷へ戻ってきた。

「キノコ問題が片づいたし、もうコリンヌに帰っていいの？」

ところが、部屋でソファに落ち着いてからたずねるわたしに、リュックさんは渋《しぶ》い顔をする。え、まだなにかすることがあったっけ？

「妖精密売犯について、対策《たいさく》と密売ルートの解明を話し合う必要があってな」

「あぁ～、それがあったか」

思い出してわたしががっくりとうなだれたところに、アランさんが「どうぞ」とお茶をスッと出してくれた。うーん、できる人はお茶を出すタイミングもバッチリですね。キノコ妖精たちもちゃっかりおやつをもらっているし。

リュックさんもアランさんのお茶で喉を潤《うるお》しつつ、話を続ける。

「例の密売犯たちだが、身柄はすでに王都に送られている。その取り調べの結果、やつらは妖精たちをザシャ国に大量に送っていることが発覚した」

ちなみにザシャというのは前にも聞いた国の名で、ここクレールの隣に位置する人族の国だ。例の「我々《われわれ》は女神によって遣《つか》わされた選ばれし種族で、妖精たちは我《われ》らに使役される生き物」という教えを唱えている国でもある。もうこれだけで、わたしにとって敵認定。

そのザシャ国が、さらなるキノコ妖精の確保のために、多くの人員をこの国へ送りこんでいるようなのだ。

「そうまでして妖精の数を集めるのは、おそらく妖精を兵器として扱《あつか》うためだろうな」

リュックさんが言う。あんな可愛いキノコ妖精たちを兵器扱《あつか》いだなんて、信じられないと思わない!?　キノコ妖精虐待《ぎゃくたい》にもほどがあるわ！

「というわけで、もう少し詳しいことがわかるまで、王都から離れられん」

リュックさん曰《いわ》く、キノコ妖精を守るのは、妖精の森を持つゼナイド領主の務めなんだってさ。

そう話すリュックさんはキリッとしていて、惚《ほ》れちゃいそうなくらいに素敵です！

いや、一応子作りまでした間柄なんだけど、惚《ほ》れた腫《は》れたがまだなもので。こういうちょっとしたことにドキドキするのよ。

とにかく、卵ちゃんの明るい未来のためにも、頑張ってね旦那様（仮）！


そんな理由でリュックさんは毎日忙しく王城へ通っていて、対するわたしは特にすることもない暇人《ひまじん》だ。けれど暇《ひま》に飽《あ》かせて温泉に入り浸《びた》っているばかりでは身体がふやけてしまう。

だったらせっかくだからと、王都観光なんかをして楽しむことにした。コリンヌのお屋敷のみんなにお土産《みやげ》も買いたいしね！

というわけで本日、わたしは護衛《ごえい》メイドさんと一緒に街へ繰《く》り出すことにした。

キノコ妖精たちもお屋敷に閉じこもっているのは退屈だろうから、一緒にお出かけである。けど一応目立たないように、のぞき窓つきのリュックサックみたいな背負い袋《ぶくろ》を造《つく》ってもらって、そこに三体ギュギュッと入ってもらった。

本当はコリンヌの街のように自由に動ければいいんだけど、王都は危ないってリュックさんから再三言われているからね。ここで窮屈《きゅうくつ》にさせてしまっている分、帰ったら一緒にうんと遊ぼう。

そんな理由で大きな袋《ふくろ》を背負うわたしは、それなりに目立っている気がするものの、キノコ妖精たちとゾロゾロ歩くよりはマシなはず。時折モゾモゾする袋《ふくろ》をぎょっとした目で見る人はいるけどね。

そんな周りのことなど気にしないキノコ妖精たちの話し声が袋《ふくろ》の中から聞こえるので、それなりに王都の街並みを楽しんでいるようだ。

王都は見慣れないものが溢《あふ》れている、と言いたいけれど、すごく見慣れたものを発見してしまった。しかも高級そうなお店が並ぶ通りで。

「……これって、あのブラジャー？」

ショーウインドウに飾られているのは、寄せて上げるブラジャーだ。わたしがもらったものよりも豪華な刺繍《ししゅう》が施《ほどこ》されていて、お値段もお高い。商品ポップみたいなものに、「胸の形を美しく！」と書かれている。

え、なんでここにコレがあるの？　首をひねるわたしに、メイドさんが教えてくれた。

「王都の業者が興味を示して、売買契約をしたと聞きましたよ」

なんとコリンヌの街から王都進出とか、すごいなブラジャー！　ぜひ異世界の住人に、寄せて上げる素晴らしさを見せつけてあげようじゃないか！

こんな感じでお土産《みやげ》を買ったりウインドウショッピングをしたりと楽しんでいると、公園のような場所の屋台が並ぶエリアへたどりついた。いいなぁ、王都のジャンクフードってどんなのがあるんだろう？　とりあえず一番並んでいる屋台のを買ってみたい。そう思ったわたしは列に並ぼうとする。

「わたしが買って参りますので、こちらに座ってお待ちください」

メイドさんにベンチへと促《うなが》され、わたしは「あ、そう？」と大人しく座った。

リュックさんは普通にしていていいと言ってくれるが、メイドさんからするとすでに卵を宿した大事な身体というわけで、できるだけ無理をしてほしくないみたい。その気持ちもわかるので、こういう時は素直に従うようにしている。

わたしがキノコ妖精たちの分もお願いすると、メイドさんは微笑《ほほえ》んで「心得ております」と言って列へ駆けていく。

「なにが来るか楽しみだねぇ」

わたしは背中の袋《ふくろ》のキノコ妖精たちに話しかけた。

「うわぁ!?」

なぜか、ベンチのうしろのほうから悲鳴が聞こえた。

「うん？」

振り向くと、地面から生えた蔦《つた》でグルグル巻きにされている男が転がっている。

「……またなんかいたの？」

わたしは驚《おどろ》くというより、呆《あき》れ顔で男を見下ろす。

「ソイツ怪しい」

「……コソコソしてた」

「なんかするぞ！　って感じだったもんな」

背中の袋《ふくろ》からキノコ妖精たちがそんなことを口にする。蔦《つた》に捕まった男が「畜生、なんでしくじるんだ」と悔《くや》しそうにうめいているので、悪者であることは間違いないみたい。

だが問題は、実はこの襲撃《しゅうげき》&返り討《う》ちが本日五回目だということだ。

なんか今日って悪者遭遇《そうぐう》率高くない？　ちなみになぜ蔦《つた》グルグル巻きかというと、キノコ妖精たちとの話し合いで、ぶっ飛ばす以外のお仕置き方法を考えた結果だ。

スゥはリュックさん以来、派手に人をぶっ飛ばさなかったから、わたしってば対策《たいさく》を考えるのをうっかり忘れてたのよね。それが先日ローズさんを飛ばしてしまったことで、これはイカンと考えたわけだ。だって本当に悪者だったら、取り締《し》まる人に渡さなきゃいけないじゃない？　ぶっ飛ばしちゃったらそのまま逃げられるわけだし。

……まあ、生きてたらだけど。

そんなわけで、話し合いをしてまず浮《う》かんだ案は「地面に埋める」だった。これだとスゥには簡単で、引き渡しも可能だ。しかし王都のような石畳《いしだたみ》の道では、埋めるとせっかく綺麗《きれい》に並べられた石畳《いしだたみ》が壊れてしまう。そこで迷惑をかけないやり方として挙がったのが、スゥ・クゥ・ファイの協力によるこの「蔦《つた》グルグル巻き」だ。土と水と日が揃《そろ》ったら、植物の成長は加速する。

ともあれ、この捕まえた男をどうするか――

「あ、すみませんそこの兵士さーん！」

わたしは王都の平和を守るべく巡回している兵士を見つけて、ヒラヒラと手を振って呼ぶ。

「どうかしましたか？」

すぐに駆けつけたその兵士さんは、「怪しい人だったんです」とわたしが指さした先にいる男を見て、目を丸くする。

「窃盗《せっとう》の常習犯ですね、捕まえてもらってありがとうございます」

今回はコソ泥を捕まえたようだ。前四人もそれなりの犯罪歴があったみたいなので、わたしは今日一日で王都の平和にずいぶん貢献《こうけん》したのではなかろうか。

気さくな笑顔で蔦《つた》グルグル巻き男を引きずっていく兵士さんと別れたところで、両手いっぱいに料理を持ったメイドさんが戻ってきた。

「やった、みんなご飯だよ！」

「「わーい！」」

背中でウゴウゴする袋《ふくろ》をベンチに下ろし、開け口をめいっぱい開けると、キノコ妖精たちが「うーん」と傘《かさ》を伸ばす。ごめんね、窮屈《きゅうくつ》だったよね。

そんなキノコ妖精たちをメイドさんが盾のように立って隠《かく》してくれている間に、わたしたちは屋台料理を味わうことにする。

メイドさんが買ってきてくれたのは、鶏のから揚《あ》げとホットサンド、あとホットチョコレートだ。

結論を言うと、全部美味《おい》しかったです！

唐揚げは甘しょっぱい照り焼きのような味で、もしやこの世界にも醤油《しょうゆ》があるのかと希望が湧《わ》いた。ホットサンドは挟《はさ》んであるお肉も野菜もジューシーで、ホットチョコレートは濃厚な味がする。

そろそろ冬の寒さが強くなってくる季節、外で食べるにはぴったりだね！

「僕、このパリッとしたお肉の味好き～」

「……不思議な味」

「癖になるよな」

キノコ妖精たちは照り焼きっぽい味つけを気に入ったようだ。よぅし、王都にいる間に絶対にこの醤油《しょうゆ》味のもとを探すからね！

わたしたちはこんな調子で、ハプニングがありつつも王都観光を概《おおむ》ね満喫《まんきつ》した。お土産《みやげ》もたくさん買い、メイドさんとのんびり歩いてお屋敷に戻ることにする。

長時間の外歩きで身体が冷えてしまったし、帰ったら温泉で温まろうかなんて考えながら、ウキウキとお屋敷の門をくぐろうとしたそのとき――

「……！　キョーコ様、こちらへ！」

突然メイドさんに引き寄せられ、背中に庇《かば》われる。と同時に、本日見慣れた蔦《つた》がブワッと石畳《いしだたみ》から出てきて、メイドさんの向こうにいたローブを目深《まぶか》に被《かぶ》っている怪しい人をグルグル巻きにした。

はい、六人目～。

「なによこれ⁉　ほどきなさいよ無礼者！」

グルグル巻きな蔦《つた》の下から、女の人のキンキン声がする。ってあれ？　この偉《えら》そうな口調って、なんか聞き覚えがあるんだけど？

「あのぉ、もしかして……」

メイドさんの背中からその顔をのぞきこむ。

「お前、わたくしのシルヴィをどこに隠《かく》したの⁉」

そう噛《か》みつくように叫んだのは、間違いなくローズさんだった。

え、謹慎中って話じゃなかった？　脱走したの？　というか、仮にも王様の妹なんだから、悪者と同じ扱《あつか》いはマズいだろう。

「みんなちょっと、蔦《つた》をほどいてくれない？」

「え～？」

わたしのお願いに不満そうではあるが、キノコ妖精たちはちゃんとほどいてくれました。うんうん、わたしのためだったんだよね？　ありがとう、後で美味《おい》しいお菓子でも食べようね。

こうして自由の身になったローズさんは、ふらつきながら立ち上がると、ビシッとわたしを指さした。

「シルヴィを返しなさいよ！」

そう叫ぶローズさんだが、まずわたしが思ったのは、「シルヴィって誰？」だ。

ポカンとしたわたしの様子に、ローズさんはますます目を吊り上げる。

「白々しい、わたくしからシルヴィを奪って、自分を特別な存在に仕立て上げるつもりでしょう？　どうせお前が連れているあの妖精も、どこかから奪ってきたくせに！」

「……え～っとぉ？」

とりあえずシルヴィがあの水玉キノコの名前かなっていうのは、なんとなく想像できた。けれどそれ以外、全く話が見えないんだけど？

「大体お前は……」

首をひねるばかりなわたしに、さらになにか言おうとするローズさん。

「そこまでにしてもらいましょうか」

そこに、横から待ったがかかった。

見れば、いつの間にかリュックさんが立っている。

「あ、リュックさんお帰りなさい。早かったですね」

帰宅の挨拶《あいさつ》をしたわたしに、リュックさんは歩み寄って隣に立ち、肩を抱き頬《ほお》にキスするというナチュラルイケメンぶりを発揮《はっき》する。くぅっ、照れるんですけど！　うしろのキノコ妖精が「チューだ！」とか言っているのがまた恥ずかしい。

それにしても、今日は遅くなりそうだって言ってたのに、仕事が早く終わったんだろうか。でもうしろに槍《やり》で武装した兵士さん数人を連れているので、仕事の途中に寄ってみただけなのかも？

疑問に思っていると、リュックさんが改めてローズさんに視線をやった。あちらはわたしたちのラブラブな様子を見せつけられ、しかめっ面をしている。

そんなローズさんにリュックさんが言った。

「ローズ様、離宮を脱走しましたね？」

あ、やっぱり脱走したんだ。ローブで顔を隠《かく》して、いかにもコッソリしてますって格好だもんね。

「風の妖精の力で、陛下にはあなたの行方などすぐにわかるというのに。話があるので離宮へ向かってみれば、身代わりを立てて脱走とは。陛下の命令を覚えておられなかったようですね。それとも今回もどうせ許されると高を括《くく》っておられたのですか？」

「それは……」

リュックさんの厳しい言葉に、ローズさんはばつが悪そうな顔で目を逸《そ》らす。それって「思ってましたけど」って言っているようなものだよね。

「まあいい、これからすぐに戻ってもらいます」

リュックさんがそう言うと、うしろにいた兵士さんたちが前に出て、ローズさんに槍《やり》を向けた。

「なにをするの!?」

突然槍《やり》を突きつけられて驚《おどろ》いているローズさんに、リュックさんが告げる。

「ローズ・デュモン、罪人であるあなたが脱走したとして現在王都に手配が回っています」

は、罪人？　いきなりの事態に、わたしまで驚《おどろ》く。一体なにが起きたのかさっぱりわからないんですけど。

それはローズさんも同じだったようで。

「リュック様、一体なにをおっしゃっているのかわかっておいでなの？　王族の姫であるわたくしを罪人呼ばわりなんて、不敬罪に問われましてよ」

ローズさんは槍先《やりさき》に怖《お》じけづいて後ずさりながらも、胸を張ってリュックさんと兵士たちを睨《にら》む。

しかしリュックさんは冷静に返した。

「いいえ、これは陛下の御意志によるものです」

そう言いながら懐《ふところ》から紙切れを一枚出す。見ると、確かにローズさんを捕《と》らえる許可と、王様の署名がある。

「そんな、お兄様がわたくしを捕《と》らえる手配をするなど、なにかの間違いですわ！　それに一体なんの罪があるというのですか⁉」

取り乱すローズさんに、リュックさんが言った。

「ローズ様、あなたには妖精密売の嫌疑《けんぎ》がかけられています」

はい？　妖精密売って、ローズさんが⁉　リュックさんが言った内容に驚《おどろ》いたのは、わたしだけではなく、ローズさん本人もしばらくポカンとしていた。だが、やがて激昂《げっこう》したように顔を真っ赤にする。

「馬鹿なことをおっしゃらないで！　妖精密売ですって⁉　王家の姫であるわたくしが、そんなことするはずがありませんわ！」

「リュックさん、それってどういうことなんですか？」

別に庇《かば》う気はないが、キノコ妖精を連れているローズさんが妖精密売だなんて信じられない。すると、リュックさんは、難しい顔でローズさんを見ながら言った。

「今日、離宮の使用人から報告があったんだが、実はここしばらく彼女の妖精であるシルヴィの姿が誰からも目撃されていないらしい」

シルヴィって、さっきローズさんが言っていた水玉キノコの名前だよね？　でもいないって言っても、遊びに行ったという可能性もある。だってキノコ妖精たちは好きで一緒にいてくれるだけで、基本は自由な存在だ。

そう思って首をひねるわたしに、リュックさんがさらに続けた。

「その上、陛下の妖精が『離宮がモヤモヤする』と言ったんだ」

「え⁉　それってまさか……」

『モヤモヤする』という表現に心当たりのあるわたしは、サッと血の気が引く。一方でローズさんはさっぱりわからないといった顔をしていた。

「は？　なんですのそれ？　まさかそれだけのことで、王家の姫たるわたくしを密売人扱《あつか》いしましたの？　ふざけているにもほどがありましてよ！」

「では、シルヴィはどこにいるんです？」

しかしリュックさんはローズさんの怒りには取り合わず、シルヴィについてたずねる。

「ですから、この女に奪われたんですわ！　きっと浅はかにも、もっと多くの妖精を侍《はべ》らせたいと考えたのでしょうね！」

ローズさんがそう言ってわたしを指さしてくるが、ちょっと待って。本当にシルヴィがいないっていうの？　いまの話の流れでシルヴィがいないということは――

「……シルヴィ、密売犯に連れていかれちゃったんですか⁉」

「ああ、いまその可能性が濃厚になったな」

わたしがリュックさんの服の裾《すそ》を引いてたずねると、痛ましそうな声でそう返された。

「そんな……」

やっぱりシルヴィはあの連中に捕まっちゃったの？　クゥみたいに檻《おり》に入れられ布を被《かぶ》せられて、

とっても寂《さび》しい場所に連れていかれた。肩を落とすわたしの背後で、妖精たちもざわめいている。きっとこの子たちも心配なんだろう。

こんなわたしたちのやり取りに、ローズさんが口を挟《はさ》む
「白々しい、お前が隠《かく》しているくせに！　早くわたくしに返しなさい！」

あくまでわたしにさらわれたと主張するローズさんに、リュックさんがたずねる。

「仮にあなたの言葉を信じるとして、いつからシルヴィの姿を見ていないのですか？」

「……それは」

ローズさんは急に狼狽《うろた》えるように視線を彷徨《さまよ》わせる。

「あなたが最後にシルヴィを見たのはいつですか？」

再度問われ、ローズさんは黙《だま》った。

え、なにその反応？　ちょっともしかして、最近会ってないとか言わないよね？　わたしの嫌な予感に、リュックさんから答えが出た。

「聞いていますよ。最近シルヴィと一緒に行動していなかったばかりか、近寄らせもしなかったらしいですね」

「そっ、そんなことは……」

「そんなことはない」と言おうとするローズさんを、リュックさんが視線で黙《だま》らせる。

「シルヴィが自分の我儘《わがまま》を叶《かな》える存在ではなくなったら、用済みでしたか？　少なくとも、離宮の使用人はそう話していましたよ。ご自分で遠ざけたのに、よくもキョーコが奪っただのと言えます

ね？　むしろ妖精に愛想を尽かされたと考えるほうが自然でしょうに」

リュックさんの言葉に、ローズさんはカッと頬《ほお》を赤くした。

「そんなこと、あるはずがないでしょう!?　わたくしは王族で、神族で、妖精に愛される存在ですのよ!?　先ほどからわたくしを悪《あ》し様《ざま》に言うばかり、さてはそうして貶《おとし》めることが目的ですのね？」

ローズさんは「妖精に愛想を尽かされた」という言葉に、いままで一番過剰に反応した。

わたしもそうだが、神族にキノコ妖精が寄ってくるのは女神様の御力《おちから》を感じるから。それはたぶん、キノコ妖精が惹かれるフェロモンみたいなものなんだろう。けれどそれで吸い寄せられてきても、愛というものは不変ではない。

神族であるローズさんにとって、キノコ妖精に愛される点が他種族に勝る一種のステータスなら、キノコ妖精に嫌われるのは醜聞《しゅうぶん》に違いなかった。

でもさっきから聞いていれば、この人ってシルヴィを捜してここまで来たわりに、心配とか「捜さなきゃ！」という言葉が出てこない。いまこの間にも、シルヴィがどこかで泣いているかもしれないのに。

「ねえリュックさん」

もうローズさんに付き合ってないで、早くシルヴィを捜しに行こう。そう提案をしようとしたとき――

「そうか、全てお前が仕組んだのね!?」

ローズさんがわたしに向かって声高に叫んだ。

「……はぁ？」

わたしが一体何を仕組んだって？　ギュッと眉《まゆ》を寄せるわたしに、ローズさんが続ける。

「そうやって自分の罪をわたくしに擦《なす》りつけようだなんて、なんと恐《おそ》ろしい女！　やはり先生のおっしゃる通り、お前は世界を混乱に陥《おとしい》れる存在だわ！」

「世界？」

なんか、急に話が突飛な方向に跳《と》んだんだけど。この人大丈夫なの？

「……先生だと？」

リュックさんもなにかに引っかかったようで、低くうなるように呟《つぶや》く。しかしローズさんは気づかず得意げに語った。

「そう、新しい教育係の先生がおっしゃったのよ。この女があれほどの妖精を侍《はべ》らせているのは、世界調和の乱れのもとだって！　妖精の力は女神様に選ばれし者が扱《あつか》うべきであり、相応《ふさわ》しい居場所があるのよ！」

うぅん？　なぁんかその言い分ってモヤッとするぞ？　「選ばれし」とか「相応《ふさわ》しい」とか、女神様の御遣《みつか》いであるキノコ妖精たちに対して、すごい上から目線じゃない？

しかし興奮《こうふん》しているらしいローズさんは、なおもまくし立てる。

「お前が連れているあの妖精たち、一体どこから手に入れたの？　あのように強い力を持つ妖精を三体も、王族でもないお前が所持しているなんて馬鹿なこと、許されるはずがないわ！　だってお前程度が持つにはすぎた力で、もっと相応《ふさわ》しい場所があるのだから！」

所持、というローズさんの言葉に、わたしはピクリとこめかみが引き攣《つ》るのを感じる。

「そうよ、お前よ！　お前がわたくしから全てを奪ったのよ！　リュック様も、妖精も！　わたくしよりもお前のほうが勝るっていうの？」

我慢《がまん》できなくなったわたしは、ツカツカと兵士たちをかき分ける。

「そんなはずないじゃないの、わたしは王族なのよ――」

パァン！

ローズさんの頬《ほお》を、平手で思いっきり叩《たた》いた。ああ痛い、人を叩《たた》いたのは初めてだけど、すっごい手が痛い！

「お前いま、わたくしを……」

ローズさんのほうは叩《たた》かれたことがショックなのか、さっきまでの剣幕はどこかに消え去り、呆《ぼう》然《ぜん》としている。

そんな彼女を、わたしは仁王立ちで睨《にら》みつけた。

「あのね、要するになによ？　ウチのスゥたちは、自分が手に入れるべきだとでも言いたいの？　王族だから、誰よりも恵まれていなきゃいけないわけ？　それにすごく腹が立つんだけど、『妖精を所持』ってなによ？　妖精を宝石かなにかみたいに考えてない？」

「……！　そんなことは誰も」

「それに！」

己の失言に今更気づいて言い訳しようとするローズさんに、言葉を被《かぶ》せて続ける。

「さっきから聞いていれば自分のことばっかり！　シルヴィがいなくなったんでしょう⁉　どうしてもっと必死に捜さないの⁉」

「だから、それはお前が……」

「わたしが隠《かく》したと考えているなら！　ここで問答してないでお屋敷に突撃して、地べた這《は》いずってでも捜しなさいよ！　いまみたいに、自分で行動もせず『返せ』って喚《わめ》くだけなんて最低よ。しかも妖精虐待《ぎゃくたい》だなんてもっと最低！」

わたしの言葉に、ローズさんは顔を真っ赤にした。

「無礼者！　妖精の密売犯呼ばわりの上に虐待《ぎゃくたい》だなんて、わたくしを貶《おとし》めるのも大概になさい！」

「大概にするのはそっちでしょうが⁉　善悪を考えない純粋な妖精に暴力を振るわせるのは、立派な虐待《ぎゃくたい》なのよ！」

わたしの腹の底からの叫びに、ローズさんは驚《おどろ》いた顔をする。

「暴力だなんて、そんなことは……」

途端にまごまごと声を小さくして言葉を濁《にご》すローズさんに、わたしは追及の手をゆるめない。

「あのシルヴィって子になにをさせた？　他の令嬢を命の危機にまで追いこんだって？　この間だってセザールさんに酷《ひど》いことをしたでしょう。妖精って、自分の手を痛めずに暴力が振るえて、とても便利な存在だとでも思ってた？」

全て事実なのか、言い逃れが難しいらしいローズさんは、悔《くや》しそうな顔をした後でキッとわたしを睨《にら》み返す。

「そんな……そんなの、お前だってあのときわたくしに酷《ひど》いことをしたじゃない！」

自分だけじゃないから、自分は悪くないって？　こっちはローズさんと一緒にされたくないんだけど。

「そうよ、だからあの後みんなで反省会をしたわ。わたしがもっと上手く立ち回れば、あの子たちはあんなことをしなくてすんだはずだもの」

キノコ妖精たちの手を汚させないために、わたしはできる限りの努力をする必要があるのだ。だってキノコ妖精たちはただ『好き』っていう気持ちだけで、一緒にいてくれる。だから同じかそれ以上の『好き』を、彼らに返したい。

「あなたはどう？　シルヴィを幸せにする努力をしたの？」

反論する言葉が見つからないのか、悔《くや》しそうに唇を噛《か》みしめるローズさんに、リュックさんが静かに言った。

「ローズ様、あなたがいまおっしゃったことは全て、人族の国で伝わっている妖精観ではないですか。その話を聞いて怪しむどころか賛同するなど。王族の姫、しかも妖精付きでありながらなんと愚かな」

呆《あき》れ果てたというより、心底幻滅したという目で見るリュックさんに、ローズさんは冷や水を浴びせられたかのような顔をした。

「人族って、なにを言うの？　先生がそうおっしゃったのよ？」

「指摘されてもなおお気づかないとは、勉強不足も甚《はなは》だしい。それに王族の教育係にそんなやつが入りこんでいたとは、王家は平和ボケしているにもほどがある」

リュックさんの言葉に、ローズさんは次第に顔色を悪くしていく。

「そんなはずは、先生はわたくしを理解してくださって、この女が諸悪の根源で……」

まだ現実を理解しようとしないローズさんに、リュックさんがさらに告げる。

「ああそうだ、あなたの身代わりとして離宮にいた娘は、妖精密売に関わっているとして捕《と》らえられました。彼女はいま、地下牢にいます」

「そんな！　あの娘に罪はないのに、なんと酷《ひど》いことを！」

悲鳴のように叫ぶローズさんに、リュックさんは冷静に返す。

「酷《ひど》いのはあなたです。謹慎中の主の脱走を手助けさせた時点で、立派に罪。あなたの勝手な行動が、一人の娘を罪人にしてしまったんですよ」

きちんと手順を踏んで外出許可を取れば、その前にシルヴィの捜索を王様にお願いすれば、事はもっと迅速に進んだはず。それを一人でコソコソしようとしたのは、ローズさんにもシルヴィの家出を疑う気持ちがあったからだろう。しかしプライドがそれを認められず、拗《こじ》らせてこんなことになってしまった。

「わたくしは……」

ローズさんはなにか言わなくてはと思っても言葉にならないのか、そう呟《つぶや》いたきり、口を開いては閉じてを繰《く》り返し、やがてへなへなと力なく地面にへたりこむ。

そんなローズさんを、わたしはなんとも言えない気持ちで見つめた。

「キョーコォ」

背後から声がしたので振り向くと、袋《ふくろ》から傘《かさ》を出したスゥが、しょんぼりしている。

「あの水の子が可哀想だよ」

その横に、クゥとファイも傘《かさ》を出した。

「……すごく悲しい」

「ひでぇ話だよなぁ」

クゥは泣きそうだし、いつも陽気なファイも傘《かさ》を下げている。

「みんな……」

仲間思いのこの子たちに、ローズさんの態度にささくれ立っていた心が落ち着く。

そうだ、ここでローズさんを責めていてもなにも解決しない。シルヴィがいつから姿を消しているのかわからないけど、時間が経っているとしても、何事も諦《あきら》めたときが終わるとき。諦《あきら》めなければ道は通じる！　そうだよね爺《じい》ちゃん！

「救出よ」

「なんだキョーコ？」

わたしの呟《つぶや》きに、聞こえなかったらしい隣のリュックさんがこちらを見る。

「みんな、シルヴィ奪還《だっかん》大作戦よ！」

わたしがそう言って拳《こぶし》を突き上げると、キノコ妖精たちがパアッと明るい顔で傘《かさ》を開く。

「僕、奪還《だっかん》ガンバる！」

「……一生懸命捜す」

「おぅし、迎《むか》えに行こうぜ！」

キノコ妖精は純粋だ。悲しいことがあればしょんぼりして、嬉しいことがあれば明るくなる。だからせめて、この子たちが悲しまないようにしたい。

わたしはシルヴィが可哀想な子のまま、バッドエンドを迎《むか》えるだなんて認めない。だってキノコ妖精は女神様の御遣《みつか》い、愛し子なんだよ？　自由にのほほんと、幸せでいてほしいじゃないの。

キノコ妖精たちと勢《いきお》いづくわたしに、リュックさんが表情をゆるめた。

「そうだな、シルヴィを助けることが先決だ。ローズ様のことは後でいい」

リュックさんも同意してくれるなら心強いというものだ。

こうして盛《も》り上がるわたしたちを、ローズさんはじっと見つめる。

「……そんな、じゃあシルヴィは、本当に人族にさらわれたの？」

そして、そう呟《つぶや》くと、ふらりと倒れて気を失ったのだった。

ローズさんのことは兵士さんたちに任せるとした。

シルヴィ捜索は、時間との戦いになることから、ワイバーンで捜すのが最善だ。しかし生憎《あいにく》、ワイバーンは領地へと返してしまっていて、いまから呼び寄せては時間がかかる。すでに時間のロスが発生しているいま、その待ち時間は惜しい。

というわけで——

「仕方ない。自力で飛ぶか」

そう言うリュックさんと一緒に、わたしたちはお屋敷の庭に移動した。

そして到着したのは、庭の一角である。ヘリポートみたいな広場になっていて、普段はワイバーンに乗り降りする場所だ。実際わたしも王都に来たとき、ここに降りた。

けれどいまはワイバーンの代わりに、裸《はだか》に布を巻いただけのリュックさんが一人立っている。

そしてその様子を、わたしは少し離れた場所から木にしがみついて見ていた。

「キョーコ、飛ばされるなよ」

「はぁい、いつでもどうぞ！」

そんな会話を交わした後、リュックさんが地面に屈《かが》む。

すると——

ザァッ！

リュックさんのいる場所から強風が吹き荒れた。飛ばされるなって言っても飛ぶ！　わたしもそうだがキノコ妖精たちが！

わたしが必死に耐えて、キノコ妖精たちがちょっと転がったところで突然風が止んだ。

そこにいたのは、白銀の鱗《うろこ》に覆《おお》われた巨大な竜だった。

コリンヌの街では竜の姿を見せたら住人を驚《おどろ》かせるからと、彼はほとんど竜化をしない。だからリュックさんのこの姿を見るのは、ずいぶん久々だ。前に見たのは空にいる姿だったけど、こうして間近で見ると迫力がすごい。それに鱗《うろこ》が日の光を弾いてほんのり虹色に輝《かがや》いているのが幻想的で。

「うわぁ！　綺麗《きれい》！」

わたしは思わず感嘆の声を上げる。こんなときじゃなかったら、ずっと見ていたいのに。でも竜の姿のリュックさんを愛《め》でるのは、頼めばいつでもできることだ。後日絶対に鱗《うろこ》を触らせてもらおう。

「さあ乗れ、キョーコ」

リュックさんが首を振って促《うなが》してきた。あ、竜の姿でもしゃべれるんだ。発声ってどうなっているんだろう？　それに乗るって、どうやって？　ワイバーンに乗るときはリュックさんに抱えてもらっていたから、一人で乗ったことないのよね。

乗り方がわからずまごついていると、尻尾からよじ登るように言われる。そこで、おそるおそる尻尾を踏んだ。

「キョーコ、くすぐったいぞ」

どうやら踏まれても大して痛くないらしいので、遠慮なくズカズカと登っていく。そうしてつかまるところを探し、頭部の角にしがみついた。ちなみにキノコ妖精たちはまた背負い袋《ぶくろ》の中に入ってもらった。

あ、でもこのままだと、どこに捜しに行けばいいのかわからないや。せめて方角の目安だけでも欲しい。

「ねぇ、シルヴィがどこに行ったかわかる子いる～？」

わたしが周囲に向けて叫ぶと、ミニキノコたちがフヨフヨと寄ってきた。

「シルヴィはわかんない」

「けどモヤモヤがあっちにいっぱいあるの」

ミニキノコたちはそう言って同じ方向を指す。

「あちらは、ザシャとの国境の方面だな」

となると、シルヴィはやはりザシャの人間が兵器にするためにさらわれたのか。

「もっときいてあげる」

「みんなでさがそう」

ミニキノコたちがそう言って、フヨフヨと飛んでいく。

みんなが協力してくれるんだ、間に合わなかったなんて言いたくない。絶対に助けるからね、シルヴィ！

「よし、行こう！」

「しっかり掴《つか》まれよ」

わたしが気合を入れると、リュックさんが翼を大きく動かす。すると風が吹き荒れ、あの巨体が空に舞い上がる。

「……あれ？」

しかし周囲の暴風具合に反して、わたしの周囲は全くの無風だ。なんでだろうと、わたしは首をかしげる。

「風に避けてもらったの」

横から声がした。横は当然空しかないはずなので、ぎょっとして声のほうを見ると、なんと陛下の緑キノコがいた。

「こんなところにどうしたの？」

そうたずねると緑キノコはわたしの前、リュックさんの頭の先に降りる。

「ワタシも行くの、シルヴィは仲良しだから」

「……そっか！」

こうして、シルヴィ捜索隊が一体増えた。

それからリュックさんは順調に、ミニキノコたちの示す方向へ進んでいく。

「あっちあっち」

「もっとあっち」

ミニキノコたちが誘導するように、わたしたちに語りかけてくる。

そしてもう少しで国境を越《こ》えてしまうところまでいく。

「モヤモヤ、あそこ！」

そこで、キノコ妖精たちがそう言って騒《さわ》ぎ出した。

「この辺りか」

そう言ってリュックさんが旋回する場所は、広い平原にポツン、と大きな林がある場所だ。

「うん？　なにかある」

リュックさんの頭の上からその林を眺《なが》めていた視力2・0のわたしの目に、隠《かく》れている木造の建物が見えた。木々に紛《まぎ》れて見えにくいものの、人が出入りしているのがわかる。

「みんな、モヤモヤってあそこ？」

わたしがたずねると、「そう！」と揃《そろ》ったいい返事が返る。

「女神様の御力《おちから》の気配が薄い、あそこにいるのは人族で間違いないな。どちらにしろあんな風に隠《かく》すように建てられたものだ、ろくな目的に使うものじゃないだろう。こうして空からでなければ気づかなかったはずだ」

リュックさんがそう言いながら喉をグルグル鳴らす。この世界で空を飛べるのは竜族や獣族の鳥系の種族のみ。彼らが上空を通らない限り発見されないというわけだ。

そうか、あれがキノコ妖精誘拐犯の拠点《きょてん》か。あそこからこの国のあちらこちらへ散って、皆をかき集めていたのね。

キノコ妖精をイジメるやつは、わたしが許さん！

「リュックさん、あそこプチッと潰《つぶ》しちゃいましょうよ！」

「確かに、取り壊しは急務だな。犯罪の拠点《きょてん》なんぞ取っておいてもいいことはない」

わたしの意見に、リュックさんも同意する。

……言い訳をすれば、このときのわたしは少し頭に血が上っていて、言葉選びが過激だった。そしてリュックさんも犯人制圧後に建物を解体する、というつもりでの発言だったのだろう。

しかし、キノコ妖精たちはどこまでも素直だった。

「わかった、潰《つぶ》していいんだね！」

背中の袋《ふくろ》からスゥがぴょこっと傘《かさ》を出す。

「……プチッと」

「景気よく行こうぜ！」

「ゴミ処理したら王も喜ぶ」

他の子たちもやる気だ。わたしが「え？　ちょっと待ってよ」と思ったときはすでに遅い。

ズゴォォ！

その建物を中心に林が大きく陥没《かんぼつ》したかと思うと、建物がまるで溶けるように崩壊していく。

きっとスゥが建物を土に返しているのだろう。

うわぁ、まるで蟻地獄《ありじごく》みたいだわ。

その様子は滅多《めった》に見られないであろう壮観な光景だが、ぼうっと眺《なが》めてはいられない。

「人、人は保護して！　もちろん妖精も！」

集まってきていた野次馬のミニキノコたちに、わたしは慌《あわ》てて叫ぶ。

「大丈夫～！」

「このくらいボクらはへいき」

「そうそう」

ミニキノコたちが呑気《のんき》なことを言うが、それでも一応わたしのお願いを聞いてくれたらしく、陥《かん》没《ぼつ》した地面から「ペッ、マズい！」と言うかのように人が数人吐き出された。

それからしばらく後――

「うわぁ、地形が変わった……」

地面に降り立ったわたしは、そう呟《つぶや》いて頬《ほお》を引き攣《つ》らせる。

なんと、林があった場所全体が蟻地獄《ありじごく》に呑みこまれ、クレーターのように抉《えぐ》れていた。

どうする？　スゥに言えば元に戻るの？　修復は可能かもしれないけど、すごい地響《ひび》きがしたし、近くを通っていた人は絶対驚《おどろ》いたに違いない。「国境付近から謎の音！」とか怪談話みたいになっていたらどうしよう。

わたしがそんなことを考えていると、地面がいくつかポコッと盛《も》り上がった。土の下から、キノコの傘《かさ》の先端が見える。ってさらわれたキノコ妖精たちだ！

このくらい平気というのは本当だったようで、キノコ妖精たちは自力で土の中から出てきた。以前にクゥが入れられたような檻《おり》に捕まっていたとしても、それも建物と一緒に土へ還ったのだろう。

キノコ妖精たちはポコポコッと姿を現すが、数体なかなか傘《かさ》が抜けないようで、「う～ん！」と踏ん張っている。わたしは慌《あわ》てて駆け寄って、土をかき分けてやった。けれどちまちま掘《ほ》っているわたしがまどろっこしく見えたのか、リュックさんが前足でひとかきする。コロンコロンとキノコたちが出てきた。う～ん、こんなに捕まってたのね。

そのうちの一つに、水玉模様のキノコがいた。

「シルヴィ、無事!?」

わたしが思わず抱き上げると、シルヴィが目をパチパチさせた後、悲しそうに傘《かさ》を下げた。

「……ローズじゃない」

一言目にローズさんの名前を呼ぶのが、あまりにも健気《けなげ》で、哀れで……

「ごめんね、ローズさんじゃなくて」

わたしは謝った。ここにローズさんを連れてこなかったのは、わたしたちだ。

しかしシルヴィは、フルフルと傘《かさ》を振る。

「……いいの、ローズは来ないかもって思ってたから」

そう呟《つぶや》くシルヴィの目から、ポロリと涙がこぼれた。

「でも、迎《むか》えに来てほしかったね。寂《さび》しいね」

わたしがそう言いながら水玉の傘《かさ》を優しく撫《な》でると、シルヴィはポロポロと泣き出す。うんうん、悲しいんだったら泣けばいいんだよ。

やがてシルヴィを気にするキノコ妖精たちもみんな寄ってきて、わたしたちの周りをぐるりと囲む。まるで「元気出して」って言うように。

そんな仲間たちに元気づけられたのか。

「最近のローズはね、『どうしてできないの!?』ってばっかり言うの」

シルヴィがそう言って、泣きながらボソボソと話し始めた。

「小さい子たちが寄ってきてくれなくなって、ボクは水を出す以外のことができなくなっちゃったから」

しょんぼりするシルヴィを、わたしはギュッと抱きしめる。

「水の妖精なんだから、水が出せれば十分じゃないの！」

妖精の出してくれる水は特別美味《おい》しいんだって、コリンヌのお屋敷の料理長も言ってたもの。それに水は命の源なんだから、生き物がなによりも大事にしなくちゃいけない妖精だよ!?

わたしの胸に傘《かさ》を押し当てる形になったシルヴィが、目をウルウルとさせて続けた。

「最近ローズの近くに来た先生っていうのがね、嫌な感じだった。だからボクが、『アイツ嫌い』って言ったら、『いまのあなたよりも役に立ちます』って怖い顔で言われちゃった。それからボク、ボクはもう要《い》らないんだって……」

シルヴィの嘆《なげ》きが、わたしの胸に突き刺さる。

ローズさんはシルヴィに忠告されていたのに、それを真面目《まじめ》に受け止めず、こんな最悪の事態を引き起こしてしまった。もしそのときに教育係を疑っていれば、誰も傷つかずにすんだのに。

わたしはシルヴィを持ち上げて、目を合わせた。

「ねぇ、シルヴィはローズさんのところに帰りたい?」

「……ボク、わかんない」

この疑問に、シルヴィがフルフルと傘《かさ》を横にゆらす。

いまのローズさんにシルヴィを返しても、キノコ妖精との正しい付き合い方を学ばない限り、また同じことを繰《く》り返す気がする。

だったらわからないうちはさ、帰るかどうかは考えないでいよう。

「あのね、シルヴィは水の子だったら、いい感じの水たまりは好き?」

シルヴィが目をぱちくりとさせる。

「……うん、好き」

ようし、だったら作ってあげようじゃないの、とびっきりの水たまりを！　幸い（？）なことに、ここに最適な場所があるし！

「クゥ、あの穴に水を溜《た》めちゃって！　いぃーっぱいに！」

わたしのリクエストに、クゥの目がきらりんと光った。

「いぃーっぱい!?　うわぁ楽しそう！」

そしていつもと違ってテンションアゲアゲなクゥが「え〜い！」という掛け声と共にピョンと跳《と》ぶ。蟻地獄跡《ありじごくあと》の真ん中から、ザッパーン！　と水が勢《いきお》いよく噴《ふ》き出した。

「うひっ!?　ちょいタンマ！」

こんなに突然水が出るとは思っていなかったわたしは、慌《あわ》てて退避する。

蟻地獄跡《ありじごくあと》に噴《ふ》き出した水はあっという間になみなみと溜《た》まり、やがてちょっとした湖ができあがった。

噴《ふ》き出た水飛沫《みずしぶき》で、大きな虹《にじ》がかかっている。

「虹《にじ》、綺麗《きれい》だねぇ」

うっとりと虹《にじ》を眺《なが》めるわたしに、リュックさんが告げた。

「おいこらキョーコ、あの水柱は絶対に近くの村から見えたぞ」

そうだよね、水がすっごい高く噴《ふ》き上がったもんね。地響《ひび》きに続いて何事かってなるよね。

ちょっと現実逃避をしてました。

でもいいの、後悔はしてないから！

「ねぇシルヴィ、いつかどこかへ行きたくなるときまでさ、ここに住んじゃったらどうかな？すっごく広くていい感じに思えない？」

「ここ、住んでいいの？」

シルヴィは、さっきまでのメソメソ顔はどこかに吹き飛び、目を真ん丸にして湖になった場所を見つめる。

「水の子って、本当に水たまりが好きなんだなぁ」

「……水たまりというレベルか？」

横からツッコミが入るが、そこの竜は口を挟《はさ》まないように。あ、でもこれだとちょっと景色が寂《さび》しいか。

「周りに木でも生やす？　そして一緒に遊んでくれる子を呼び寄せるの」

わたしの提案に、スゥが「ハイハイ！」と言いながら飛び跳《は》ねる。

「僕、森を作りたい！」

「……滝とかもいいよ？」

「温泉はどうだぁ？」

「風が抜けるトンネルは楽しい」

張り切るスゥに、クゥ・ファイ・緑キノコまでノリノリだ。

「よぅし、じゃあみんなでここを改造しちゃおう！」

「「「おぉー！」」」

こうしてこの場にいた他のキノコ妖精たちもわちゃわちゃと騒《さわ》ぎ出し、総出での作業となる。

結果、国境地帯に大きな森ができました。

一応自重はしたので、妖精の森みたいな不思議素材がたんまりな森にはならなかったよ。普通に実り豊かな森で、突然現れる風が吹き抜けて綺麗《きれい》な音が鳴るトンネルが、ちょっとアスレチックみたいになっていて、滝もある。あと森の奥に天然温泉が湧《わ》いているのがお得です。

「前代未聞《ぜんだいみもん》だ……」

できあがった代物《しろもの》に、リュックさんが呆《あき》れている。そのでっかい姿でため息をつかれると、鼻息で飛びそうになるからよそを向いてほしい。

そしてもう早速キノコ妖精たちの間で、「ここボクの場所～♪」と場所取り合戦が始まっていた。

しかし当然、一等地である湖はシルヴィのものだ。

「ボク、水たまりって久しぶり！」

楽しそうに湖に浮《う》かんでいるシルヴィは、王都は水たまりがないから、井戸で我慢《がまん》していたそうだ。だから素晴らしい水たまりに興奮《こうふん》が止まらない様子で、もうさっきまでの悲しそうな顔は見せない。

よくも悪くもキノコ妖精たちって純粋なんだよね。だから気持ちの切り替えも早い。

楽しそうなキノコ妖精たちを見て、リュックさんが「やれやれ」とこぼす。

「国境地帯とはいえ、これだけ妖精が集まっていれば危険はないか」

あ、そうか。勢《いきお》いでやっちゃったけど、この子たちの安全面を全く考慮《こうりょ》していなかったわ、反省……

でもリュックさんの言い方だと大丈夫そう。

「この子たちって普通にしてれば、捕まったりしないくらい強いんだよね？」

「もちろんだとも。たとえ神族であっても、小さな妖精にすら敵わない」

キノコ妖精たちは単独行動をしている際に狙われやすいけど、密集している場所にいさえすれば、仲間同士助け合えるので安全だ。実際クゥも、妖精の森の外側の辺鄙《へんぴ》な場所でさらわれたんだしね。だからキノコ妖精たちを捕まえようとする人間が使うのは、あの『モヤモヤ』のように、キノコ妖精たちに近寄りたくないと思わせる道具がほとんどみたいだ。そしてそんな道具でさえ問答無用で土に還してしまえるスゥは最強な気がする。

「それに」とリュックさんが続ける。

「この辺りは住みにくい土地で、村もあまりない。けどこの湖があれば、集落の一つもできるんじゃないか？」

まあ、人って水のあるところに住むものだしね。そして住人が集まれば人の目が多くなり、悪さだってしにくくなるってもので。

「うん、結果としてわたしってばいいことをした！」

「「したー！」」

胸を張るわたしにキノコ妖精たちも真似《まね》をして、リュックさんが「全く……」と器用に竜の肩を竦《すく》める。

こうして、シルヴィ奪還《だっかん》作戦は大成功で幕を閉じたのだった。


それから後。

王都に戻ったわたしたちは、王から事情説明のために即座に呼び出された。お屋敷でゆっくりする暇《ひま》もない。まあ、あれだけ大騒ぎしておいて、なにも報告ナシってわけにはいかないよね。

というわけで王城へ向かったわたしと人の姿に戻ったリュックさんは、王様の執務《しつむ》室で人払いをされ、話をすることとなった。

「まさか広大な湖だけでなく、あのような珍妙《ちんみょう》な場所を作るとは……」

まずは初《しょ》っ端《ぱな》から、緑キノコやウチの子たちのおしゃべりによって事の顛末《てんまつ》をあらかた知った王様に、呆《あき》れ顔で言われてしまう。

緑キノコは森作りが楽しかったらしく、「あのね、それでね」と一所懸命に語っている。うんうん、風が通り抜けて綺麗《きれい》な音が鳴るトンネルができたもんね。あれはなかなかの力作だよ。

それにやっちゃったものは仕方ない、なによりキノコ妖精たちのためだし！

……でも、キミたちはちょっとあっちで遊んでいようか。他にもいろいろとボロが出るのが怖い。

「まあ、妖精が喜ぶのであれば、それでよい。それに不便だったあの土地に水場ができたことであるし。いっそあの近くに本格的な砦《とりで》を作るか」

「それがいいかもしれません。あれだけの湖、しかも妖精の住処《すみか》となれば、街も造《つく》れるでしょう」

この件をポジティブに考えた王様に、リュックさんも進言する。そうね、水場もあって森の実りもあって温泉まである、これは住むっきゃないって感じだよね！

「砦《とりで》と街ができれば国境警備も厳重となる。あのような盗人《ぬすっと》が入りこむのも減るだろうな」

そう語る王様だけど、むしろいままでザシャとの国境が手薄すぎたんじゃないの？　とわたしなんかは思ってしまう。そこのところの理由としてはリュックさん曰《いわ》く、魔族というのは寿命が長い分、呑気《のんき》なところがあるからだそうだ。

まあ、千年生きる人と百年も生きられない人とじゃあ、時間感覚も違うだろうけどね。「そのうちやろう」と構《かま》えている間に、人族にどんどんつけこまれていたというのが現実らしい。

「それに今回のことは、下手をすると女神様の怒りを買って国が滅びる事態にもなり得たことだ。到底看過《かんか》できない」

「そうですね、虚無《きょむ》の荒野《こうや》の再現は御免です」

ため息を漏《も》らす王様に、リュックさんもうなずく。

なんでも昔虚無《きょむ》の荒野《こうや》にあった国が滅《ほろ》んだのは、「妖精殺し」をしてしまったせいなんだって。

そりゃあ女神様は怒るわ、キノコ妖精たちを可愛がっているのに。

「このような事件を起こしたローズは、王族から籍《せき》を外す」

ローズさんは、密売犯にだまされ、情報をもらしていたそうだ。これまでローズさんを可愛がっていた王様も、さすがに許すわけにはいかないらしく、厳しい顔でそう宣言した。ローズさんは王族どころか、神族たりえない行動だということで、今後は降嫁《こうか》という名目で信頼する家臣に預け、一生を監視されて過ごすことになるという。

「そなたらがいない間に、ローズの取り調べをしたのだがな」

そう話す王様によると、ローズさんの先生は悪魔族で、最初は当たり障りのない内容を教えていたという。けれど信頼を得てローズさんとマンツーマンレッスンをするようになると、次第に正体を現し。ローズさんを御《ぎょ》しやすいと見て取って、人族の思想の刷《す》りこみを始めた。

「魔族に人族の思想に染まった者がいるとは、想定外だった」

王様がそう言ってため息をつく。

どうやらその先生とやらが、ザシャと通じていたらしい。

魔族であれば安心だという考えから、その先生について必要以上に調べようとはしなかったようだ。それも不用心だよね。

実は、王都ではわたしたちが来る少し前から、キノコ妖精の動きを妨害されることがしばしば起きていたらしい。これを王家はキノコ妖精たちを捕《と》らえようとする密売犯の仕業だろうとして、取り締《し》まりの強化をしていたのだという。だからわたしも謁見《えっけん》のときに王様から注意されたんだね。

もっとも、キノコ妖精がいるのは圧倒的に自然の中のほうが多く、特に少子化が進む昨今、都市部住まいのキノコ妖精はほとんどいない。それなのに密売犯が王都で活動する理由はなにか？　それは、王族と行動を共にするキノコ妖精を狙っているからではないかと、予測されていた。

王様とその妹であるローズさんが強いキノコ妖精を連れているというのは、国内外で有名だ。どこにいるとも知れないキノコ妖精を探すより、居場所のわかっているキノコ妖精を捕まえるほうが手っ取り早いと考えるやつがいてもおかしくはない。

「実はウチの屋敷でも侵入者が数人捕まっていた。その全てが屋敷にいる妖精目当てで、一体誰からの情報かと思っていたら……」

リュックさんもそう言って、眉間に皺《しわ》を寄せた。

なんと、王都内で活動していた密売犯にウチの子たちの情報が漏《も》れたのは、ローズさんが原因なのだそうだ。例の先生に「妖精保護の活動をしている人がいる」と教えられ、ウチの子たちのことを話したらしい。すると「きっと裏取引で手に入れたのでしょう、すぐに保護します」と言われて、「自分は正しいことをした」と満足していたようだ。

ちなみに街歩きをして蔦《つた》グルグル巻きの刑にされた連中も、ローズさんから情報を手に入れた密売犯にそそのかされて、ウチの子たちを狙った連中だったとか。

しかしウチの子たちは怪しい気配を察知して隙《すき》を見せなかったため、連中はあっさりとターゲットを変更した。そうして狙われたのがシルヴィだ。

「ローズにも、あれだけシルヴィを気にかけてやれと言っておいたというのに」

王様が頭痛をこらえるように言った。

ローズさんが行動を共にしていたら、連中もシルヴィをさらえなかったはず。事実、王様の緑キノコもウチの子たちも、こうして無事なのだから。

キノコ妖精たちを狙うものがいると知りながら、シルヴィを放っておいたローズさんの罪は重い。

そのシルヴィのことでキノコ妖精に嫌われたローズさんは、「妖精の恩恵を失った神族」として世間に知られることとなり、降嫁《こうか》先で、侮蔑《ぶべつ》の視線に耐えつつ長い余生を過ごさなければならない。

彼女は今更ながら、シルヴィに帰ってきてほしいと泣いているそうだ。だけど生憎《あいにく》シルヴィは新天地の湖で第二のキノコ生を満喫《まんきつ》していて、ローズさんへの未練などすっぱり消え去っていた。

何事も、後悔先に立たずだね。そんな感想を抱きながらも、なんとなく後味の悪い気持ちになる。

「ところでお主ら、早く王都から出たほうがいいぞ」

突然、王様がそんなことを言ってきた。はい？　なんでですか？　わたしとしては、お屋敷に戻ったら温泉に浸《つ》かって、ちょっとまったりしたいんですけど。

そんなわたしの内心が顔に表れていたのか、王様は「わかっておらんな」と呟《つぶや》いた。

「グズグズしているとキョーコ、お前への求婚者が列をなしてやってくるぞ？」

「はいぃ？」

この王様の言葉にわたしはビックリしてしまい、リュックさんは「やっぱり」とこぼす。

リュックさんや、「やっぱり」ってなによ？　わたしへの求婚者って、どういうわけで？　それにわたしはもう、リュックさんと結婚する予定だし、お腹《なか》に卵だっているんですけど？

脳内に疑問符を溢《あふ》れさせるわたしに王様が説明してくれたところによると、国境に妖精の楽園を造《つく》ってしまったという話は、耳の早い人だとすでに知っているらしく、その原因である娘、つまりわたしを囲いこもうという動きがあるのだという。

「それにキョーコがドビーと添《そ》い遂《と》げる気でも、神族にはそのようなことは関係ない者がほとんどだ」

王様がきっぱりと断言する。神族は一夫多妻が基本の種族だが、強い女性なら一妻多夫もアリなんだとか。

「しかも結婚式も挙げていないのだろう？　故《ゆえ》にまだ略奪《りゃくだつ》できると考えるものがいるのだよ。いまも人払いをかけているので近寄れないだろうが、キョーコに会わせろという輩《やから》が押し寄せているぞ」

なんと、もうすでにそこまで来ているという。いやいやいや!?　わたしにはそんな逆ハーレム願望なんてないからね!?

「よし、逃げようリュックさん！」

「そうだな、それがいい」

このわたしの決意に、リュックさんも同意してくれた。竜族は一人の奥さんを愛し抜く種族だって聞いている、奥さんを他人とシェアするなんて耐えられないのだろう。ぜひ、その決意を固く持っていてね！

「竜化して逃げるなら、庭を使うとよいぞ」

「陛下、ありがとうございます。荷物はアランに手紙を出して、ワイバーンで持って帰らせるか」

「あ、せっかく買ったお土産《みやげ》もお願いね！」

王様の申し出をありがたく受けるリュックさんに、わたしは慌《あわ》てて付け加える。わたしの荷物はメイドさんが管理してくれているので、きっとバッチリ入れてくれるだろうとは思うが、念のためだ。

そんなわけでそれからすぐ後、王城から飛び立つ白銀の竜の姿が王都の住人に目撃されることとなった。

行きはワイバーンで出発したのに、帰りはリュックさん自ら飛んできたので、当然コリンヌの街の人々は驚《おどろ》いた。竜化したリュックさんは目立つからねぇ。お屋敷にこっそり着陸、ってわけにはいかないのよ。

「これは何事ですか？」

アランさんの代わりにお屋敷の留守を守っていた使用人から、当然疑問をぶつけられる。

「……いろいろあったんだ」

リュックさんは疲れ気味にそれだけ言うと、早々に竜化を解《と》いてお屋敷へ入った。わたしも早く旅装を解《と》いて、温泉に入りたいよ。スゥたちは落下防止袋《ぶくろ》から出ると、それぞれ庭の森へ散っていく。留守の間の森の様子をチェックするのかもしれない。

それからしばらくしてアランさんとメイドさんがワイバーンで戻ってきて、荷物を受け取りつつお屋敷のみんなへのお土産《みやげ》を配り、早めに寝たその翌朝。

「キョーコ、教会へ行くぞ」

「はい？　教会？　なんで？」

朝食の席でリュックさんに突然そう告げられた。

「当然、結婚式のためだ」

ビックリなわたしに、リュックさんは「当然だろう？」という顔だ。

え、結婚式ってそんなに唐突《とうとつ》に挙げるものだっけ？　日本じゃあ親戚《しんせき》のお姉さんは年単位で準備していたよ？　だから王様にああ言われたものの、わたしとしては結婚式なんてまだまだ先だって考えていたんだけど。

首をひねるわたしに、リュックさんが言う。

「他の貴族の面々を招待するならば入念な準備が必要だが、二人だけならば教会に行って祝詞《のりと》を上げてもらうだけですむ」

なるほど、要するに客を招待すると揉《も》めそうだから、ゲリラ的に式を挙げちゃえってことらしい。リュックさんとしても、ローズさん問題が片づいたいまがチャンスなのだ。わたしも逆ハーレムを防ぐため、シンプル婚に賛成です！

「行きましょう、ちゃっちゃと朝食を食べちゃって、ちゃっちゃとすませましょう！」

俄然《がぜん》やる気なわたしに、しかしリュックさんから待ったがかかる。

「まあ待て、その前にするべきことがある」

え、するべきことってなにさ？　特に思いつかないんだけど？

再び首をひねるわたしだったが、リュックさんは席を立ち上がってテーブルを回りわたしの横に来た。わたしの片手を取ってその場に跪《ひざまず》く。

え、なにこれ？　きょとんとするわたしの手の甲に、リュックさんが軽いキスを落とす。

「言葉にするのがずいぶんと遅くなったが……キョーコ、俺と結婚してくれるか？」

とてもシンプルながら、だからこそわかりやすくもある。

プロポーズだ、このわたしがプロポーズをされている？　でもそうだよね、結婚前にプロポーズっていう儀式があるものだよね！　どうしよう、全く想定していなかった。どう返せばいいのかわからないんですけど!?

ワタワタしているわたしを、同じ食卓を囲むキノコ妖精たちが椅子の上からワクワク顔で「じぃーっ」と見つめている。そんなに見つめられると照れちゃうよ、頭の中が余計にまとまらないって！

「あの、えっと、喜んで！」

結局気の利いた言葉なんて出てくるはずもなく、そんな答えになってしまったわたしなのだった。


こうして急きょ決定した結婚式だが、シンプル婚とはいかなかった。話を聞きつけた街の住人が、大勢押し寄せたのである。

街の人は突然の話に驚《おどろ》きつつも、お祝いの品を持って教会へ続々と集まってきた。花屋はたくさんの花で教会を飾り立ててくれて、酒屋は酒樽《さかだる》をたくさん運んで振舞《ふるま》い酒を始め、料理屋は屋台を持ちこんで作り立ての料理を提供している。

他の奥様方がそれぞれ手料理を持ち寄ってテーブルに並べていたり、旦那様方はすでにお酒で酔っ払い始めたりする始末。もうちょっとしたお祭りさわぎだ。

「二人でひっそりする予定だったが、予定外に騒《さわ》がしいな」

教会の一室で式の開始を待つリュックさんが、教会の外から流れてくる音に苦笑した。

「でも厳《おごそ》かな雰囲気よりも、こういうほうがわたしの性に合っているかも」

そう笑顔で返すわたしに、彼も目元を和《なご》ませる。

「……確かに、貴族連中が集まってやる式よりも、ずっといい」

「でしょ？」

そう言葉を交わして、二人で笑い合った。

ちなみにわたしたちは結婚式の服装に着替えているんだけど、この日のためのわたしのドレスはちゃんと用意してあった。式を挙げる予定はあるのだからと、事前に作っておいたのだ。そのドレスがようやくお目見えとなる。

この世界では結婚式のドレスに決まりはないらしいが、わたしは日本での結婚式の定番である、純白のドレスを選んでいた。

爺《じい》ちゃん、「恭子の花嫁姿を見るまでは死ねん！」って言ってたっけ。それに父さんはあれで涙もろいから、バージンロードなんて歩く前から号泣しただろうに。こんな風にせっかくの晴れ姿を見せる家族がいないことに、ほんのちょっとしんみりした気分になる。

「キョーコォ！」

「……がんばって」

「コケるなよ！」

式の時間になって会場へ入ると、花嫁の親類が座る席に並んで座っているスゥ・クゥ・ファイの姿がよく見えた。彼らもリボンなんかでちょっとおめかししていて、すごく可愛くて癒《いや》される。

それに隣には、この世界でわたしを見つけてくれた旦那様がいて。きっかけはひょんなことだったけれど、妖精の森を出たわたしを一番最初に見つけてくれた人だ。

もしあのときリュックさんに出会わず、持っていた地図のままに進んでいたら、わたしは虚無《きょむ》の荒野《こうや》で行き倒れていたか、盗賊に襲《おそ》われていただろう。スゥの力でなんとかなったかもしれないが、こんなにも平和な生活は手に入っていないかもしれない。

うん、やっぱり出会いっていうのは大事だ。

それにきっと女神様のことだから、わたしのこの晴れ姿を家族に届けてくれるよね！　日本のみんな、わたしとうとうお嫁《よめ》に行きます！

こうして二人並び立った祭壇の前では、結構なお爺《じい》ちゃんである神父様が、わたしたちの門出を祝うお言葉をくれる。

ちなみに祭壇には女神様の像があるんだけど、ぶっちゃけスゥに作ってもらった女神様像のほうが神々しい。やっぱり製作者が本物を知っているかどうかって大事だね。

そんなことを思っていると、いよいよ祝詞《のりと》が始まる。

「ほれ皆の衆、いまから神父様の祝詞《のりと》が始まるぞ」

すでに教会の外でどんちゃん騒《さわ》ぎな街のみんなは、アランさんの呼びかけで急に静かになり、教会のほうへ耳を澄《す》ます。

やがて、神父様が静かな声で祝詞《のりと》を上げ始めた。

『キョーコ』

不意に神父様の声に重なって、夢の中で聞いた女神様の声が聞こえてくる。

『キョーコ、聞こえますか？』

再びそう呼びかけられ、わたしは驚《おどろ》いてリュックさんのほうを見るも、あちらは神妙な顔で祝詞《のりと》を聞いているだけ。他のみんなも、キノコ妖精たちですら同様だ。どうやらこの声は、わたしにしか聞こえていないようだ。

女神様、いきなりどうしたんですか？

『わたしの子たちを助けてくれて、本当にありがとう』

わたしの内心の声に、女神様がそう応じてきた。なるほど、シルヴィたちを助けたお礼を、わざわざ伝えてくれているのか。

『わたしはこの世界を創《つく》った女神だけど、万能というわけではなくて、あまり世界に手出しができないのよ。全く、悔《くや》しいったらありゃしない』

なるほど、その鬱憤《うっぷん》が溜《た》まりまくるせいで、手出しするときは派手なことになるんですね。国一つ滅したりとか。

『でも今回はあなたのおかげで、不幸な結果にならずにすんだわ。だからいつも祈ってくれる感謝もこめて、なにかご褒美をあげる♪』

ご褒美かぁ、急に言われてもなぁ。それにいまは結婚式の真っ最中だし。後日改めてっていうのは……って、一つだけあるわ、願い事。女神様、わたし、お産が痛くないと嬉しいです。

だって、卵を産むなんて未知すぎるじゃないの。普通に赤ちゃん生むのも大変だって聞くのに、怖さ倍増だって。

こんなわたしのお願いを、女神様は了承してくれた。

『任せなさい、超安産にしてあげる！』

女神様の頼もしい御言葉があれば、安産間違いなしのはず！

「よっしゃ、安産加護ゲット！」

わたしの小さな呟《つぶや》きが、どうやら隣のリュックさんに聞こえたらしい。

「なんだ、安産祈願をしていたのか？」

「えっと、まあ、そんな感じ？」

まさか他の人がいる場で「女神様と話していました」なんて言えず、わたしが笑って誤魔化すと、リュックさんもかすかに笑う。

「伝説の『実りの聖女』のように、子沢山家庭を目指してみるか？」

「そうねぇ、どうやらお互いにとてつもなく長生きなようだし。竜族の子作り記録に挑《いど》んでみるのも悪くはないかな」

長い祝詞《のりと》の陰でそんな話をコソコソしていると、お爺《じい》ちゃん神父にジロリと睨《にら》まれた。ハイ、真面目にします。

そんなことがありながら、つつがなく式が終わり、後は無礼講だ。

その日は街中が夜通しのお祭り気分で盛《も》り上がる。楽しそうな雰囲気を嗅《か》ぎつけたキノコ妖精たちも周囲からわらわらと集まってきて、街のみんなを驚《おどろ》かせた。

いろいろあったが、わたしにとっては実に幸せな一日だった。


わたしたちが王都を脱出してから、国としてもいろいろあった。

王様が本気になって攻略に乗り出したザシャが、呆気《あっけ》なく地図上から消えてしまったのだ。

クレール国としては王都、しかも王城から妖精をさらわれたとあっては、黙《だま》っていられないというわけだ。魔族は呑気《のんき》だけど、動き出すとあっという間に事態が動く。

一年後には人族至上主義なザシャの国は解体、クレール国から代官を派遣して、新たな国として再スタートとなった。

この動きにザシャの国民からの反発があるかと思いきや、ザシャ国王は元々あまり国民に好かれた統治者ではなかったらしく、街や村に大した混乱はなかったという。むしろこれでクレール国との交流が活発になり、経済が活性化することに期待しているそうだ。

こうして、妖精密売事件から数年が経った頃。

王都でウチの子たちが気に入った醤油《しょうゆ》味のもとがザシャ国にあると知り、狂喜乱舞してお取り寄せしたり、国内の温泉普及活動に邁進《まいしん》したりして、賑《にぎ》やかに過ごしていたわたしに変化が訪れる。

ぺたんこだったお腹《なか》が、産み月が近くなったことで急激に大きくなったのだ。とはいえ日本で見た妊婦さんのお腹《なか》を思い出すと、「こんなもんか」程度。

「竜族は小さく産んで大きく育てるものなんだが、ずいぶん大きくないか?」

リュックさんがそう言って首をかしげていた。

竜族の卵は普通だと直径十センチよりやや大きいくらいだという。確かにこのお腹《なか》だとそんなものじゃなく、日本で言うところのダチョウの卵サイズはありそうだ。

普通と違うということは不安要素だし、わたしには当然ながらお産の経験すらないが、お産に関しては安心していたりする。なぜなら、女神様の御加護があるから。それに相変わらずキノコ妖精たちも卵ダンスを踊ってくれるし、悪い状態じゃないんだろう。

だから普通よりお腹《なか》が大きいという問題も、わたしは「落ち人補正かもね〜」と呑気《のんき》に構《かま》えていたし、アランさんをはじめとしたお屋敷の人たちも「楽しみですね」と見守ってくれていた。

妊婦にストレスは厳禁ですから、呑気《のんき》なくらいがいいのよ。この辺りは魔族の呑気《のんき》さがいい方向に作用していると言える。

そして現在、お腹《なか》がムズムズするなと思ったら、医者と助産師が呼ばれ、お産に挑《いど》むこととなった。いや、卵を産むなら産卵か？

「頑張れよ、キョーコ！」

お産に立ち会ってくれているリュックさんが励《はげ》ましてくれたのだが、なんとわたしは驚異的な速さで卵を産んで、一同を驚《おどろ》かせることとなった。こちらとしては変な話、トイレでちょっと踏ん張ったくらいの感覚しかない。やっぱり女神様パワー、半端ないわ。

こうして無事に生まれたのは白銀と黒のマーブル模様な、赤ん坊サイズの大きな卵。

「大きいのはわかっていたが、色が交じっているのは聞いたことがない」

リュックさんが卵を取り上げながら、首をかしげる。竜族の卵は殻《から》の色が鱗《うろこ》の色になるそうで、色が交じっているのは初めてだとか。うーん、色的にはリュックさんの鱗《うろこ》の色とわたしの髪の色が交じったような感じだ。どんな子が中にいるのかなぁ、ホルスタイン柄みたいなのだったらどうしよう。わたしは可愛いと思うけど。

スピード出産だったので体力の衰《おとろ》えもほとんど——というより全くないわたしは、そんなことを考えつつ、卵の中で寝ているであろう我《わ》が子を想う。数日もすれば、卵の殻《から》を割って出てくるそうだ。

「「卵♪　卵♪」」

スゥ・クゥ・ファイやミニキノコたちが卵を囲んで踊っているのを、わたしやリュックさんはもちろん、お屋敷のみんなが見守った、二日後。

「キュイ」

「ミュイ」

マーブル柄の卵から出てきたのは、銀の鱗《うろこ》の小さな竜と、もう一匹、黒い鱗《うろこ》の小さな竜。え、双子!?

「なるほど、双子の色違いか。竜族では珍《めずら》しい！」

「キョーコ様の色が綺麗《きれい》に出ましたなぁ」

双子なら卵の大きさも納得だ。双子が生まれるのは竜族でも一万年に一件あるくらいの確率らしく、そりゃあ双子かもって思わないよね。

「しかも、神族に近い気配がする。これは竜族というより神竜族と言えるかもしれんな」

リュックさんが二匹を抱き上げてしげしげと見る。けどうーん、その気配っていうのがわたしにはさっぱりわからないので、なんとも言えないんですけど……

わたしは首をひねる。

「左様じゃ。竜族にして、我《われ》らと同じく女神様の眷属《けんぞく》の誕生に、お祝い申し上げる」

ミニキノコたちがあまりに集まるために開けていた窓から、懐かしい声がした。

「あ、長老様！」

そう、窓辺にいたのは、あのエリンギの長老様だったのだ。

「ホッホッ、久しぶりじゃのキョーコよ。元気そうでなによりじゃ」

相変わらず立派なおひげをゆらして笑う長老様は、この世界に来たばかりのときと何も変わらない。そんな長老様を見たら一瞬、あのときの自分を思い出す。ずいぶんと遠くへ来たものね。って別に距離《きょり》はあの森からそんなに離れてないけど、気持ち的なところで。

一方、リュックさんがソワソワし始めた。

「おい、長老様というと、もしかして妖精の？」

「そう、妖精の森に住む長老様よ」

ヒソヒソとたずねるリュックさんに、わたしはうなずいてやった。

「竜族のリュック・ドビーと申します、お目にかかれて光栄です！」

彼は目をキラキラさせて挨拶《あいさつ》をしている。まるでアイドルに遭遇《そうぐう》したファンみたいになってるよ。

本当にキノコ妖精が好きなんだなぁ。

「それにしても、どうして長老様がここに？」

わたしがそうたずねると、長老様が「ホッホ」と笑って答えた。

「先日、女神様が御降臨《ごうりん》なさってな。この双子は新たな種族であり、虚無《きょむ》の荒野《こうや》を癒《いや》すとおっしゃっていた」

長老様の言葉に、リュックさんが驚《おどろ》く。

「虚無《きょむ》の荒野《こうや》が蘇《よみがえ》るのか、それは喜ばしい！」

そうなればあそこは人が立ち入れない地ではなくなり、人が往来するようになる。盗賊なんかもあそこから退散するだろう。連中は人が来ないからあそこに住んでいるんだしね。

それにしても、キノコ妖精はこの双子を仲間だとわかっていたのか。だからあんなに毎日卵ダンスを踊ってくれたんだ。ありがとうみんな、これからこの双子たちと仲良くしてね！


こうして双子が生まれた日、お屋敷では双子の誕生と、訪ねてくれた長老様の歓待《かんたい》を兼ねたパーティーが開かれた。賑《にぎ》やかなのはお屋敷だけではなく、ゼナイド領の街や村も盛大にお祝いしてくれたそうだ。そしてこの日を記念日として、毎年お祝いするようになる。

さらには、女神様からの安産加護に気をよくしたリュックさんの幸せ家族計画のもと、わたしは卵を産みまくった。そして子供が増えると共に子供好きなキノコ妖精もたくさん住み着き、その住《すみ》処《か》確保のために庭を拡大することにもなる。

わたしはその後の長い生を、家族とたくさんのキノコ妖精たちに囲まれて、楽しく幸せに過ごすのだった。

キノコハーレム、最高です！

この作品に対する皆様のご意見・ご感想をお待ちしております。
おハガキ・お手紙は以下の宛先にお送りください。

【宛先】
〒150-6005 東京都渋谷区恵比寿4-20-3 恵比寿ｶﾞｰﾃﾞﾝﾌﾟﾚｲｽﾀﾜｰ 5F
（株）アルファポリス　書籍感想係

メールフォームでのご意見・ご感想は右のＱＲコードから、
あるいは以下のワードで検索をかけてください。

アルファポリス　書籍の感想　検索

ご感想はこちらから

実《みの》りの聖女《せいじょ》のまったり異世界《いせかい》ライフ

黒辺 あゆみ（くろべ あゆみ）

2019年 12月 5日初版発行

編集－渡邉和音・黒倉あゆ子
編集長－太田鉄平
発行者－梶本雄介
発行所－株式会社アルファポリス
〒150-6005 東京都渋谷区恵比寿4-20-3 恵比寿ｶﾞｰﾃﾞﾝﾌﾟﾚｲｽﾀﾜｰ5F
TEL 03-6277-1601（営業） 03-6277-1602（編集）
URL https://www.alphapolis.co.jp/
発売元－株式会社星雲社
〒112-0005 東京都文京区水道1-3-30
TEL 03-3868-3275
装丁・本文イラスト－くろでこ
装丁デザイン－ansyyqdesign
印刷－図書印刷株式会社

価格はカバーに表示されてあります。
落丁乱丁の場合はアルファポリスまでご連絡ください。
送料は小社負担でお取り替えします。

ISBN978-4-434-26808-3 C0093